阳光有味道

如果

蒋殊◎主编

山西出版传媒集团
山西人民出版社

图书在版编目（CIP）数据

如果阳光有味道 / 蒋殊主编. —太原：山西人民
出版社，2025. 1. — ISBN 978-7-203-13550-0

Ⅰ. I253.7

中国国家版本馆CIP数据核字第2024HY7779号

如果阳光有味道

主　　编：蒋　殊
责任编辑：高　雷
复　　审：郭向南
终　　审：武　静
装帧设计：尚书堂

出　版　者：山西出版传媒集团·山西人民出版社
地　　　址：太原市建设南路21号
邮　　　编：030012
发行营销：0351-4922220　4955996　4956039　4922127（传真）
天猫官网：https://sxrmcbs.tmall.com　电话：0351-4922159
E-mail：sxskcb@163.com　发行部
　　　　　sxskcb@126.com　总编室
网　　　址：www.sxskcb.com

经　销　者：山西出版传媒集团·山西人民出版社
承　印　厂：山西出版传媒集团·山西人民印刷有限责任公司

开　　本：787mm×1092mm　1/32
印　　张：11.75
字　　数：230千字
版　　次：2025年1月　第1版
印　　次：2025年1月　第1次印刷
书　　号：ISBN 978-7-203-13550-0
定　　价：56.00元

如有印装质量问题请与本社联系调换

那就是幸福

□ 蒋 殊

一字一句读完这些文字，内心竟涌上一股暖流。如果用一个词描述，只能是"幸福"。

作为劳动者的幸福、奋斗者的幸福、坚守者的幸福、传承者的幸福。

都是普普通通的幸福，都是简简单单的滋味，却浓烈、热烈。

这是我第一次以主编的身份参与一部文学作品的创作。主题是出版社给的，就是体现大时代下的小幸福。起初是犹豫的，幸福要怎么体现？

直到遇见吉克达富。他是一名塔吊车司机，是从遥远而贫穷的大凉山走出来的孩子。起初，他在这个与家乡截然不同的世界里生活得手足无措，听不懂一句普通话，写不来一个汉字，可他倔强而坚定地知道自己要实现什么样的人生理想，于是凭着不懈的努力与坚持，最终以全省第一的技艺证明了自己，坐进他向往已久的塔吊车驾驶室里。

危险而简陋的驾驶室，就是他的追求，就是他的幸福所在。短短几年时光，他在常人难以言说的艰辛中攀爬，最终攀上同龄人与同行者难以企及的高度。

毫无背景的彝族男孩吉克达富，成为山西一建乃至整个山西省劳动者队伍中一张耀眼而夺目的名片。

那天与他站在70米高的塔吊上，说到曾经，说到蜕变的过程，说到一份份荣誉，说到身后一群以他为楷模的青年，他笑了。

那种笑容，就是幸福。

那一刻我相信，在这个大时代里，有人正享受着恬淡的幸福，享受着由劳动、由努力、由拼搏、由奋斗、由坚守而换来的纯净的幸福。

脑中储存的幸福，也在那一刻相继跳出来，比如一位普通司机。因为工作关系，他常常在另一座小县城的高铁站接我。熟识后，我们开始东西南北地聊天，他说自家有一辆小巴，因为太辛苦雇了司机，由妻子每天跟车跑；闲下来的他便在家门口找到一份接送客人的稳定工作。他说他有两个孩子，一个女儿，一个儿子，女儿正全力备战考研，儿子学习稍差一点，但也在姐姐的督促与帮助下认真向高考发起冲刺。

"孩子们都听话，省心。"每每说到这个，他总是一脸与平素不一样的笑。

那种笑容，就是幸福。

一个国家的进程中，凝结着千千万万普通人的力量；一个时代的发展路途中，镌刻着万万千千平凡人的足印。

当然，任何一个时代，都不能确保人人幸福。但不可否认的是，任何一个时代，肯努力、肯动脑、肯不懈追求的人，总能收获自己的小幸福。

这本书中，聚集的就是一座幸福者群像，目光是祖国大江南北，视野是三百六十个行当。标准只有一个，那就是基层，就是普通人。

执着相信，幸福，就在普通人的一日三餐里，就在老百姓的平常烟火里。

感谢师友们接受我的邀约，在祖国的东西南北，将大时代下的小幸福晒给读者。

你看，徐贵祥老师发现了玉麦感人的接力戍边故事，黄传会老师找到让太空布满"中国星"的人，王剑冰老师告诉我们塬上的诗意，李朝全老师在山西挖掘出青年矿工的荣耀瞬间……幸福是什么？就是塔尔钦风雪夜的舍命救援，就是抗美援朝战士刘文修活进曾经的愿景里，是天津班主任老师的平凡温度，是建瓯父子接力制陶的执着，是黄骅旱碱麦赢得香满仓的欣喜，是朔州耍孩儿"楼阁"中白五的坚守，是云南陆良"蒲公英"式牧羊人的定根，是吕梁山中生态工作者引人入森林的痴迷，是大秦铁路上一个人的长征，是大凉山少年驾驶塔吊参与城市建设的满足，是江西狗牯脑山中一片茶叶铸就出的传奇，是山西"第一消防蛙人"的水下情结，是三角山边防"相思树"下的守候，是钢铁人将不锈钢轧制成0.02毫米厚度的大任担当，是摄影人耄耋之年的追梦旅程，是"家乡之音"公益团队的家乡情缘……

看过这些故事，你会发现，幸福不是吃得好，不是穿得光鲜，更不是在太阳下喝茶聊天的惬意。幸福是收获，也是给予；幸福是继承，更是传承；幸福是奔跑，还是等待；幸福是自己笑，更是看着他人笑。

"幸福都是奋斗出来的。"

奋斗者为什么幸福？因为奋斗有方向，奋斗出成就，奋斗可以实现价值，奋斗更能体现尊严。

有人对"奋斗幸福观"做了解读：在参与创造伟大时代的同时，也在创造自己的美好人生。

我信。

幸福像一朵一朵花儿，在这里集结完毕。万事俱备，却一直为书名拿不定主意时，赵彦红的文章来了，散发着太行山中旱地西红柿特有的沙甜香气，《如果阳光有味道》。好啊，这不就是书名吗？

如果阳光有味道，那就是幸福。

没错，这个序言，就是对这个书名的回应。

"幸福在哪里，朋友我告诉你，它不在柳荫下，也不在温室里……它不在月光下，也不在睡梦里，它在辛勤的耕耘中，它在知识的宝库里，啊，幸福，就在你晶莹的汗水里……"这是20世纪80年代末期，我与好友学着用吉他弹唱的一首歌。

那时候，几位少女只是被悠扬的旋律打动，此时细品，才懂得每一句歌词的背后含义。

目录

你是国家的栋梁。

导弹、卫星、嫦娥、北斗……

满天星斗璀璨，

写下你的传奇。

年过古稀未伏枥，

犹向苍穹寄深情。

这是"感动中国"2016年度人物组委会授予他的颁奖词。虽寥寥数语，却道出一个航天人的传奇人生。

他，就是孙家栋。

他的传奇故事，可以从1967年7月29日那个夜晚说起——

那也是个繁星满天的夜晚，仰望星空，孙家栋思绪万千，心头波涛翻涌。

1957年10月，苏联发射了人类第一颗人造地球卫星。

1958年1月，美国的探险者一号人造地球卫星紧追而去。

同年5月，党的八大二次会议期间，毛泽东同志发出了"我们也要搞人造卫星"的号令。

据统计，1958年，全世界有8颗卫星上天；1959年，全世界有14颗卫星上天；从1962年起，全世界每年发射的卫星总数超过100颗。特别是美、苏两国竞争激烈。

然而，太空中却还没有一颗卫星属于中国。

就在1967年7月29日上午，中国空间技术研究院筹建处领导告诉孙家栋："我们国家马上要开展人造地球卫星研制，中央决定由钱学森同志全盘负责人造地球卫星的研制和发射工作。钱学森同志向聂荣臻元帅推荐了你，根据聂老总的指示，上级决定调你来负责我国第一颗人造地球卫星的总体设计工作。"

听说是钱学森院长点将、聂老总亲自批准，孙家栋很激动。自1958年从苏联茹科夫斯基空军工程学院毕业回国后，他一直在钱学森麾下工作，这位中国航天事业的先行者，也一直在提携、帮助，并潜移默化地影响着他。

孙家栋深知，将一颗卫星从地面发射到天上，是一个庞大而复杂的工程：从研制到生产，从生产到发射，从发射到测控，环环相扣。总体设计部是这个庞大而复杂工程的参谋部。尽管压力巨大，他却信心满怀。

钱学森对他说："按照中央领导的指示和要求，我认为我国第一颗人造卫星总体技术方案可以概括为'上得去、抓得住、听得到、看得见'。假如这12个字做到了，就意味着我们国家掌握了发展航天最基本的技术。"

12个字，简单明了，但真正做到，难、难、难！

卫星研制初期，各种试验条件极其简陋、原始。为了模拟卫星在太空低温环境里的工作状态，研制人员跑了许多地方，最后看中海军后勤部一个冷库。当他们提出借用时，军方问："准备库存猪肉，还是海鲜？"当听说是在搞一项重大的科技试验时，军方非常支持，立即将冷库腾空。在零下十几摄氏度的库房里，孙家栋带领试验人员利用电加热系统对卫星各分系统温度进行调节，使其达到设计要求。通过试验，确定了加热方式和加热功率的大小，为卫星发射的地面加温系统设计提供了参数。正值盛夏，大地热得像蒸笼，可在冷库里，穿上棉衣、棉裤、棉鞋、戴上棉帽，试验人员依然被冻得鼻青脸肿。

那个年代，国内工业基础薄弱。上海某无线电厂生产的用于卫星上的一种四芯插座，质量未达到要求。孙家栋带着国防科委的介绍信去了上海，但市"革委会"接待人员为难地说："现在工厂都在闹革命呢。"他们不死心，辗转找到厂里几位工人师傅，听说是国防上要用的元件，师傅们非常热情，采用人工的办法，在每个插头上一个弹簧一个弹簧地调整，保证了产品的质量要求。

殚精竭虑，呕心沥血。"上得去""抓得住"的难题解决了，还有"看得见"和"听得到"。

东方红一号是个直径1米的72面体。气象学专家说，在天气好的情况下，它的亮度相当于七等星，而人的眼睛只能看到六等星。这是必须解决的难题，孙家栋将任务交给七机部第八设计院：务必尽快解决"看得见"的问题。

领受这一任务的技术员沈祖炜做了一个个方案，却一次次失败，为此茶饭不思，着急上火。一个下着小雨的清晨，沈祖炜出门时，看见身旁一位姑娘打开一把折叠伞，他眼前一亮。当时折叠伞还是个稀罕物，他追过去问姑娘从哪买的，姑娘告诉他只有王府井百货大楼有。沈祖炜急忙乘公共汽车赶到王府井，买到一把折叠伞。回家后如获至宝，打开、收拢，再打开、又收拢，连说："有了！有了！"

沈祖炜将折叠伞带到办公室。受折叠伞的启发，设计人员巧妙地在末级火箭上加装了一个"观测裙"，俗称"围裙"。它是一个直径4米、具有良好光学反射特征的球状体，可大面积反射太阳光，从而使东方红一号达到二三等星的亮度。研制人员又找到一种又轻又薄的材料，在零下269℃的环境里，还能保持其柔软性。

那天，孙家栋闻讯赶到试验现场，只见操作员启动电钮，顷刻，4根弹射杆同时弹出，将绕成环状的"围裙"拉开，在旋转产生的离心力作用下，"围裙"膨胀开来，像一盏宫灯似的闪闪发光。

剩下最后一道"听得到"的难题。

让卫星播放《东方红》乐曲，大家一致赞同。可是，用什么乐器奏出清晰、悦耳、动听的《东方红》乐曲呢？中国科学院遥控室的刘承熙首先想到北京火车站的报时钟声，但是线路复杂，无法仿制。后来在北京乐器研究所和上海国光口琴厂的协助下，选中铝板琴的声音。用线路来模拟铝板琴奏出的《东方红》乐曲，不仅声音清晰、悦耳，而且线路简单、可靠性强。

孙家栋告诉刘承熙，《东方红》乐音装置电子线路的所有元器件，既要能经受住火箭发射时的力学环境考验，也要能在恶劣的空间环境长时间运行，还得解决电磁干扰导致乐曲错乱和部件固封后乐曲产生变调等关键问题。承担制作任务的北京控制工程研究所，因陋就简，利用大口径保温瓶胆做试验，瓶底灌液氮，液氮上方挂晶体管和温度计，在零下80℃的环境中测试晶体管的特性，对20支晶体管一一测试挑选，最后将乐音装置和卫星短波遥测装置固封在一个盒子里。

1970年4月24日21时35分，东方红一号在东风发射基地成功发射。21时50分，中央人民广播电台传来消息：准时收到卫星播送的《东方红》乐曲，声音响亮清晰。

东方红一号发射成功，标志着我国成为继苏联、美国、法国和日本之后，世界上第五个拥有自制运载火箭发射本国自行研制人造卫星的能力的国家。

十载饮冰，热血不减。后来，孙家栋对年轻人说："现在看，东方红一号的科技含量并不高，按照当时国家的整体技术水平和条件，是不具备搞航天能力的。但毛泽东、周恩来、聂荣臻等老一辈革命家，确实有魄力，下决心搞航天。航天人在那个特殊的年代，坚持独立自主、自力更生，靠着一股拼劲，硬是搞出来了。正是有了东方红一号，才有了后来的通信卫星、返回式卫星，也才有了现在的神舟、嫦娥和北斗……"

诚如邓小平同志指出的那样："如果60年代以来中国没有原子弹、氢弹，没有发射卫星，中国就不能叫有重要影响的大国，就没有现在这样的国际地位。这些东西反映了一个民族的能力，也是一个民族、一个国家兴旺发达的标志。"

探月之旅

每当孙家栋一双微微眯缝却又无比敏锐的眼睛遥望星空时，他的心底总会荡起一波波涟漪……

人类航天技术分为三大领域：卫星应用、载人航天和深空探测。国际上对深空探测的定义是探测的距离等于或大于地球与月球的距离，探测月球和月球以外的空间才是深空探测。2000年11月22日，中国政府首次公布《中国的航天》白皮书，宣布将"开展以月球探测为主的深空探测的预先研究"。

对于月球探测，孙家栋心向往之、神憧憬之，此愿久矣！

2004年1月23日，国务院批准绕月探测工程立项，将我国第一个探月工程命名为"嫦娥工程"。孙家栋被任命为嫦娥工程总设计师。时年74岁的科学家,再一次披挂上阵。

我国探月工程将按照"绕""落""回"三步走规划,实现中华民族千年探月之梦。

接过嫦娥工程总设计师这副重担,孙家栋意识到这是一次追赶之旅、跨越之旅。

这的确是一次追赶之旅——此时,距离1959年苏联发射的月球2号在月球着陆,已经过去40年;距离1969年美国阿波罗飞船载人登月,已经过去30年。中国航天人像是凭借一双赤足在追赶风驰电掣的时代列车,如同夸父逐日般意气风发、壮志凌云!

这又是一次跨越之旅——我国工业基础薄弱,科技储备不足。但虽起步晚,起点却不能低。第一颗"中华牌"绕月卫星,别人做过的项目,我们要有新的发现;别人没有的项目,我们应有创新之处。只有创新才能超越。

孙家栋带领航天人,逢山开路,遇水搭桥,筚路蓝缕!

嫦娥一号是我国第一个深空探测器。与以往所有的卫星和飞船不同,它要从地球奔向38万千米外的月球,并绕月飞行1年,必将会遇到过去近地飞行器前所未有的一系列技术难题。

从探月工程立项初始,孙家栋便在关注嫦娥一号卫星。当时国内好几家单位提供了月球探测卫星方案，他一个个参与论证、甄别，最终通过成熟性、可行性、创新性等方面的评估、遴选，中国空间技术研究院叶培建团队的方案拔得头筹。

那些日子，孙家栋隔三岔五往卫星总装现场跑，实在没时间，就给东方红一号卫星总设计师叶培建打电话，了解情况，解决问题。

他在电话里问叶培建："气象部门预测，嫦娥一号在太空要经历两次月食，你们准备怎么应对？"

嫦娥一号在绕月运行过程中，能源主要依靠其身上太阳能电池帆板来接收太阳照射发电。发生月食时，这些太阳能电池板会因没有阳光而停止工作，卫星便无法得到足够的能源。另外，由于没有太阳照射，卫星表面的温度会急剧下降，低至零下130℃左右，卫星上的仪器肯定会被冻坏。

孙家栋告诉叶培建："首先要考虑月食期间怎么将卫星的功率负载降下来；同时应想办法运用一些新技术，加强卫星热控能力，解决整星热量不足的问题。"

有一次，叶培建向他汇报："孙老，您要求我们严抓产品质量，任何细微的迹象都不应该放过，我们将它理解为'捕风捉影'。这一'捕风捉影'，还真发现了问题。卫星进行总装后，负责总装的陈向东便提出复查发动机的安装情况。因为，一个产品如需经过两个以上单位定义极性或安装操作，往往容易产生极性错误。他细致入微、一丝不苟，当真发现一个重大隐患：流程先后介入的两个单位，对坐标的定义相差了180度，把所需推力反了个方向。如果上天，后果不堪设想，大家惊出一身冷汗。"

孙家栋严厉地说："这是不应该发生的隐患。还是那句话：质量是'嫦娥'的生命，务必慎之又慎！"

举一反三，他要求工程五大系统，来一次质量安全大检查。

2007年10月24日。

在排山倒海般的轰鸣声中，长征三号火箭腾空而起，运载着嫦娥一号卫星开始了探月之旅。

当夜，孙家栋又急忙从西昌发射中心返回北京。此后的一个多月里，北京航天飞行控制中心成了他的"家"。飞控中心承担着指挥决策、轨道控制、数据分析处理、应急控制以及卫星环月飞行后长期监控管理等任务。中心那块大屏幕上，不断在显示嫦娥一号的运行轨迹。而他的脑海里也一直浮现着一幅嫦娥一号运行图。特别是每遇关键节点，哪怕是深更半夜，他也不离开飞控中心。

11月5日11时41分，嫦娥一号被月球"成功捕获"——这一刻，嫦娥一号卫星成为一颗真正的绕月卫星，中国第一次拥有了月球卫星。

驰骋航天事业近半个世纪，几多成功，几经失败，孙家栋从不大喜大悲，也极少落泪。而此时此刻，他却再也无法抑制心中翻涌的波涛，热泪横流。

11月26日，党中央、国务院、中央军委在北京航天城隆重举行嫦娥一号卫星第一张月面图片发布仪式。

温家宝同志握着他的手，亲切地说："家栋，你是身经百战，辛苦了！"

嫦娥一号获得具有国际先进水平的全月球影像图，获得精度和分辨率最高的全月球数字高程模型和三维月球地形图，获得重要元素在全月球和局部区域的含量分布数据，获得月表微波辐射亮温数据的全月球分布数据，获得独特的近月空间高能粒子和太阳风粒子数据等。

2010年10月1日，嫦娥二号成功发射，飞往距离地球150万千米的拉格朗日L2点。

此时，孙家栋已是81岁高龄。尽管几年前他曾考虑过应该让年轻人来挑重担，但他也一直坚持一种信念：国家需要，就去做！

此后，他作为高级顾问，参与了嫦娥三号、嫦娥四号和嫦娥五号的发射。

北斗璀璨

太空浩瀚，征程漫漫。

1989年，美国全球定位系统（简称GPS）发射成功第一颗卫星。1994年，美国将24颗卫星布置在6条地球轨道上，GPS系统覆盖率达到全球98%。1995年，俄罗斯完成了格洛纳斯系统卫星星座的组网布局。欧洲紧随其后，伽利略卫星导航系统计划于2011年发射升空第一批两颗卫星、2013年完成全系统组网。

孙家栋坐不住了，卫星导航系统是一个国家的安全命脉，具有重大的战略意义。他更清楚，一个国家假如使用别人的导航系统，无异于将命运的绳索交由他方。

在中央的支持下，他带领人马开始前期论证，提出中国卫星导航工程"三步走"的发展战略。

1994年12月，孙家栋被任命为北斗导航试验卫星总设计师。没有出征仪式，没有鼓号齐鸣，他神情庄严，心中只有强烈的使命感。

2000年10月31日、12月21日。

长征三号甲运载火箭将第一、第二颗北斗导航试验卫星送入地球同步轨道。

自此，我国拥有了自主研制的第一代卫星导航定位系统。双星组成的北斗能全天候、全天时地提供卫星导航信息，还具备短报文通信服务能力，主要为公路交通、铁路运输、海上航行等领域提供导航服务。我国成为继美国、俄罗斯之后，第三个拥有自主卫星导航系统的国家。

2004年5月，孙家栋被任命为北斗工程第二代导航卫星工程总设计师。从此，他进入一生中最忙碌、最操心、最激情四射的时期。

一肩压着"北斗"，一肩负载"探月"；

"星星"同"月亮"相伴，激情与智慧齐飞。

星载原子钟被称为导航卫星的"心脏"。天地间时间必须同步，如果原子钟误差1纳秒（十亿分之一秒），就意味着卫星定位会偏离30万千米。

国内当时没有原子钟，虽说有几家单位在研制，但一时半会儿拿不出成熟产品。北斗一号用的两只原子钟是进口的，指标很低，算是勉强能用。

时间紧，百般无奈，北斗二号只好走老路，还去国外买原子钟。好些厂家以保密为由，一口回绝。好不容易找到欧洲一家厂商，答应卖给一款产品。正准备签订合同，对方却突然提出加价，还附加了一系列霸王条约：卖给中国的产品，档次要比用于伽利略导航系统的低一个级别；发货时必须等待他们国家有关部门批复等。

孙家栋闻讯，双眉倒竖，拍案而起："做生意起码讲究个诚信和买卖公平，这也太欺负人了！"

他把北斗卫星导航系统工程副总设计师李祖洪、北斗二号导航卫星总设计师谢军等人叫到办公室。

"祖洪啊，还记得八九年前你们跟德国公司谈判进口太阳翼那件事吗？"他问。

"永生难忘！"李祖洪回答。

"后来呢？"他又问。

"咱们造不出来太阳翼，人家漫天要价，还附加了许多苛刻条件……被他们这一逼，绝地反击，终于生产出了我们自己的太阳翼。"李祖洪说。

"实话告诉你们，你们这次出去，我并不看好。"他说，"中国人太善良了，总是对西方充满幻想。西方不可能把高科技产品卖给我们，你就是出再高的价，他们也不会卖。这下死心了吧？"

谢军说："孙老，走了这一趟，现在清醒了。"

"现在清醒还不晚。"他又说，"多年的实践告诉我们：关键核心技术是国之重器，是要不来、买不来、讨不来的。原子钟必须国产化，一定是'中华牌'。有四条必须做到：国产化指标不能降，可靠性性能不能减，长寿命要求要达到，所选用元器件以国产为主。"

在工程办公室组织下，孙家栋亲自带谢军去北京大学、中国科学院武汉物理与数学研究所、中国空间研究院西安分院、航天科工集团203所等参与原子钟研发的单位调研。他的态度非常明确："原子钟不过关，卫星绝对不上天。"他又鼓励大家："外国人能做出来的产品，中国人也一定能！"

2005年至2008年，三家科研单位分别研制成功各有特色、具有完全自主知识产权、满足北斗工程要求的星载原子钟——中国终于有了"中华牌"原子钟。

那天，四台完全符合技术要求的国产原子钟被装载在北斗二号第一颗应用星上，孙家栋欣慰地对谢军说："咱们中国人终于争了口气！"

此后几年，中国原子钟团队又研制出高精度星载铷钟和甚高精度星载铷钟。他们用20多年时间，走完了外国40多年走过的路，我国的星载原子钟技术打破了西方国家的垄断和封锁，实现了从无到有、由有到精的跨越，使北斗系统有了强大的"心脏"。

2020年6月23日9时43分。

长征三号乙运载火箭拖曳着耀眼的尾焰，托举着北斗系统第55颗导航卫星暨北斗三号最后一颗全球组网卫星，以雷霆万钧之势腾空而起，冲向太空。至此，北斗三号全球卫星导航系统星座部署全面完成。

完美收官，星耀全球！

与孙家栋交谈时，曾经半开玩笑问他："孙老，有几段话，不知是哪位伟人说的，能帮我验证一下吗？"

他一时没反应过来："这不在我的专业范围之内，可能说不好。"

我说："这几段话您很熟悉：'天上好用，地上用好'‘北斗只有你想不到，没有它做不到’。"

他笑了："不是伟人，是一位普普通通老‘北斗人’说的。"

这两段话正是孙家栋说的。

有人请他用最简练的语言诠释北斗卫星导航系统应用的意义和价值，他睿智地回答："如果说东方红一号证明了我们‘有没有’，神舟载人证明了我们‘敢不敢’，嫦娥探月工程证明了我们‘行不行’，那么北斗卫星导航系统必须证明我们‘能不能’，能不能用？能不能好用？能不能用好？"

在一次北斗应用的新闻发布会上，孙家栋这样阐述自己的观点："国家花巨资投入北斗，干什么用？国防需要，这是刚性的；民用呢？大有文章可做，大有潜力可挖。在北斗应用方面，有三件事必须去做：一、北斗的泛在性，它应该是无所不在、无所不能的。同时，它必须具有规模化，没有规模便没有意义。二是要有创新应用模式，同样是交通行业，你有什么创新没有？否则人家已经使用了GPS，为什么要改用北斗。三是要有创新应用价值，跨越传统的位置服务，变革性地创造其他价值。"

北京迅腾智慧科技有限公司专门为燃气行业提供信息化服务，当时，燃气用户反馈智慧燃气软件出现定位严重偏差，燃气事故点和软件定位偏差超过200米。技术部门买了市面上的十多款定位设备进行测试，定位效果均不理想。燃气的精准定位直接关系到城市和用户的安全，问题亟待解决。

公司向中国卫星导航定位协会求助，希望提供一种高精度定位工具，最好能像傻瓜相机一样，一摁就知道埋在地下燃气管网的位置，这个位置要能记录下来，几年后施工开挖，这个关键点还在这个位置。

"解决这件事不难。用北斗定位系统可以实现精准定位，精准到1米，甚至1厘米。"孙家栋对协会的工作人员说，"迅腾开了个好头，我想去帮他们谋划一下。"

没想到院士竟然会亲临这个名不见经传的小公司，公司经理非常感动。

他对经理说："我们造北斗，你们用北斗，北斗就是拿来用的。"

2012年，覆盖北京市五环以内的北斗基准站建设完成，迅腾智科展开多区域测试，定位偏差在10厘米以内，解决了燃气行业管理的燃眉之急。有人甚至评价这是"革命性的重大推动"。

2016年，全国已经有300多座城市建成北斗精准服务站，全部用上北斗定位，形成一张北斗精准服务网。

为了让北斗转化为生产力，孙家栋不顾年迈，四处奔波。院士当"推销员"，传为佳话。

目前，北斗已广泛应用于交通、通信、金融、农业、电力、资源调查、地震监测、公共安全、全球搜救和国防建设等。北斗基础产品已经出口至全球120余个国家和地区，系统服务覆盖200多个国家和地区，用户突破1亿，日服务达2亿次。北斗成为中国的一张"金名片"——中国的北斗、世界的北斗、一流的北斗！

孙家栋兴奋地说："从夜观北斗，到建用北斗，新时代的北斗将继续书写人类时空文明，为构建人类命运共同体、建设更加美丽的地球家园作出新的贡献。"

我再次问他："您喜欢仰望星空吗？仰望星空时，您在想什么？"

他举目远眺，神情激荡……

我知道，此时此刻，他在描绘着"中国星座"新的蓝图，在期待中华民族新的腾飞！

（作者系中国报告文学学会原常务副会长、中国作家协会第七届全委会委员、原海军政治部创作室主任，享受国务院政府特殊津贴。报告文学作品有着广泛的社会影响。曾获庄重文文学奖；第一、三届徐迟报告文学奖；第六、九、十三届中宣部"五个一工程"奖；第六届鲁迅文学奖等。多部作品在国外翻译出版）

桑杰曲巴与王微们的幸福经：穿密林、涉冰河、攀陡崖、过悬梯，成千上万次行走，在漫长的边境线上用足迹组成"行走的界碑"。

接力戍边路

□　徐贵祥

"山南，山南，到山南来吧。到山南来，你就理解了什么叫'老西藏精神'，什么叫守土有责，什么叫脊梁，什么叫'清澈的爱，只为中国'"。2022年7月，我的乡友、安徽省援藏工作队山南总领队汪华东同志不止一次地向我发出呼唤，在电话里，他的言辞诚恳，声音急切，尽管因缺氧而上气不接下气。

一

2023年9月18日上午，飞往拉萨。目标明确，第一站直奔玉麦。

玉麦是中印边境线上的一个点，在我还没有出生的时候，它只是一块石头、一片草地、一棵树；在我出生之后，它也只是一栋由木板和树枝搭建的毡房。然而，那里曾经是新中国一个行政乡。那里有我们这个民族最深刻的记忆，前有桑杰曲巴一家和玉麦乡边民留下的固边传奇，后有"全国最美基层民警"王微等人创造的戍边佳话。

到达玉麦的当夜，住在玉麦边境派出所。因为天气原因，第一个早晨没能看到日出。派出所前方100多米的山坡，绿树掩映着一块经过打磨的巨石，漆写汉、藏两种文字："家在玉麦 国是中国。"尽管太阳藏在云端，这8个字似乎自带光芒，在铅色的天空下、绿色的土地上熠熠生辉，让人肃然起敬。

这8个字就像一本浓缩的书、一首无声的歌，在喜马拉雅山北麓、雅鲁藏布江西岸，记录着一方土地、一个时代、一代又一代中国人戍边的故事。

当年，英国殖民者为了自身利益，单方面伪造了一个非法的麦克马洪线，把中国9万多平方千米的版图划了出去。这当然是我们不能接受的，但是这条伪造的边境线却给两国人民带来深重的灾难。多少年来，在这条线两边生活的中国人，从来不买麦克马洪的账。

在漫长的边境线上，流传着无数边民主动捍卫边防的故事，其中最典型、最艰苦卓绝的要算桑杰曲巴一家的故事了。据说，20世纪50年代，生活在玉麦的尚有20几户人家，后来因为生活条件限制等原因，一部分人被裹挟到境外，还有一部分人陆续迁走，最后只剩下桑杰曲巴一家。20世纪八九十年代，桑杰曲巴的妻子和小女儿相继离世，玉麦乡只剩了桑杰曲巴和他的两个女儿卓嘎和央宗，于是玉麦乡成了举世闻名的"三人乡"。

当地政府考虑到玉麦条件艰苦，每年有至少半年大雪封山，生活极为不便，也曾动员桑杰曲巴一家搬迁到日拉雪山的另一侧、交通相对方便的曲松小镇。但是桑杰曲巴的脑子里却有一个执念：我是乡长，怎么能离开我的乡土呢？人都走了，边境上没有人了，国土就小了。仅仅在曲松住了三个多月，他就带着两姐妹回到玉麦。他的决心表明，哪怕只有一个人，玉麦也是中国的一个乡，他要守住这个乡，不仅要抵御边境蚕食，还要找回祖辈留下的土地，让麦克马洪见鬼去吧。

从20世纪50年代开始，桑杰曲巴做过多少事啊，即便大雪封山的日子，他也坚持巡边，防止异国人员用他们的脏脚玷污了我们的草场，发现异国人员悄悄插上的小旗子，就坚决拔掉。作为乡长，他还要去县城开会，回来把上级的精神传达给两姐妹。人口少，管理的工作量不大，但是学习不能放松，要确保听到上级的声音、领会上级的意图、落实上级的要求。

卓嘎和央宗两姐妹至今记得，有一年父亲到县里开会，带回来几块红布和黄布，原以为要给她们做新衣服，哪里想到，当天夜里，父亲用这些布做了一面国旗，从此之后，父亲的牛群走到哪里，国旗就飘扬到哪里，那面国旗在雪山大地上鲜艳夺目，是风中弹拨出的悠扬旋律："这是美丽的祖国，是我生长的地方，在这片辽阔的土地上，到处都有明媚的风光……"

桑杰曲巴还有一句朴实却又有震撼力量的话，"只有人在，家才能看好"，他在去世之前，还把大家召集在一起，语重心长地交代：这是祖祖辈辈生长的地方，更是祖国的土地，一草一木都要看好守好。

所谓边界，从来就不是上帝分配的，更不是人为随心所欲切割的。边界的形成，是一个自然的过程，有漫长的历史，而最重要的依据，是它的主人——在这块土地上生活的人们。这里是中国人祖祖辈辈生活的地方。世上本无边界，走的人多了，走的次数多了，就踩出了一条边界。

桑杰曲巴未必读过世界历史，未必了解世界地理，但是他懂得一个朴素的道理："我生长在这里，我的爷爷生长在这里，我爷爷的爷爷生长在这里……我熟悉这里每一棵树，我知道这里每一片牧场会长出什么样的草，我知道这里的每一片云会在什么时候变成雨雪，我的祖宗的灵魂在这片树林里安息，我怎么能离开？"

第二天上午，参观了爱国守边先进事迹展览，那块做工粗糙、用料简陋、用汉藏两种文字墨写的木牌像火炬一样照亮我们的视野："隆孜县玉门乡人民政府"——确实，不像司空见惯的行政机构标牌，没有那样气派、庄严、肃穆，但是"人民政府"这四个字，每一笔都铿锵有力，透着神圣不可侵犯的威严。当年，桑杰曲巴放牧到了哪里，小家的毡房安在哪里，牌子就挂在哪里；牌子耸立在哪里，政权就在哪里，国家就在哪里。

同"三人乡"的乡民卓嘎女士和央宗的儿子索朗顿珠见面。年过花甲的卓嘎精神矍铄、明眸皓齿，见面后始终微笑。从她的表情可以看出，我们说的话，她不一定懂，但是意思她明白。我向她表示祝贺，我说我知道他们一家的故事了，也学习了习近平总书记给她和央宗两姐妹的回信，感谢他们一家多少年来坚守玉麦，用放牧的方式走边、守边，并带领更多的牧民群众像格桑花一样扎根在雪域边陲。同时表示会通过我的创作，让更多的人关注玉麦、支持玉麦，让玉麦精神得到进一步发扬。

在我讲话的时候，卓嘎一直微笑不语，偶尔点头，她显然听懂了我在说什么，也接受了我的赞美和祝福。给我的感觉，卓嘎女士虽然读书不多，离开玉麦去看外面世界的机会也不多，但她是一个文化素养很高的人，她爱她的父亲，爱边疆，爱祖国，也爱我们这些汉族人。偶尔能听见她说"北京""边境派出所""孩子"等字眼。当她得知我是一个刚刚退休的"金珠玛米"时，她的眼睛里洋溢着温暖的光芒，我听到她默默地念了一句："扎西德勒。"乡长仁青平措和她的外甥索朗顿珠断断续续给我们翻译：卓嘎女士说，感谢北京来的作家，感谢在玉麦安置一个边境派出所，玉麦人的生活变得一天比一天好，会有越来越多的人加入走边、守边的行列。

派出所的同志讲，迄今为止，来到这里的北京人不多，作家更不多。显然，在卓嘎的眼里，我们就是中央派来的亲人。

那天上午，我们在那块巨石前留影，同瘦小的卓嘎并肩而立，我的内心涌动着炽热的激情：同卓嘎站在一起，就是同玉麦站在一起，就是同祖国站在一起。玉麦，这是我早就应该来的地方，这是我一生中必须来的地方。只要有可能，我还会来，像敬爱的桑杰曲巴那样，像卓嘎和央宗那样，像多少年来薪火相传的牧民那样，扛着我们的铺盖，背着我们的口粮，赶着我们的牛羊，用我们的双脚和牛羊的蹄子走出一条不可逾越的边境线。我甚至一度幻想，我会成为新一代桑杰曲巴。当然这是不可能的，但是我知道，我身边的这些人，索朗顿珠、仁青平措、王微和他的战友，他们才有可能成为新的桑杰曲巴，他们就是桑杰曲巴。

二

确实像卓嘎说得那样，玉麦人的生活一天比一天好起来。在桑杰曲巴一家的感召下，先后又有两家回到了玉麦，上级也派来了干部，后来发展成为"九家乡""三十家乡"。随着21世纪的到来，公路开通了，桑杰曲巴老人实现了自己的心愿，亲手为第一辆开到玉麦的"铁牛"献上了哈达。到我们抵达玉麦时，玉麦已经有60多户人家、240多人了，从"一村乡"到"两村乡"再到"三村乡"，政府提供了经费和材料，玉麦乡建起了多栋具有现代品质的乡村民居，乡政府建立了完善的职能，旅游业方兴未艾……

边境派出所进驻不久，解放军来了，有边防部队，也有建设兵种，玉麦的人气更旺了，走在街面上，能够看见外地人建的宾馆、商店和餐馆……目睹这一切，心情久久不能平静，正是一个人的坚守，成了一家人的坚守，再成了几十家人的坚守，也一定会成为几百、几千家人的坚守，用不了多久，一个明星小镇就会像闪亮的明珠一样镶嵌在边陲大地上。

到玉麦的第二天下午，我们参观了桑杰曲巴故居，重走了桑杰曲巴巡边路，也有了机会同王微进行较长时间的交谈。

一道重走巡边路的，除了同行的王先贵政委和杨斌副支队长，还有玉麦乡的乡长、某部副参谋长唐正辉、边防部队某部连长洛追，一行人浩浩荡荡，当真有点军政警民联防的架势。

巡边路上，我们拾级而上。这里原先根本没有路，硬是被桑杰曲巴老人和他的两个女儿，还有后来更多的人踩出来的。这条路通向哪里？我向西、向南眺望，视野从脚下依稀可辨的足迹伸向黏稠的林木深处，那里有树干、枝叶、藤蔓、苔藓堆砌的高大的栅栏。阳光如细雨一般落下来，在栅栏的上沿镶上一道金边，金边的远方、林木的上空，是深不可测的未知。然而我知道，那是桑杰曲巴和一代一代的桑杰曲巴们，永远不会忘记、不会放弃的地方。

现在，常年走在这条路上的，是王微和他的战友们。

王微出身军人家庭，其父曾经当过坦克兵，小伙子话不多，从认识到一起出行，始终都在担负向导和服务工作，把自己摆在一个配角的地位。就是从他和他的战友身上，我渐渐明白了"边防警察"的特殊含义。

曾经，在中国的武装力量中，有一支特殊的部队，即公安部队，独立于解放军编制，后来纳入中国人民武装警察部队序列，再后来改编为公安武装警察部队，仍然隶属于武警，接受武警总部和公安部双重领导。直到2021年，全国公安部队现役编制全部转换为人民警察编制，由公安部下属副部级国家移民管理局领导，也就是说，这支武装力量是从军队和武警部队演变而来的，在生活、训练、工作管理诸多方面，依然保持着军队的优良传统。

边境公安的任务有很多特殊性，其中一个重要方面就是涉外治安，尤其是在边境上防入侵、防渗透、防非法滞留、防入境放牧、防挪移国境标志等。

沿着桑杰曲巴的足印，我们一步一步登上了"好汉坡"。王微是黑龙江人，警校毕业后，主动要求到西藏工作，先后在几个边境乡镇派出所工作。他说，担任玉麦乡派出所教导员和党支部书记，一方面感到责任重大、使命光荣，另一方面也感到压力很大，因为玉麦不是一般的边境乡镇，这里有桑杰曲巴老人走过的巡边路，有"三人乡"守边固边的光荣历史，桑杰曲巴老人用脚步丈量的3400平方千米的边境土地，一草一木都是金子。"开弓没有回头箭，扎根边境好好干"，这不仅是王微的决心，也是玉麦派出所全体警察的心声。王微到任后，每个月都会带领民警与驻地解放军连队开展联合边境巡逻，虽然边防道路几经改造升级，但一路要经过森林、雪山、沼泽等各种复杂的地形，特别是每次巡逻要经过的"阿相比拉"是最险最难的路段。"阿相比拉"在藏语中意为"魔鬼都不敢去的地方"，这条悬挂于绝壁之上的巡逻路，一边是几近垂直的峭壁，另一边是近百米的悬崖，稍有不慎便会跌落山崖。

有点战争常识的人都知道，战斗中，最能激发战斗力的是指挥员身先士卒，一支好队伍，首先要有敢于担当、敢于示范的指挥员，王微也很年轻，比队友大不了多少，然而"教导员"这个头衔，首先把他自己教导得成熟了，每次出山巡边，他都走在队伍最前方，穿密林、涉冰河、攀陡崖、过悬梯，百余次行走在边境线上，累计行程3000余千米，在漫长的边境线上用足迹组成了"行走的界碑"。前不久，对面国家农牧民频繁非法越境采挖、放牧、勘察，王微直奔现场，始终有理有据有节进行劝退。虽然对方人多势众，但面对恐吓威胁，王微依然毫无畏惧、寸步不让。在玉麦工作期间，王微亲临斗争第一线，先后劝退入境牧民53人，这可不仅是解决民事纠纷，这背后蕴含的是国家利益。

2020年以来，王微先后获得诸多荣誉，获评2022年度"全国最美基层民警""全国优秀人民警察""全国移民管理机构成绩突出党员民警"、山南市"民族团结进步模范个人"，荣立个人一等功1次、二等功1次、三等功3次。在诸多荣誉的背后，是多少常人难以想象的付出。

交谈中，一向寡言少语的王微告诉我，其实他的内心有深深的愧疚，父亲重病，他不在身边；孩子出生，他不在身边；还有众多亲人需要他的时候，他都不在身边。可在这个岗位上，走在这条路上，就不仅是一个儿子、一个丈夫、一个父亲，一个边境警察，往往代表着国家形象、国家实力、国家风度。

谁没有青春呢？谁不想让青春之歌更加嘹亮呢？选择了西藏，就是选择了挑战；选择了边境，就是选择了锤炼。在这样一片洁净的天空下，在这一片辽阔的土地上，让我们展开理想的翅膀，纵情翱翔。

我接过一面国旗，与王微一起把国旗挂在路边的树上。国旗下，我凝望着这个小伙子，一张黝黑的脸，一双明亮的大眼睛，一番质朴的话语，让我肃然起敬，这么年轻，这么有思想，这么有作为，太难得了。于是为他写下一句话："有一道门叫国门，有一座城叫长城，有一个家叫国家，有一个神叫精神……献给王微和所有戍边的边境战友。"

（作者系中国作家协会副主席、中国作家协会军事文学委员会主任。著有小说《历史的天空》《琴声飞过旷野》《老街书楼》等。获第六届茅盾文学奖）

塬上女人的幸福经：用塬上人特有的巧手与心思，为一棵棵草找到永恒的归宿，留在棉布上，成为乡间的诗——塬上的《草叶集》。

塬上的春天

□　王剑冰

一

塬上的春天比下边来得要迟一些。

寒冷早已退却，到处散发着一种湿润的气息，连阳光里都是。这个时候，三道塬上的每一块土、每一个皱褶都在打开。不定哪里，就会钻出一个小小的生命。你会听到呲呲泠泠的响，那是拔节的声音。整个的塬，所有生命都在拔节。就像农家女孩的日子，无数憧憬在闪，无数丰盈在动。这里那里，到处都在起变化。昨天一个样子，今天从地坑院上来，就又变成另一个样子。微风中，你看着土布衫子样的塬，一时间缀满了深深浅浅的黄、蓝、粉、红。

在陕县东凡塬，我听到一种新奇的鸟叫，像是布谷，但是布谷鸟一般是芒种时节才会飞来。我说，这不是布谷吧？他们说在哪里？振宇说，我也听到了。于是都支着耳朵。

老赵说，哦，是咕咕。咕咕是什么鸟？朋娇说俺这里就叫咕咕。老赵说，这鸟叫的声音会改变，三月就这么叫：咕咕，咕咕。到了五月，叫声就成了咕咕——噔，咕咕——噔。

这时又发现了一只鸟，它扑棱着翅膀，从一座毁弃的坑院飞上去，挂在了崖顶。振宇说，好像是喜鹊。朋娇说，是乌鸦吧？

我说这个时候还有什么鸟叫得欢？斑鸠。老赵说，斑鸠鸽子大小，却比鸽子有着一副好嗓子，音域很浑厚。还有一种鸟，叫金翅，黄色夹着黑色的那种，喜欢落在柏树上。为啥？柏树密呀，好做窝。老赵说，再过些天，就会听到"吃杯茶"的叫唤了。

我知道这种鸟，大清早四五点就开始叫。勤劳的人们那时正起来下地。农家五月人倍忙，一地的麦子赶着呢。劳力少的人家，总有外边工作的回来帮忙。还没进村，就听见"吃杯茶"的叫声。那声音亲切哩。它一边在你的前面扇着翅膀，一边不停地叫："吃杯茶，吃杯吃杯——茶！"早晨的阳光里，老人守在村口，一脸的笑。茶早就倒好了。塬上人管白开水就叫茶。麦忙季节，人们拿着镰刀担着水到地头，钻进麦垄可劲地干，不多时就汗透衣衫。慢慢伸直累酸的腰，就听到了"吃杯茶"的叫唤，走到地头舀起一碗水咕咕咚咚喝下去，那个舒坦。

我在塬上还认识了一种鸟，叫的声音是"吃馍喝汤"。那个吃的发音是"乞"。这里的人说吃都发乞的音。"乞馍——喝汤"，声音在乞馍的后边拐一下弯，先乞馍后喝汤，我学不来，你一想就想出那个音来了，"乞馍——喝汤"。叫得很细很甜，像一个女人在喊，喊谁回家吃饭。走一路喊一路，也不说名字，那个人就知道是喊他的。不过，听到这声叫喊，很多人都有了回家的感觉。

二

春天里，每一株草都在蓬茸，那是一种个性特征，一种无法遏制的生命状态。它们自身存在的巨大能量，只有泥土知道。

实际上，草供养着这个世界，装点着这个世界。草最善良，以草为食的动物也最善良。牛、马、羊都是最后把皮也要贡献出来。草知道它们，草总是放量地喂养它们，然后无声地留存它们的痕迹。

有一些人也注意到了这些可爱的生灵，目光里带着温柔，当然也含着激动。那是一些女子。她们想留住它们，想着将大自然中的美直接拿过来，让它们长在农家土布上，让草叶以另一种形态在生活中永不枯萎。

最初听到"捶草印花"，我听成了"春草印花"。想着春日里，一个女子，一根棒槌，一片青草，一块土布，组合成诗的景象。

捶一捶，就能让草叶印成美丽的花布？当我们走进朱秀云的屋子，就觉得这是一个不可思议的事件。是啊，塬太大，长久地不通外界，高高地隔着天地。在中原，哪有塬上会发生那么多新奇古怪的事情？

也确实，人的智慧，在生活的闭塞与困顿中会发挥到极致。陕塬的女子自小到大都要学习如何种棉、如何纺线织布、如何缝制衣服，又什么都要一个好，什么都要试一试。你可以相信，农家女子即使再没文化，那种自带的慧心也能让她们成为生活大师。在黄土中长知识、增见识，然后汇入愉快与满足的日子。那日子稠着呢，生儿育女，缝补浆洗，春耕秋作，什么不会能行？

人马寨的朱秀云，一看就是位热情向上的人。春天来到的时候，她又如那些花草，有了蓬勃的憧憬。

一块农家自制的土布铺上案桌。你看见来自乡间的绿草被朱秀云随意地摆放着、搭配着、调换着组成内心所想。一切感觉满意，就压上塑料纸，拿起棒槌，轻轻地捶打起来。一时间，满屋子都是清脆的声响。清脆中，草在布上鲜活地舞动，绿色的汁液一点点释放，它们终究要释放成什么姿态？

朱秀云屏息静气地做着，大家屏息静气地看着，看着她做法一般。

是的，这一切就像是一种仪式，轻轻地净手，轻轻地择草，轻轻地摆放，轻轻地捶打。没有其他声音，只有这轻轻的声音。没有其他气息，只有这青草的气息、心绪起伏的气息。

春天的风在门口徘徊。有一些花影徘徊到了窗子上。时不时鸟的鸣叫在哪里响亮一下。响亮带着花木的芬芳渗透进来，整个氤氲成了一种氛围。

当塬上的"捶草印花"传出去的时候，很多人是带着莫名其妙的感觉来的。包括我，只是我来得有些晚。那个时候，朱秀云已经被确定为非物质文化遗产传承人，并且去了国外现场表演，获得了不少荣誉。人们说，这个有心的女子可是将塬上失传了好多年的土法技艺找回来了。

"捶草印花"以前只是在老辈人的口中相传。90多岁的乔改苗记得小时候，母亲就是捶草印花，给她做花布衣裳，给她做嫁妆。朱秀云也是听母亲说过这种塬上独有的手艺，只是到底怎么一回事，她不清楚。母亲去世多年，她只能去找乔改苗多唠唠。按照说的意思，凭借想象去摸索。

那些个日子，她就是跟棒槌和花草过不去了。采了捶，捶了采，一次次的希望，又一次次的失望。坑院周围的花草几乎都被她采光了。那些个日子，她盼望着春天，又等待着秋实。人家听说她要找回塬上的老手艺，来了看了，又摇头走了。留下她，再次去到田野里，再次回到小桌前，拿起沉沉的棒槌。

人们说得没错，成功绝对眷顾那些辛勤者。多少年过去，这个倔强的女子终于将草的灵魂安妥在了一块块土布上。

三

现在，捶打的声音停了，屋子里静得出奇。朱秀云正在揭下蒙在花草上的覆盖物。揭下的刹那，土布上赫然现出了想象不到的奇迹。那些草，那些柔嫩的叶脉纹路，已经清晰地印在了白色的土布上，印成了好看的天然图案。图案散发着一股青葱的芳香。而且，连草叶上的小虫眼儿也被捶印在上面。

这之中的一种草形引起了我的注意，似乎它在唱主角。它就像个啄木鸟，张着尖尖的嘴，在图案中格外出彩。听了半天，才听清朱秀云说的它的名字：鸽棒棒草。我上网查了半天也没有查到。是塬上特有的草吗？

朱秀云说这种草的果实形状就像是啄木鸟，塬上人把啄木鸟就叫作鸽棒棒。我拿起一棵没有经过捶打的鸽棒棒草，它确实有着长嘴样饱满的花果。朱秀云说除了鸽棒棒草，白蒿、野菊、西番莲、红薯花、胡萝卜叶都能敲上，还有拉拉秧、爬墙虎，以及槐树、石榴、月季的花瓣，捶打后也能产生效果。

这个时候，我看到朱秀云又在一块方巾上摆放着花草叶子。曾经的一个时期，捶草印花而成的方巾手帕成为人们使用最广的物品。它甚至成了表达感情的信物，谁如果得到这样一块精心制作的花布，一定是得到了一片芳馨纯雅的心意。

那个木头棒槌还是挺有分量的。她们每每拿起那根沉沉的木棒，就首先面对了自己温婉的内心。每一件都不相同的捶草印花布，是塬上鲜活灵动的标本。越是如此，就越是不断培养着才情与性情、美心与美德。这就是塬上人的生活态度，把一件看似简单的事情，当作一种郑重的仪式来进行。

在染色方面，朱秀云说，用石榴皮、洋葱皮、竹叶、茶叶，可以使色泽光鲜，再抹白矾或黑矾水，就不会掉色。如果放进污泥中浸一个小时，色泽会更持久。朱秀云说，后来有了染料，如果还想要其他颜色，先用石榴皮汁或者白矾、黑矾加到草叶图案上固色，再根据喜好，放到颜料锅里煮上十几分钟就可以了，而先前捶上去的草叶图案，就成了黑色。

这种古老的印染技艺，应该比蜡染和扎染都要早。我看过塬上的另一个女子秦仙绸的扎染，那也是来自民间的手工染花技艺。但比之捶草印花，要先进一些。在明、清直至民国初期，大部分地区的印染技术已经进化到了新的阶段，陕塬上却仍然流行着带有原始色彩的捶草印花。

是较强的地域性隔断了交往与流传吗？翻遍厚厚的中国印染史以及民间印染技艺书，竟然没有关于它的一痕墨迹。

一块光秃秃的农家白布瞬间就变成一块女子向往的花布，这是多么有趣的制作？草随处可采，没有成本，无需花费。为了审美需求，女子们凭了喜好，选取草叶在土布上设计心爱的花样，榨汁渗印，自制出彩，留住永久的芳菲。那些芳菲缠在头上、缝在鞋上、穿在身上、盖在床上、套在枕上，成为特有的勤劳与智慧的展示，使得封闭的地坑院有了新的生机。

坑院里鸡鸭早已入窝，小虫子在哪里轻轻叫着，韭菜、菠菜在周围长着，南瓜、丝瓜在院墙上爬着。猫狗卧在脚边。女人忙完一天的事情，在月光下静静摆弄着香花野草，然后就是木棒的敲击。那声音里有多少意趣、多少迷情？或在此时，一曲眉户调轻轻哼起，曲调缠绵，随着暗蓝的云气飘向远方。

时间长河中的一个个女子，她们那带着塬上人特有的巧手与心思，为一棵棵草找到了永恒的归宿。留在棉布上的何止是草的芬芳，也包括她自己的美丽。这真的是乡间的诗，是塬上的《草叶集》。

四

跟着朱秀云来到地坑院的上方，那里连着一片田野。田野里到处都是逢春而发的青草和野花。塬上的女子对于这些花草再熟悉不过，不仅是为了捶草印花，还为了生计。

我因为享受过它们的赐予，看到这些生灵就心生爱怜，总是问它们的名字。那些名字都在心里藏着呢，一听见便立刻认亲似的蹲下去。雁麦草、苜蓿花、江波波、灰条、狼尾巴、野麦、扫帚苗、灰灰菜、艾草、荆苕……

我们走着看着、指着说着。这里蒲公英的花是黄的，他们叫黄黄苗。野菊开很小的白花儿，掐下来有一股汁水。红蒿二三月生长，十月才结籽，霜降后枯黄。还有猪耳朵，张着莹莹的大叶子。紫色的荠荠菜，他们叫刺刺草，生长得到处都是。还有小蒜，也就是那种野蒜苗。看到小蒜，我身旁的人拔了就吃，说"二月小蒜，想死老汉"。以前当地人春天里没啥吃的，就等着这野蒜苗在嘴里调味。

朱秀云说好吃的还有面条菜、粽粽花，她采起一把嫩草，说茵陈可以裹上面蒸着吃，也可以做面团、做花糕，"二月茵陈，五月蒿"。到了夏天就变成茵陈蒿，茵陈蒿营养更高，蒸吃、凉拌都行。

这些与人同生共长的生物，在地坑院四周显得更加方便采摘，人们想吃什么了，走上坑院就会采到。

我看到了车前草，车前草是路上最多的一种草。它们被人踩着，被牲口踏着，被轱辘碾着，它们不怕，它们有一颗负压的心。还有锁草，紧扒着泥土的一种疙巴草，就想要将大地锁牢。薅它的时候，尤其费劲。大片的锁草锁在塬上，使得塬密实而坚固。

我竟然看到了鸪棒棒草，它们就绿在百草之中，那独特的模样一下子跳入了我的视线。

塬是多么让人沉迷的土地，这里永远有认不完的东西、学不尽的知识。

五

养蜂人这个时候该出门了，他们会在一个没有人知道的时间来到塬上。蜂箱像战场上的弹药箱子，整齐地摆放成几排。蜜蜂们很自觉地上战场，它们知道该到哪里去，去采什么样的蜜。养蜂人只管在蜂箱旁搭一个小小的窝棚，等着它们胜利归来。

在这个春天，塬上的杏花、桃花、苹果花、槐花、枣花、山楂花，到处都在笑引着那些精灵。精灵们飞撒出去，将自己嫁接在一朵朵花上，尔后张扬着翅膀离去，为另一朵花送去只有它们自己知道的秘密。

实际上，来到塬上的养蜂人还是少了。人们看到他们，总是热情地搭话，上了？上了。吃了？吃了。窑院里喝茶？不了。今年花开得早哩？可不是么。

养蜂人一般都不是塬上的，他们走南闯北，一年也不大有长久落脚的时候。你真正跟他聊了才知道，他带着他的"人马"会在一年内穿越大半个中国。

塬上的人说起来也可怜他们，毕竟不如在坑院里待着好啊，老婆都顾不上，跑个什么？花是见了不少，不顶舒坦不顶饱暖。想到这些，也就很满足了，就会带着怜惜同他们聊聊，或者送上一个南瓜、葫芦之类。

下雨的时候，养蜂人就急急地忙碌一阵子，然后钻在窝棚里发呆。这个时候还会有人来，送一两个馍馍或一两块红薯。养蜂人总是说，塬上的人好啊，待人实在。养蜂人也不是没有良心的人，走的时候，会留下好大一罐子蜂蜜或者蜂王浆，让你尝尝鲜。实际上养蜂人的那些蜂蜜，有不少都被塬上人买去了。

又一年过去，塬上人发现养蜂人变成了一个女人。他们惊奇地围上来，当然不是成堆地围上来，也就是那几个没事的、好事的，其实也是善良的、热心的。因为他们认识那些蜂箱，也认识那个早就变成帆布帐篷的窝棚。然后他们就唏嘘着离去，说一些怜怜惜惜的话语。

原来那养蜂人年根上死去了，留下一堆蜂箱不忍闭眼，婆娘应承下来，才吐出最后一口气。婆娘就在春天到来的时候，踩着养蜂人的脚印到塬上来了。婆娘说自己跑不了那么远，也终归是顾不了那么多，谁要是能承接这些蜂箱，就是行了大好。塬上人互相传递着这个信息，但是没有谁来接受她的热情与可怜。塬上人已经习惯了塬上的生活，他们怕这些蜜蜂把他们带野，回不到这塬上。最后怕老婆也像这婆娘，剩一个可怜的孤影独魂。

我看到蜂箱是一个雨后的早上。我去了那个崖边。但是没有看到养蜂的人。蜜蜂是早就出去了，静静地只有一堆的箱子。

傍晚我再次经过那里，还是没有见到养蜂人。三角形的帆布篷前，放着两个萝卜和一棵白菜。像是谁送来没见人，放下的。

六

在塬上走，在意的自然还是地坑院以及坑院里的生活，虽然都差不多，但还是能看出其中的差别。你看这个坑院，就同一般的坑院不同，它极好地利用了三面环绕的高高土塬，只在一面缺口垒了一道墙，墙上开着门，门外竟然是塬中间的沟壑。从上面看去，一院子的阳光，全聚拢在蹿出的白炫炫的杏树上，那个欢实劲儿，一下子就扯住人的脚步。

我问怎么下去。老赵说得从那边走。说着，带着我们拐向一条小路。小路在塬崖一侧，很窄也很陡，平时怕很少有人走。然后我就看见了那道深沟，宽宽的，铺了一沟的明朗。明朗里有高高的槐树，还有杨树、枣树什么的。

老赵指着一些崖上凌乱的藤条说，这是啥知道不？荆条啊，这要是以前，早就有人砍了。我看着那一丛丛的枝条，每一根都是直挺挺的，以柔韧的身子指向蓝天。

那个时候，荆条编的物件家家都用。老赵说，这一带编筐的好手该是老赵头，人家那家什编的，方圆几里都知道，带到集上很快就卖光了。现如今，没有人再侍弄那玩意，用不着了，再过些年，这样的手艺人都没了，老赵头早不在了。

荆条与乱蓬蓬的酸枣棵子形成反差。它们混在一起，显得又乱又疯。在以前，酸枣树也会被人砍光，扎院墙或烧火。它们的下面，有荒了的靠山窑院。有的连门也没有了，里面一丛乱草，倔强而快乐地生长着。

这是一条夹在断崖中的峡谷。峡谷并不直，曲曲弯弯通向远处。刚才在上边看到的窑院，就是在这样的峡谷中挖出的。这种院子，类似于靠山窑，却又比靠山窑多了三面的合围，从上边看还是地坑院。

我问当过村干部的老赵，为什么这里的窑院同地上挖坑的窑院不同。老赵说，你想啊，不少村民是从外边迁来，先来的就先找了地方，家族扩大了，就会再选地方。选来选去的，就选到了这样的崖下。

一个院子的边上，开着一簇紫色的小花，紫得亮眼。就问是什么花。老赵还真被我问住了，他上前掐下来，手里举着，远远地见了谁就大声说，来，我问你，这是啥花？男的女的都问过，就是没有人知道。老赵就笑着，举着那一束紫色，满村地走。

虽然春节过去好久，坑院门上的春联还新着。按照塬上的传统，不管住人不住人，都是要在新年贴上门对儿。

七

偶尔有院子开着街门。

老赵一推门就喊叫起来，喊叫窑院人的名字。从下面再看院中的杏树，更亮眼了，白中渲粉的花，没有一朵不是盛装出场，好像这样才对得起透亮的阳光。院子里有三个女人。

手里织着毛线的女人叫王当霞，一个女儿出去打工了。王当霞说现在的年轻人没有哪个留在家里，能出去的都出去了，自己自由，挣钱花着也心安。

院子里摆着几口大缸，盛满了水。老赵说，现在这个时候，几乎家家都在培育红薯苗。

就看见当院一个垒起来的长方池子，里面是黑色的肥土。老赵走上前去，伸手就在土里扒着，从里面抠出一块红薯。老赵说这是新品种，西瓜红，好看又好吃。红薯还没有滋芽，老赵埋进去，又扒出来一块。这一块已经滋出了几个小芽。老赵说，用不了几天，就会长出一蓬的芽来。

热心的老赵还在土里扒着，他终于找出一块长出长芽子的红薯，感觉是一个正熟睡的婴孩被拎出了热被窝。老赵说，等芽子长大就会钻出土来，一般是3月培育，5月10日差不多就长成了。

朋娇说，一到5月，集上卖红薯苗的都是东寨、东凡几个村子的。我问为什么。王当霞说，俺村上培育红薯苗有传统，培育的苗壮实，栽到地里好长。你看这土，都是掺了牛粪的。

经过他们的讲说，我才知道培育红薯苗不能上化肥，必须用牛粪。羊粪呢？羊粪性热，烧得慌。鸡粪、猪粪没劲儿。那人粪呢？以前都是用人粪尿肥田。大家就笑了，说不行，放在家院不卫生，而且出苗的时候也脏。牛粪不但养分高，而且温和，透气性好。

王当霞说，只要苗一露头，就该可劲儿浇水。水浇得勤，阳光照得足，长得就欢实。

告辞往外走，王当霞她们全立在门口，说着再来的话。她身边站着一个比她大的妇女，说是塬头养蜂的，过来说说话。忘了同她聊几句。

老赵还没有忘记问王当霞的母亲，自己手里的花叫什么。王当霞的母亲也答不上来。老赵就笑着说奇怪，开在村子里的花，竟然都不知道名字。

拐过弯来，一个衣着鲜艳、扎着小辫儿的女孩儿正在路上玩，听见声音，扭过身子看我们。阳光将她的轮廓透视出来，古朴的窑院和四周的野花成了很好的衬托。孩子的家人从门里出来，笑着打招呼，尔后招呼孩子去了。

临别的时候，老赵终于高兴地说出了花的芳名：兰荠荠花。

他是从一个老人那里知道的。看到慢慢走过来一位老人，他举着上前去问，终于如愿以偿。他大着嗓门说，我觉得就是兰荠荠花嘛，脑袋就一时想不起来，这种花能排毒，治疖子，脸上身上长了什么，用它一抹就好。

（作者系中国散文学会副会长，享受国务院政府特殊津贴，出版著作46部。曾获河南省政府第三、四、五、六届文学奖，首届及第三届冰心散文奖，首届郭沫若散文奖，首届杜甫文学奖，首届李劼人文学奖，首届刘勰散文奖，首届吴伯箫散文奖，首届石峁文学奖及徐迟报告文学奖、丁玲文学奖、丰子恺散文奖、三毛散文奖、方志敏文学奖、丝路花雨散文奖、长征文艺奖、《十月》文学奖等）

董沁樑的幸福经：以修好一台机器为荣，以排除一次故障为耀，以解决一个难题为豪。如果生活有目标，那就是不断向前。

劳动者的光彩

□ 李朝全

我见到董沁樑的时候，确实十分吃惊。

这是一个相貌普通的年轻人，个子不高，身材健壮，皮肤略白，额头上几道深深的抬头纹，似乎和他的年龄不太相符。谁能想到，这位"90后"的小伙子28岁就被评为山西省特级劳动模范，29岁居然又获得了"全国劳动模范"的荣誉称号！

董沁樑现在是山西鹏飞集团沁和能源公司候村煤矿通风科的一名技术员，他在这里的经历开始于2011年5月，这段经历堪称传奇。

董沁樑，1992年3月出生于山西省沁水县嘉峰镇马庄村，父母都是普通农民，家里种着十几亩地。农闲时节，父亲就出门去帮别人干一点零活，大多数时候也是帮修房子的人打点零工，赚点零用钱。除此之外，家里几乎没有他项收入。

嘉峰镇，原名贾封镇，因为历史上有贾姓朝廷命官在这里建村而得名，后取谐音改为嘉峰镇。镇上已探明的地下矿藏有煤炭、煤层气等，储量丰富。从20世纪八九十年代开始，镇上就有很多煤矿厂。

2010年夏天，高中毕业的董沁樑没能考上理想的大学。对于自幼就能吃苦耐劳的农家子弟来说，不愿躺在家里甘于面朝黄土背朝天的传统农民生活方式。于是，18岁的他决定出门打工，依靠双手自食其力，希望能为自己开创一个比父辈更好更幸福的未来。

到候村煤矿之前，董沁樑的打工之路也是费了一番周折，曾辗转太原、上海、苏州等地，在饭店当过学徒，到上海市感受过繁华，去苏州当过保安，然而最终都不尽如人意。

2011年的春节，董沁樑回家过年，父亲告诉他候村煤矿正在招人，高中毕业就可以应聘；哥哥也告诉他，煤矿近年来效益不错，刚入职的普通员工每月都能有三四千元的收入。

三四千元！这可比他在苏州当保安的收入高出近一倍，重要的是单位几乎就在家门口，节约了许多生活成本。

春节后，董沁樑便去候村煤矿应聘，并通过面试、体检等一系列招工环节，顺利被录用。他的工作是在综掘队当一名清煤工。这项工作虽然特别辛苦而且比较脏，但每个月确实可以收入三四千元，他愉快地接受了这份工作。

第一天上班，董沁樑和师父陈军明及其他同事一起，坐着一种被称为"猴车"的运输工具下井。猴车的车头和车尾中间都用钢丝绳穿过，人坐在里面就像坐在一个吊篮上，如同乘坐高山索道上的缆车一样，往矿井巷道里传送。

第一次下煤矿，一切都是陌生而新奇的。遇到自己不懂的地方，董沁樑就主动问。清煤工的工作说起来简单，就是负责清理浮煤。他的任务就是在煤矿井下工作面，对那些机器够不到的碎煤、煤渣进行清理。因为工作时必须全程戴口罩，加上高强度的劳动，非常辛苦。刚参加地下清煤工作的董沁樑与几名新工人跟着带班队长工作，常常累得浑身出汗、满脸是灰。只要综掘机一开动，整个工作面哪哪都是浮煤，总也清不完。

早在来煤矿工作前，董沁樑就耳闻了不少矿难事故，所以当他加入这个行业时，从一开始就特别注意安全防护，尤其注意学习了解清煤工作中容易产生的失误和危险。再加上师傅的言传身教，他知道清煤工的工作看似简单，其实也有许多风险。在师傅的带领下，他虚心请教、用心琢磨，逐渐学习掌握了有关的煤矿安全生产技能，很快就成为一名合格的煤矿工人。

当时，由于地质条件复杂，加上生产工艺落后，煤矿的生产方式基本上是半机械半人力，作业环境差，劳动强度大，每日的工作都非常辛苦，加上下井和升井时间，每天基本上都要劳作10个小时。董沁樑尽管只有不到20岁，每天依然累得够呛，下班回家几乎倒头就能睡着。

不久后，他的工作被调整，担任了一名支护工。

换了工种，董沁樑就一丝不苟按照支护工作业规程和师父教导的去做。由于他在工作时总是不挑活、不惜力，师父对他很满意，同事们也乐于和他搭档。

然而，好学的董沁樑发现自己对煤矿的许多机械装备设施及其使用方法几乎一无所知，开始迫切地感觉到自己知识的匮乏。这时，他看到矿上许多年轻人都在函授学习大专或者大学本科课程，公司不仅鼓励员工在工作之余进行自学提升，还对进修学习的员工给予学费补贴。

董沁樑动心了，于2012年申报了山西大同大学矿山机电专业为时三年的大专函授课程。除了积极自学，在书本中学习外，在日常工作中他也格外用心地向老师傅们请教。在井下，除了有清煤工、支护工，还有矿井安全监控工、机电工等在各处负责检查和监测。每当劳动间隙，他都主动走上前，一面观察他们的操作，一面在心里揣摩着那些蓝色的线路、灰色的接线盒、各处的接点等。遇到自己揣摩不清的地方，就开口请教。师傅们看到这个年轻小伙子总在旁边帮忙递工具、拿材料，很是热心，也都很乐意回答他的各种问题，还顺便教他一些安全监控或矿井机电方面的知识。

一分辛劳，一分收获。老天爷总是垂青那些有准备的人。2013年，听说监控中心缺人，需要补充新人员时，董沁樑便主动向监控中心提交了一份申请，讲述自己自学了许多监测监控方面的知识，相信能够胜任监控维修工作。

监控中心主任在平时工作中就多次见过董沁樑，也与他打过交道，还知道他在矿上的安全生产知识竞赛中获过奖，清楚这是一名勤奋好学的青年，于是同意了他的申请。

2013年4月，董沁樑正式从支护工所在的综掘队转到监控中心。此时，距离他到综掘队担任清煤工正好两年。

监控中心有20多人，工作地点分为地面和地下。地面每班2人，一天三班，值班的一般都是女性。井下工人负责设备安装、维修、维护和巡检，每班3人至4人，通常都安排老工人带新工人，以帮助新手尽快提升业务技能。

来到监控中心，董沁樑一如既往地保持着谦虚谨慎、勤奋好学的工作态度。他始终遵循公司"用心做事，追求卓越"的核心价值观，认真踏实、勤勤恳恳地坚守在新的工作岗位上。利用业余时间，他仔细查阅了大量煤矿安全监控标准规范，认真钻研监控系统的相关操作规程，并运用到实际操作中。作为监控中心一名新员工，他上班时间并不固定。通常，井下工都是按照晚班换中班、中班换早班、早班换晚班的顺序倒班，每人每周平均值一次晚班。相对而言，董沁樑上的早班更多一些。早班的检查任务比较多，活儿也比较重。和董沁樑同时加入监控中心的另一名员工就因为受不了这份苦和累，时间不长便辞职离开了。

董沁樑不一样，别人都不愿意上早班，他却愿意多上，因为可以跟着老师傅多看多学。别人花几个月时间才能完全学会独立上手，他一个多月就弄通了各种设备的性能、结构，掌握了各种故障的处理方法。每当监控中心遇到急难险重任务，领导首先想到的就是董沁樑。而只要有他在，大家心里似乎也变得格外有底。

煤矿监测监控系统日常维护是一项相当复杂和细致的技术活，它牵涉到煤矿瓦斯的安全管理，是煤矿瓦斯管理的实时眼睛；也关系到井下职工的工作处境和安全状况，可以实时监测每名井下职工的行进轨迹。董沁樑深知肩上的责任重大，便一直以一丝不苟、精益求精的态度来值好每一班岗。

在瓦斯监测监控设备管理中，董沁樑是一位既懂理论知识，又有工作经验的行家里手。令人信服的维修技术及故障判断能力，让他破解了一次又一次生产难题。在每一次遇到安全监控问题时，领导首先想到的往往是他，他也总能以最快的速度及时排除故障。

不仅如此，董沁樑还积极配合主管领导完成了井下各避难硐室环境监测设备、传感器的安装和运行日常管理、地面生产区和生活区视频监控系统的升级改造工作。煤矿的避难硐室，一般设置于交通路线附近，如中央避难硐室，可设在井底车场附近，与井下保健站硐室结合在一起。采区避难硐室则设于采区安全出口路线上，距人员集中工作地点不超过500米，通常能容纳采区一个工作班的全体人员。在有煤与瓦斯突出危险的矿井掘进工作面附近，也会设置避难硐室。按照规范要求，各硐室中应装备有一定数量的自救器。避难硐室必须构筑严密，以免有害气体侵入，使避难人员受害。永久避难硐室有过滤和制氧装置，配备有必要的救护器材，有的能造成封闭式小循环。对避难硐室进行环境监测，就是要确保这些硐室在万一需要用到的时候能够提供良好的救生条件，保证避难人员的生命安全。董沁樑深知自己的工作事关生命，因此在监测时总是全神贯注、一丝不苟，不敢有丝毫的疏忽或马虎。

2016年10月的一天，董沁樑正在值班。这时，监控中心的人员定位系统突然出现故障，井下的信号传不上来，井上井下的读卡器都无法读取每名职工的具体位置和井下的出勤人数。危急关头，领导安排董沁樑和同事立即下井，去检查每一个分站和线路。

董沁樑发现井口只有一个分站数据是正常的。他据此分析，地面的软件系统应该没有问题，那么，究竟是哪一个分站把数据顶了传不上来？他赶紧带人下井，在最近一个定位，没有发现问题。他们又顺着井筒陡峭的斜井一米一米地往下捋，细细找寻。因为井下的各种线路很多，外表包皮都是蓝色的，很难区分。董沁樑只能凭借经验和相关的常识去寻找故障的原因，顺着线路一点一点地往前摸索。

最后，在井筒200多米处，他发现正是监控室与井下连接的一处光缆接收盒发生了数据错误。松了一口气的他与同事用最短的时间排除了故障。

这次事故让董沁樑意识到，井下线路繁多，寻找排障异常困难，便想到在监控线路和接线盒上做标志，将每条线路和每个接线盒一一做好编号。

2018年2月，春节假期，董沁樑正在家休假。晚上10点多，突然电话来了："沁樑，快来！第六采区C型分站全部通信中断，原因一直没找到……"

电话是监控中心主任打来的。分站通信中断，这就意味着不能实时监测矿井的瓦斯含量，如果出现万一，情况不堪设想……他没有丝毫犹豫，十几分钟就开车赶到矿上。

当时，井下的两位同事已经检测了第六采区附近的线路，发现没有异常。

董沁樑一面背着背包拿着工具下井，一面苦苦思索。根据多年的经验加上对井下线路的熟悉，他果断判定，出现问题的一定不是第六采区附近的线路，而很可能是前方北皮带大巷。他判断，出现问题和故障的应该不是分站，而是线路。

最终的结果证明董沁樑的判断是正确的——果然是北皮带大巷出现问题：线路被皮带刮断了。

董沁樑说："每当我修好一台机器，心里就特别高兴。我不会抱怨工作苦累，反而觉得生活挺充实的，我热爱这份工作。"

2016年，董沁樑被候村煤矿监控中心推荐，参加了鹏飞沁和集团公司第七届职工职业技能比武大赛。为了取得好成绩，他提前半个月就全力投入训练，利用所有闲暇时间反复操练，并请领导和老工人帮助监督检查。

比武大赛开始了，董沁樑参加的监控维修工工种技能比拼的内容是安装调试一台监控设备。只见他熟练地操作工具，接通，拧紧，测试……动作迅速而准确，看得人眼花缭乱却又不由得暗暗佩服。在短短42分钟时间里，他便完成了整套监控设备的安装和调试，一举夺得第一名。

因为在这次比武大赛上出类拔萃的表现，董沁樑随后被沁水县劳动竞赛委员会记一等功。

2017年，他获得晋城市五一劳动奖章；2018年，获得山西省五一劳动奖章；2019年，获得"山西省特级劳动模范"称号。

一步一步，董沁樑用智慧与勤奋换取着属于他的荣耀时刻。

时隔4年之后的2020年，董沁樑又被推荐参加鹏飞沁和集团公司举行的第十一届职工技术比武大赛，与上一次不同的是，这次比赛用的设备是安全监控系统升级后的设备，另外还增加了故障排除项目。

然而，最终，他毫无悬念再一次夺冠。

这一年，经过层层推选，他荣获了"全国劳动模范"称号。

11月24日上午，他来到北京人民大会堂，出席全国劳动模范和先进工作者表彰大会。习近平总书记出席大会并发表重要讲话，代表党中央、国务院向受到表彰的全国劳动模范和先进工作者表示热烈的祝贺，向为改革开放和社会主义现代化建设作出突出贡献的我国工人阶级和广大劳动群众致以诚挚的问候。

亲耳聆听到习近平总书记关于"光荣属于劳动者，幸福属于劳动者"的讲话，董沁樑心潮澎湃、激情满怀。他是受表彰者中最年轻的全国劳模之一，作为新时代青年工人的代表，他感受到了无上光荣，也感到无比幸福。

（作者现任中国作家协会创研部副主任、研究员，中国报告文学学会副会长。入选全国文化名家暨"四个一批"人才、国务院政府特殊津贴专家。著有《非虚构文学论》《2020武汉保卫战》《世纪知交：巴金与冰心》等）

姚建的幸福经：将孩子们高高托起，让他们得到命运眷顾。

时代的列车驶过，他选择留在原地

□　周　芳

与其他老师相比，无论是衣着或者谈吐，姚建更像是与这里仅一墙之隔的世代在长城脚下侍弄庄稼的农民，但他却是这里的一校之长。

"先别说了，锅炉开锅了！"采访中一个突然闯入的老师向他喊话。姚校长消失了几分钟后重又回来坐下，腼腆地笑了笑说："烧锅炉的今天没来。"

在这个名为"三墩"的村子里教了24年书的姚建，发型潦草、皮肤皱红、笑容憨厚，身上没有任何时代的标识。熟悉他的人都知道，眼前这方圆五里十里就是这个乡村教师的全世界。但拥有一座学校的他，仿佛拥有了天和地的农民，自洽而满足。"这里是他精神上全部的寄托，也是他幸福的源泉与归宿。"看到有记者对他这样描述，姚建说："真的是，真的是。"

站在三墩村向远处瞭望，明长城沿山脊蜿蜒而去，苍茫辽阔，无问西东。

"不知为什么，工作、生活在这里我很放松，偶尔去趟城里还觉得不自在，一回村看到学校，心就定了，可能骨子里咱还是个农民吧。"说这些话的时候，姚建不再是那个别人口中讷言的乡村教师。三百年金戈铁马，两百年融合互通，长城在岁月的流逝中逐渐修炼出一种沉稳而内敛的气质，生长在这里的村民朴实、敦厚。三墩村是个小地方，但如果放在时间的尺度里，它何尝不是历史的见证者？漫长的乡村教师生涯里，姚建的精神气质与所处的地域文化深深吻合。三墩村见证了一个年轻老师成长为一名中年校长的艰辛，但同时也为一个人寻找到属于自己的使命与归宿提供了"精神上的庇护"。

某种程度上讲，姚建是中国乡村教育者的缩影。当他坚守乡村教育26年的事迹被国家级、省市级媒体争相报道时，他选择平静地接受。

他的生活没有改变，也无需改变。

一

人生最大的幸运，莫过于实现了最初的梦想。许多年以后，姚建发现自己就是那个幸运儿。

小的时候，姚建常常惊讶于村里教书先生的无所不能。"他就像个'万事通'，过年时写春联，平日里帮村民写信、写材料、与外界沟通联络、修理家电、调解邻里纠纷，大事小事凡是老师出马，好像都能解决，他是村里最受敬重的人。"姚建说，"我那时候想，长大了自己也要当老师，做个受人尊敬的人。"这是命运悄然在一个农村娃心里埋下的一粒种子，意想不到的是，多年以后，同样的种子也在另一个男孩心中生根发芽。姚建对此引以为傲，那个孩子是他的学生。

盛夏8月，当姚海全顶着烈日骑着自行车给姚建送来两个西瓜时，姚建嗔怪他多余。姚海全说这是自己家地里种的，特意挑了两个大的给老师送来尝个鲜。孩子们都放假回家了，师生二人坐在空无一人的操场上闲聊，高天流云、海阔天空。姚海全大学刚毕业，已经报名去西藏支教。

姚海全就是当年那个被姚建播了种的孩子。十多年前，姚建是姚海全的小学老师。这么多年过去了，还能被学生惦记，那一刻姚建的幸福只属于他自己。对于姚海全即将去西藏支教的事，姚建心里是赞叹和赞赏的。共同的出身让他们比谁都明白，决定着你秋天收成的是你春天播种的那个决定。"觉得对的事就投入时间和精力去做"是他们师生二人的默契，也可以认为是姚海全从姚建那里习得的"认识论"。

姚海全上大学的时候，姚建曾去学校看过他。"小学老师专程来看自己，这多少有点出乎意料。"姚海全稀里糊涂地陪着老师在学校里转着，心想老师大老远地来了，怎么也得请顿饭吧，但转了转之后，姚建就执意要走。临别时，姚建还快速塞了500元给姚海全。

这不是姚建第一次接济姚海全。

上小学时，姚海全因家庭困难，每学期二三百元的生活费常常凑不齐。姚建每次悄悄垫付之后都会告诉姚海全："不用担心，学校给减免了。"他怕伤了小孩子的自尊心。

一想到当年那个家境贫苦的小孩即将踏上比自己的更为宽阔的人生道路，姚建确信自己做了对的事。

姚海全坦言选择支教有自身发展的考量，但他同时也有着"长大后，我就成了你"的感恩想法。

二

如果有一片土地给你养分，对你有所启发，你对之投以深情好像也是情理中的事。但事实上，作为乡村教育的守候者，没有发自内心的热爱是难以持久的。

1998年，姚建师范毕业后被分配到山西省大同市新荣区郭家窑乡二道沟村任教。即便新荣是他的故乡，即便他也是从这里走出去的学生，但当姚建站在二道沟村小学的讲台上时，还是被震惊了。全校不到30名学生，只有一名快退休的教师，学生上课时要从家里带凳子。"要说失落，多少是有的，但农村孩子特有的灵气和对知识的渴求让我想起当年的自己。命运既然把我丢在这里，就该在这里尽我的力量，做我应该做的事情。"面对现实，姚建没有那么多矫情，转身像一个一头扎在地里的农民，开始在偏僻的乡村躬身耕耘。或许他也没有意识到自己在做着怎样不朽的事——在中国教育的最底层播撒火种。

与那个时代的大多数乡村教师一样，姚建一上手就是全能型，身兼语文、数学、科学、品德四门课的教师。因为离家远，他就吃住在学校。沉寂的乡村小学因为一个年轻老师的到来而渐渐充满生机与活力。"我从小就在农村长大，深知农村孩子的心性。面对现实条件的迥异，我觉得不能照本宣科，就琢磨着在实践中找到最适合农村孩子的教学方式。热情本身就会激发出创造力，一些灵活、变通的教学模式起到了很好的效果，孩子们的学习成绩得到迅速提高。学校的名气很快就在乡里、区里传开了。"和城市相比，乡村教育资源匮乏，教育环境更不能相提并论，但在广阔天地生长的孩子天性乐观豁达、灵气十足。

姚建觉得，只要自己将孩子们高高托起，他们也会得到命运的眷顾。

现在看来，那是一个变化的开始，是一个生命蜕变的过程。面对窘境，姚建迅速调整姿势，并且找到了精神上的着落。他的每一天都过得踏实、具体、实在，所谓的26年，在姚建那里就是认真地备课、悉心地授课、耐心地讲解；为每个孩子的前途着想，不抛弃、不放弃任何一个孩子；不急不缓地处理他遇到的每一个关于学生、关于学校、关于家庭的难题。

2000年，姚建调到新荣区花园屯镇三墩村小学任教，自2004年起担任该校校长至今。以留守儿童为主的这所小学，这些年先后走出3名博士、十多名本科生，还有很多专科生以及各行各业的优秀人才。

焦树峰是陕西师范大学的在读博士，在他看来，"启蒙阶段能遇见姚老师是我一生的幸运。他发自内心地对我们好、为我们着想，我们是能感觉到的，看到他就像看到父亲一样亲切"。

姚海全最佩服姚老师的是，"别看他平时少言寡语，做的事平凡琐碎，但对待教学绝不含糊，有的时候还特别严厉"。

那时学习资料十分匮乏，姚建如果在哪里看到好的习题，就会记在脑子里，以备不时之需。姚海全起初的成绩并不是太好，但姚建发现这小孩儿在数学上有点天赋。那时姚建和学生同住一间宿舍，临睡前，他把姚海全叫到床前，把在《山西教育》上看到的一道比较难的数学题口头描述给姚海全，让他用脑思考、用口解答。

时隔多年，师生二人深夜在小山村寝室里"凌空计算"数学题的情景，心照不宣地出现在他们的回忆里。姚海全至今难掩心中的喜悦和骄傲，他说那不仅仅是做对了一道难题，更重要的是从此以后极大地增强了自信心。

从一个面临辍学的少年，到成长为即将奔赴远方实现理想的热血青年，姚海全同样庆幸在自己的生命里能遇到姚建。家境贫寒曾经让他一度陷入自卑，成绩平平更让他看不到希望和未来。姚建就像姚海全生命里的一道光，一路指引着他找到自己生命的出口。

其实从2004年起，姚建夫妻二人就一直住在学校。他们像拉扯自己的孩子一样，白天是老师，晚上是父母，大手拉小手，拽大一批又一批学生。

三墩小学在附近村镇有些名气后，许多家长慕名将孩子送到这里。有一年，附近村里的家长送来两个孩子。为难的是，其中一个只有5岁，另一个有尿床的习惯。由于学校是寄宿制，姚建觉得他俩上学条件不成熟，劝家长缓一年再来。但了解到这个家庭确实有实际困难，把孩子送过来也是无奈之举时，姚建就和妻子商量，让两个孩子先暂住在姚建和妻子在学校的家，姚建搬到男生宿舍。

那时姚建的儿子刚1岁，妻子半夜起来给孩子喂奶时，正好能叫两个小孩子起夜。住在男生宿舍的姚建，既方便照顾其他学生，还能随时随地给学生讲题、补课。姚海全印象深刻的"凌空计算"就发生在那期间。

一年后，看到两个孩子已经养成了良好的生活习惯，姚建才让他们搬到学生宿舍。

姚建的妻子是三墩村小学的编外老师、厨子、采购，另外，给女生编辫子、照顾小一点孩子更是家常便饭。她每天早上6点起来给师生做早饭，收拾完进教室代课，下了课赶紧忙着张罗十几二十个人的午饭。哪个孩子吃多吃少她得留意，孩子们的情绪变化她得观察，之后收拾、采买、教学，然后开始做晚饭。很难想象，她是如何丝滑地在一天天中不断地转换着自己的角色。在这方天地里，她不是主角，但却是无人能替代的角色。

姚建的妻子说守在山村并不是她的人生理想，但丈夫在这里，她就毫不犹豫地选择了相守、相伴。从结婚开始，她的人生轨迹就和姚建完全重叠在一起，支撑着这所乡村小学的正常运行。她每天忙忙碌碌，却又与这个时代的忙碌遥遥相望。她有怨，但无悔。

常有像姚海全那样走出去的学生来看他们，这是夫妻俩最为幸福的时刻。但他们并不纠结自己一直待在这里，每个人都有自己生命的偶然和机缘，乡村教育的坚守者所获得的成就感和幸福感，城市给不了他们。

近些年，三墩村小学的学生越来越少。年轻人外出打工，有条件的都把孩子带到城里上学了，能来的除了留守儿童，还有就是周边村子家庭状况特殊的孩子。

姚建知道，不管曾经有多少个孩子的希望和梦想是从三墩小学起航的，具体到下一个个体，启蒙阶段的教育都只有这一次。如果这几年荒废了，以后的路肯定会更难走。"一看到这些孩子的眼神，你内心就会有一种不忍。他们对知识和关爱的双重渴望，会转化成对你的无限依赖和信任。作为老师，你没有选择，你必须得坚持。"姚建像一个赶海的人，捡拾起被时代的浪潮遗忘在沙滩上的贝壳。

下课铃响了，孩子们跑出教室，一个男孩儿差点与姚建撞个满怀。姚校长摸了摸男孩的头，既无叮嘱也无责怪，男孩儿也没停留，扮了个鬼脸儿跑了。另一个一年级的小孩儿则总是跟在他身后，姚建说这是个单亲家庭的孩子。

有个女生家庭条件不好，母亲患有抑郁症，父亲忙于生计无暇照顾孩子。刚来的时候，女孩儿上课回答问题时声音发抖，和人说话时甚至不敢正视对方。姚建很担心这个孩子将来也和她妈妈一样患上抑郁症，便交代老师们尽量给予特殊关照。姚建常有意无意和女孩儿聊天，一方面锻炼女孩儿的表达能力，另一方面判断她的家庭状况。"你看，你妈妈多爱你呀！"聊天中，姚建不断开导这个学生，让她知道自己也是有人疼有人爱的孩子。如今已经上五年级的这个女生，不但可以落落大方地和同学老师交流，回到家里还能陪母亲聊天、给父亲解忧。女孩儿的变化让老师们倍感欣慰，乡村教师内心的悲悯和宽厚，让他们抵达了更为富足的远方。

在日常生活中，姚建要求大一点的孩子在力所能及的范围内帮助岁数小的孩子，被称为"大带小"模式。期间有家长对此质疑，姚建问："你孩子回家后表现咋样？""倒是比以前懂事了。""那就放心哇，打个水打个饭，耽误不了学习，给小孩子们讲题还能提升自己。从小学会帮助人肯定不是坏事。"姚建觉得农村长大的孩子，就该皮皮实实的，更不要计较多干少干。

姚建时常会带着学生参加一些劳动。对于孩子们来说，土地是释放天性的乐园。到地里跑一跑、跳一跳，干一些简单的农活，姚建觉得农村孩子也有城市孩子比不了的快乐。有一次晚饭后，姚建在操场修车，孩子们围上来，问东问西，递工具、抬轱辘，兴趣盎然、不亦乐乎，孩子们也完成了他们对汽车最初的认知。

姚建说自己期盼学生都有美好的前程，但他更希望从这里走出的每个孩子都能学会开朗乐观地面对生活，这是安身立命的东西。

三

姚建也有自己的困惑。

一年冬天下大雪，正值周末放假，有个家长打电话说因没有交通工具不能按时来接孩子。一边是茫然无助的学生，一边是焦急等待的家长，姚建思前想后决定自己开车送孩子回家。

新荣区地处高寒地带，冬天的每一场雪都会给当地人的出行造成极大的困扰。雪后路滑，姚建的车行到半路突然失控，侧滑到路基下。场面虽然惊险，幸运的是人车无恙，但汽车需要借助外力才能拉回到路面上。幸亏当天妻子因为不放心也在车上，出事后便徒步去附近村子求助，姚建则陪着孩子在原地等待救援。

在茫茫雪地里等待时，姚建确实对自己生出怀疑，不知道这么多年来做这些事到底有没有意义。但每一次类似的困惑最终总能以令他感动的方式得以疏解，也一次次更加坚定了他的信念。

当附近的村民听说姚老师的车掉到沟里时，自发组织人员前去救援。还有更远的熟悉或不熟悉的村民知道消息后，也赶去帮忙拖车。

姚建第一次知道，自己在这方圆十几里地还有点知名度。

就像小的时候自己崇拜教书先生一样，姚建也受到了乡人的敬重。

就是在这一次又一次双向奔赴的热爱中，姚建逐渐意识到坚守乡村教育的意义所在。

三墩村小学就像一个装满故事的容器，里面的校长能烧锅炉，代课的老师有时候更像父母，没有塑胶跑道，没有宽阔的操场，这里的孩子可以在旷野里奔跑，昼有山风、夜有星空。

时代的列车呼啸而过，姚建选择了留在原地。

（作者系山西大同人，新华社签约摄影师、自由撰稿人。曾任《大同晚报》副刊编辑、大同新闻网副主任。新闻作品曾获得国家网信办优秀奖）

罗飞们的幸福经：群众第一，生命至上，开山排雪，不屈不挠，将老西藏精神守护好、传承好。

塔尔钦风雪夜大救援

□　王　昆

中八月呀飞雪四月消，雪儿呀随着风儿跑，牛羊呀困在高山上，扎西呀踏雪出门找。路儿呀积雪齐人高，冰儿呀如刀脸上削，孩子呀陷在达板上，阿妈呀心焦路遥遥。神山呀脚下兵哥到，开山呀排雪地动摇，雪域呀茫茫生命道，神山呀圣水战士保……

——藏地民谣

窗外漆黑阴冷。暴风雪来的时候，士兵们正沉浸在欢乐中，他们并不知道，一场灾难正在不远处发生。

2022年2月，大年初三。在日喀则通往阿里的219国道上，在一处名为霍尔营区的部队大院里，武警某中队中队长罗飞的手机响起时，他正在和官兵们一起包饺子。一瞬间，原本热闹的俱乐部落针可闻，所有人的目光都汇聚在中队长身上，多年来的执勤经验让他们心中生出一种不祥的预感。

上士李彦龙双手按在桌面上，双脚缓缓转向门的方向。此刻，他已经开始在脑海中衡量自己的装备能否达到出动标准。

果然，电话里大队长的语气火急火燎："立即给普兰县县长回个电话，塔尔钦那边有个紧急情况，有群众困在冈仁波齐峰上下不来，你们立即派人实施救援。"

塔尔钦位于阿里地区普兰县巴嘎乡，海拔4700米，地处神山冈仁波齐脚下和圣湖玛旁雍错北岸，是藏区宗教活动——转山和转湖的起点，一年四季都会有大量藏族同胞从这里出发，朝着心中的圣地一步一磕头，虔诚完成心灵的救赎。还有大量游客来此地游玩、拍照、打卡。

看着还沉浸在过年喜悦中的部属，于心不忍的罗飞没有任何办法："塔尔钦有紧急情况，大家迅速完成着装，检查装备，准备出动！"俱乐部里随即传出了咚咚的跑步声，早有准备的李彦龙一马当先，跑在了第一个。

情况紧急，需要掌握更加详尽的信息。罗飞不敢耽搁，立马拨通普兰县县长的电话。电话那头，风呼呼地刮着，声音不是非常清楚，再加上县长是个藏族人，语言交流不畅，隐隐约约只听到："……有人困在塔尔钦了……他们四五个人在那转山呢……估计要出人命……你们快过来……来一辆那个推雪的机器……"

罗飞一边迅速派出人员和装备，一边做好准备，他要亲自带队出发。

部队前往地方救援，通常是根据前方通报的情况做出判断，随即派出相应的救援力量，但这次任务从接到电话开始，紧张急迫的节奏就像风一样呼呼刮来，根本容不得半点耽搁。即便如此，罗飞还是尽可能想得周全一些。上山救援是第一次，虽然情况不明朗，他还是不想让自己陷入被动。正月初三，高原上的气温可想而知，罗飞安排战士们携带反光背心，把防寒装具穿上，同时让李彦龙带上红景天、护心丹等一些常备急救药品，便于被困人员使用。

出得门外，看着纷纷扬扬的雪花，李彦龙才知道原来雪已经下这么大了。

队伍集结完毕。罗飞一行五人开着拖平车，拉着装载机，向前驶去。车灯像两盏灯笼，发出微弱的光芒，照亮前方的黑暗。路面已经全白了，轮胎轧在雪上，发出咯吱咯吱的响声。

又是一次联合行动。罗飞等人抵达塔尔钦乡政府时，遇到前来救援的大部队。乡政府组织的地方救援力量拿着铁锨和自制担架，公安和消防人员开着自己的车辆，车上装着清雪器材和保暖设施。他们早已不是第一次合作，彼此间都很熟悉。

旅游局局长向罗飞进一步介绍了情况："县长和地区专员已经先行出发了，让我留在这儿等你们。据上面传下来的消息，现在山上的积雪、风积雪很厚，没有部队在前边开路，地方的车辆根本开不上去。拖平车就暂时停在乡政府，操作手驾驶装载机在前边开路，其他人跟着地方的车辆在后边跟进。"

罗飞点点头，心里开始对救援方案做调整。

"一会儿分工的时候，我会和大家说明，队伍行进时还是由你来指挥。你在这方面经验丰富，我们都相信你。"局长期待地看着罗飞说道。

罗飞没有推辞。带领这样一支联合队伍，作为一名军事主官，他可能更有经验一些，何况现在面对的情况如此紧急。

风裹挟着冰雪呼呼地刮着，路面的积雪已经很厚。罗飞站在风雪里，感觉到身子有些微微倾斜。远处的山完全浸在墨一样的黑暗里，山上的积雪不知有多厚，他的心里没底。出了这么多次任务，他第一次感到惴惴不安。

各方分工完成后，大部队出发了。操作手王志文驾驶着装载机，和安全员刘奇轩一起在前边开路，罗飞等人坐在地方的车辆上紧随其后。王志文紧盯路面，小心驾驶着，刘奇轩手拿着对讲机，时刻向后方通报道路情况。

刚开始路还算好走，王志文一路保持着不错的行进速度。只是雪太大，风又很急，他只能向前躬身才能看清路况。雪粒子打在驾驶窗上嗒嗒作响，不一会儿，车前的机箱盖就积了厚厚的一层雪。

驾驶舱内，刘奇轩每说一句话都会喷出一阵白雾。天气实在太冷了，气温早已突破零下30摄氏度，体感温度更是达到零下40摄氏度以下，如果他们不加快速度，受困群众很可能就有生命危险。但是，随着车辆开始爬坡，行驶一段距离后，一切都变得不同了，山坡上的积雪比山下还要厚很多。

"这是白毛风！"王志文紧张地对刘奇轩说。白毛风是当地人对风吹雪现象的称呼，是一种由气流挟带起分散的雪粒在近地面运行的多相流天气现象，多发生在高纬度、高海拔和地形起伏变化较大的积雪地区，危害性较大。

刘奇轩伸了伸脑袋，他看到的是整个冬天的积雪。新覆盖的雪层看似柔软，但下面全是暗冰，稍不留神就可能发生侧滑。

"后车注意，前面有白毛风路段，大家小心驾驶，各车间保持一定车距，防止侧滑撞车。"紧跟其后的罗飞也已察觉到路面情况不妙，紧急向车队通报了情况，车辆行进的速度全部降了下来。

头车依然担负着开道的任务。王志文一点办法都没有，面对这样的路况，他根本无法加速，只能一点点向前摸索，如果不慎出了岔子，整个车队都将瘫痪在茫茫风雪里，他们自己也会加入受困人员行列，后果不堪设想。

可是，时间却不等人。晚上6点接到求救电话，现在已经9点多了，受困群众已经窝在暴风雪中超过3小时。他们的情况怎么样？还能坚持多久？是否有人遭遇重伤？一切情况未知。王志文着急，罗飞更急。

罗飞赶忙拨通局长电话，询问道："受困群众离我们大概还有多远？我们还要走多久？"

局长急迫的声音传了出来，显然他也有点焦头烂额："刚刚得到消息，群众困在八号点，就是转山休息点的八号点，一号点是一个寺庙，不过到现在也没看到寺庙。"

罗飞真是一个头两个大，走了半天，连一号点的影子都没见着，现在路又这么难走，什么时候能到八号点啊。他忍不住拿出对讲机呼叫王志文："你在保证安全的情况下，尽量加快速度。"

王志文叹了口气，虽然心里为难，却没有犹豫："明白！保证完成任务！"他把方向盘握得更紧了，一双眼睛瞪得溜圆，身体弯曲紧绷成弓状。车速似乎提高了一些，他感到一阵恶心，晚上没吃饭，再加上精神高度集中，胃先扛不住了。

在藏传佛教中，转山是一项非常重要的活动。信教徒的转山和游客不同，不论地上是泥泞还是石子，无论刮风还是下雨，他们都会虔诚地跪下，匍匐着身子，磕头，起来，再磕头，一次又一次。冈仁波齐在信教徒心中有着非常重要的地位，被誉为"世界的中心""神山之王"，因此成了许多藏胞、游客甚至外国信徒向往的地方，他们相信神山会给他们带来平安和幸福。但是，如果不了解这里的天气，盲目出行，常常会遇到意想不到的麻烦。

凌晨1点，茫茫风雪中，罗飞等人终于看到第一抹希望。几个藏族群众拉着马，满身是雪地从山上走下来，但他们是后来去转山的，看雪太大就下来了，对前面的转山者一无所知。

希望就此破灭。不过，通过交流，罗飞等人得知，一号点寺庙就在前方，这算是进山后的第一个好消息。然而让他们没想到的是，到了一号点，真正的考验才刚刚开始。

寺庙孤零零地立在山坡上，像一个朝拜者跪在冈仁波齐山前，大路到此走向尽头，后面才是真正考验信仰的地方。寺庙旁，一条孤零零的小路盘旋而上，如同接天的旋梯。王志文把车缓缓停下，罗飞等人陷入沉默。如果在平时，转山走这样的路完全没有问题，如今雪和冰都这么厚,再加上陡峭的坡度,车队能爬上去吗?

李彦龙拿出铁锹,把小路上的浮雪清理掉,狠狠地铲在了下边的冰床上,当啷一声,震得他虎口生疼。冰面上只留下一道白色的痕迹,雪下的坚冰冻得像石头一样,罗飞的表情没有任何变化,心里却松了口气,因为这样的话,车队还有通过的希望。

装载机继续向前,坚硬的防滑链在冰面留下两道深深的印痕,车队紧紧跟在后边。就在车队离开后不久,后方刚推出的路就被积雪和风积雪再次覆盖,这会儿正是雪下得最紧的时候,痕迹很快就消失得无影无踪,没有人知道这里刚刚通过了一支车队。

考验似乎还远远没有结束,无法逾越的障碍出现了。随着车辆的深入,前方的路越走越险,一面是陡峭的山壁,一面是千丈的悬崖,风雪呼呼地刮着,远处的黑暗像一个血盆大口,仿佛要把所有人吞噬。车灯照亮之处全是白茫茫一片,根本分不清路在哪里。

长时间的精神集中,再加上饥饿与疲惫,让王志文的精神和体力都达到了极限。他心里害怕了,作为整支队伍的排头兵,他的责任太重了,不能出任何差错。漆黑的视野、肆虐的风雪再加上看不见的路,王志文心里发虚、脚下发软,他害怕自己操作不当,坠落悬崖;他也害怕陷入雪窝,使队伍瘫痪。

他不敢向前开了。

"队长，前边风雪太大了，完全看不清路，强行向前风险太大，我害怕开到沟里去……"王志文顾不得自己的面子，赶紧向罗飞汇报了情况。

罗飞看着路边不断变幻的悬崖，风雪刮在他的脸上，更刮进他心里。但绝无退缩的道理，必须快马加鞭营救群众。

"我的小车在前边探路试试，你跟在我后边！"

但罗飞乘坐的霸道没开几步，就被厚厚的冰雪阻挡了，雪太厚根本过不去。罗飞狠拍了一下方向盘，真是叫天天不应、叫地地不灵，就在这时，大队长的电话打了过来。

刚接起来，浓烈的火药味就传了过来："你们怎么回事？怎么还没救到人？6点钟就上去了，这都几点了，到底怎么回事？"

罗飞委屈地说道："大队长，雪实在太大了，根本看不清路，我们已经以最快速度往前冲了，队员们都冻得直哆嗦，路被积雪盖住，根本看不清楚。"

大队长的语气依旧火暴，下达了死命令："我不管你用什么办法，给我加快速度，就是用肩膀扛，也要把救援队伍给我扛过去！"

泪水混合着冰雪从罗飞的眼睛里流出来，他比任何人都想快点把群众救出来。看着铁汉落泪，李彦龙也于心不忍：既要快速解救受困群众，又要面对上面的压力，又要处置各类棘手问题，还要考虑救援人员的安全，这么多重担压在一个人身上，就算是块石头，也给压扁了吧。

罗飞抹了一把眼泪，把心一横，重新燃起斗志。大队长"用肩膀扛"的话提醒了他，他对李彦龙说："我们几个在前边走，用脚把路的边缘踩出来，这样装载机就可以放心通过。"李彦龙点了点头。

罗飞把自己的计划告诉王志文，命令李彦龙负责悬崖一侧，施艳辉负责山体一侧，自己在路中间引导车辆，说完便行动起来。李彦龙和施艳辉一手拿着红旗，一手拿着绿旗，脚下趔趄着向前试探，用自己的身体在风雪中蹚出一条路来；罗飞则手持对讲机，面向车辆，不停地引导着它推雪。

虽然戴着棉帽和防寒面罩，穿着防寒靴，但是刚下车一会儿，罗飞等人就被冻透了。全身冰凉，双手发麻，两脚战栗，最严重的还是不停刮来的风雪，像刀子一样削在脸上、眼睛上，让人睁不开眼、迈不开腿。

为了躲避风雪，李彦龙等人不得不低下头、弓着腰，一步一顿向前走，就像藏族同胞转山时的模样，这样才能尽可能走快一些。但是，随着呼吸之间不断产生哈气，面罩很快就结上了一层坚冰，把睫毛和眼睑粘连在一起，用手一擦，拉得生疼。

绿旗前进，红旗停止，李彦龙是第一向导，施艳辉是第二向导。每向前一步，雪都灌满了双腿，很快，裤子和鞋子就湿透冻硬了，腿和脚像铁棍一样没有丝毫知觉。路面坑坑洼洼，还有隐藏在雪窝里的巨石，腿撞在上面像要断了一样。他们咬牙坚持着，全力继续向前，就像拉石上山的搬运工，憋着一口气，拖着整支车队向山上挪去。

　　为了给操作手王志文增添信心，罗飞在对讲机里喊起了号子：

　　哥们儿你给点力呀，前面有路我指挥呀，你只管向前冲呀，救出群众你首功呀……

　　在罗飞的鼓励下，王志文逐渐缓解了紧张，重新燃起斗志，透支的精神再次集中起来。他瞪着一双血红的眼睛，胳膊上青筋暴起，仿佛要把整个车队背在肩上。

　　深一脚，浅一脚，走十步，摔两步。就这样，在海拔5000多米的隘口上，罗飞等人在风雪里徒步走了近三个小时。这三个小时就像三年一样久，二号点、三号点依次被甩在身后，终于来到四号点，一个供转山时休息的帐篷，像一个雪中的土包。在这里，罗飞等人遇到了之前上山的几名救援人员，他们的车队只开到了四号点，大雪就把他们阻断在这里，出路和退路都封死了，上不去，也下不来，只能苦苦等着后续的援兵。如果没有援兵，他们将永远消失在茫茫风雪里……

雪地上散落着一辆救护车和六七辆皮卡车，有地方救援的车辆，也有被困百姓的车辆。当他们看到罗飞等人的车队时，都喜极而泣、手舞足蹈地冲了过来："你们可来了，你们可来了……帮我们把车拉一下，帮我们把车拉一下……"

几个藏族同胞眼含泪花，用藏语表达着谢意和祝福，一边向罗飞等人作揖，一边就要下跪行礼。罗飞眼疾手快，赶忙抢先一步握住他们的手，扶住他们下沉的身子、颤抖的手臂。眼泪滴在罗飞的手上，化开了坚硬的冰碴。

这里的空地稍微大一些，足够车辆掉头。王志文把装载机开到被困车辆近前，李彦龙趴在雪里，钻到车底下，把钢丝绳挂在皮卡车的钩子上。雪顺着脖领、袖口和手套灌进去，化成水，结成冰，李彦龙被冻得浑身发抖，不一会儿就毫无知觉了。

"你们还没吃饭吧，我们车上有吃的。"一位受困大哥说。

大哥边说边把车上的面包、火腿肠、巧克力等零食拿给李彦龙等人。李彦龙摆手拒绝，大哥就把食品都放在空地上，让他们自己拿。

仿佛火焰点燃了柴堆，每辆车的车主都拿出自己的食品，放在空地上，不一会儿，食品就堆成了一座小山。

车辆被救出来以后，罗飞等人顺着装载机推出来的雪道先行下山。如果耽误时间长，他们将再次被风积雪困住，甚至来不及道别。继续蹒跚向前，寒冷和缺氧让人四肢麻木，几乎要窒息。夜似乎更黑了，又走了一个多小时，绝望的情绪蔓延到每个人的心头，这场不知几时结束的马拉松，让每个人都筋疲力尽。

终于，凌晨5点多，远处微弱的光像初升的太阳从山头露出脑袋，给人巨大的希望。

"车灯，车灯，是车灯。"李彦龙大叫着，像一个考了满分的孩子。

罗飞终于舒展了眉头，但他的脸已经冻得乌青僵硬，做不出任何表情。他看着远处影影绰绰的光，那里应该就是被困的大部队了。

终于到了六号点，罗飞等人终于和被困的大部队接上了头。普兰县的县长和地区专员也在这儿，之前他们第一时间得知群众被困山上后，来不及多想就带领先头部队抢先一步进山救援。当时的雪还不是很厚，他们一路冲到七号点和八号点，把幸存者带了下来，但当他们往回返时，却只走到六号点，就被近一米厚的积雪阻断了前行的路。

"这就是老西藏精神啊，开山排雪，不屈不挠，你们传承得很好，有你们在，我们百姓很放心。"地区专员看着罗飞挂满霜雪的脸，两眼闪烁着光芒。

车队很快在大家的协助下脱困，救援人员给受困群众围上了棉衣和被子，伤情严重的被抬上救护车。这时，神山好像受到了大家情绪的感染，暴风雪突然小了很多。一定要抓住这个有利时机。罗飞抬头看了看天："大家注意，尾车变头车，立即回返！"

上山容易下山难，何况是这样的山、这样的夜晚。于是，军车驾驶员们的技艺有了用武之地，他们一一上车，负责为整个车队的车辆原地掉头，然后，按照风雪覆盖下已变得模糊的来时路线，一寸寸向着山底挪动。

把所有群众送回指定地点后，疲惫感像山一样压了过来。罗飞瘫坐在地上，一点力气也提不起来。王志文更是呕吐起来，由于长时间高度集中精神，导致他在放松的一瞬间，身体终于顶不住了，之前的坚持，完全是靠一口气在强撑着。李彦龙双手撑在地上缓了一会儿，然后艰难地站起来。他从车上拿出煤炭炉，给大家煮了泡面。

蒸腾的热气袅袅升起，映衬着一张张憔悴但微笑着的脸。紧接着，他们就大笑起来，笑声传遍整个塔尔钦，一直蔓延到冈仁波齐。

（作者现役于中国人民解放军联勤保障部队。文学硕士。曾在国防大学、解放军艺术学院、北京师范大学、鲁迅文学院等培训学习。在《人民文学》《中国作家》《青年文学》《十月》《解放军文艺》《小说选刊》《中篇小说选刊》等发表作品若干。著有长篇小说《天边的莫云》

《百夫长》、中短篇小说集《我的特战往事》《绝非兵家常事》《卓玛戴着红珊瑚》、散文集《喜马拉雅:一部古海的和声》、长篇非虚构作品《六号哨位》等。曾获首届胶东文学奖中篇小说奖等）

刘文修语录：当年拼死上战场，就是希望有一天人人都有白面大米吃，有房子住，可以在阳光里散步。

活进曾经的愿景里

□ 亓祥平

听 那年风雪 回响
传来 冲锋号角 多么地嘹亮
有人 用生命捍卫 他心底的光
那是信仰

看 白雪皑皑 的战场
有人 化作丰碑 遥望着故乡
泪水 冻在了 年轻的脸庞
可我知道 你内心 有多么滚烫
最可爱的人啊 多想对你讲
如今山河无恙 如你所想
最可爱的人啊 我们不会遗忘
你那永远 坚毅的模样

……

最可爱的人啊 多想对你讲

如今繁华盛世 如你所想

最可爱的人啊 我们不会遗忘

你那傲然 不屈的脊梁

当听到电影《长津湖》主题曲《最可爱的人》时，已经94岁高龄，参加过抗美援朝战争并荣立二等功的老英雄刘文修忍不住热泪盈眶，仿佛重回战场，重回长津湖。烽火中的青春年华，入朝作战的艰难困苦，踩着厚厚的积雪日夜行进在蜿蜒险峻的狼林山脉沟壑，风雪交加的严寒气候，山高路窄的复杂地形，异常险恶的战场环境。脑海里那一张张亲切的脸，那一个个熟悉的战友，他们有的踏上战场就再也没有回来。

"日夜不停地急行军，极度疲惫和寒冷，许多战士跑着跑着就会倒地睡着，大家互相照应着，努力拉起倒下的战友，可还是会有一些战士再也拉不起来，永远长眠在雪地里……"回忆起70多年前朝鲜战场上的一幕，他禁不住哽咽难言。

彼时，他是一名20岁的青年，那一年，是1950年。

抗美援朝战争打响后，朝鲜军情如火，前线战事吃紧，刘文修所在的第9兵团是第二批入朝部队。第9兵团司令员宋时轮、副司令员陶勇都是身经百战的骁将。所率的3个军都是经过革命战争千锤百炼的劲旅。作为原定攻台主力，所率3个军都是超额编制，每个团都是四四制甚至五五制加强营。

1950年11月，部队到达鸭绿江畔，刘文修带着部队配发的一点饼子、100多发子弹和4个手榴弹，随部队夜行，跨过鸭绿江。入朝参战时他是骑兵通信员，也是团部首长的警卫员，主要任务是传递消息和保护首长。

即便是刘文修1944年就参加了儿童团，1948年参军入伍，经历了解放战争，参加过淮海战役、渡江战役，是从战争硝烟中一路成长起来的铁血男儿，他也会感慨抗美援朝出国作战的艰苦。

敌机轰炸过后，一片狼藉的战场，满眼硝烟弥漫，能见度很低，翻译牺牲了，语言不通，无法问路，团长一遍遍问刘文修"能认得出方位吗？能认得出方位吗？""能。"刘文修凭借多年积累的经验，准确认出方位，将队伍带出险境，平时苦练的技能在战场上就是生存能力。

除了语言不通、环境恶劣，雪上加霜的是后勤供应跟不上，物资匮乏。东线只有一条山间公路可以勉强走车，美军占有制空权，天上遮天蔽日地飞着美军的飞机，到处是炮弹的尖啸和手榴弹、爆破筒、炸药包发出的闷哑的爆炸声，27军40多辆满载物资的卡车被凝固汽油弹烧了个精光，美军的疯狂轰炸造成作战前线物资一度非常短缺，食品供应不足，连能充饥的冷土豆和炒面都供应不上。

朝鲜本身又缺粮，最困难的时候，一个战士一天只能分一个鸡蛋大小的土豆或十几粒黄豆。土豆虽然是煮熟的，但严寒的天气下，很快就冻得发黑，硬得像石头，吃到嘴里会发苦，可在战士们眼里，这样的土豆也是无比珍贵，贴着胸口焐热乎些，慢慢地一点一点啃下来充饥。

抗美援朝战争打响的第二次战役中，最著名的就是东线的长津湖战役。刘文修所在的第9兵团打出了全歼美军一个整团的漂亮战例，然而长津湖战役的残酷也是空前绝后。

长津湖和赴战湖在高寒的盖马高原东北部，两大湖泊及其附近地区被称为长津湖地区。两湖周围重山林立，平均海拔1300米，几乎全是崇山峻岭。当时，长津湖普降大雪，气温已经降到零下30摄氏度，基本生存都不容易。

就是在这样的极端天气下，为了不引起美军注意，作战的志愿军第9兵团十多万将士冒着严寒，踩着厚厚的积雪，徒步翻山越岭抵达了美军必经之路，埋伏在两侧的阵地上。

战士们依靠坚强的信念与意志，趴在白茫茫的雪原中，紧握手中钢枪。11月27日，10万名仿佛穿着银色盔甲的志愿军将士扑下山，成功将美7师和陆战第一师包围，砍成五截，分割包围十分顺利，但消灭被围之敌却艰难无比。

武器装备方面与美军的差距无法想象，对只有少量迫击炮的志愿军来说，手榴弹成了珍贵的重武器。面对拥有空军、地面重火力的美军，9兵团唯一占优的就是人数和钢铁一样的意志。

被围的美军用200余辆坦克在三处主要被围地域组成环形防线。志愿军的每个团只有八九门老式火箭筒，很难冲破坦克防卫圈。只有中小口径的迫击炮掩护步兵冲锋，迫击炮受酷寒天气影响，打出去的炮弹三分之二成了哑弹！步兵只能用步枪、机枪去冲击敌人的钢铁堡垒。

美国的陆战队员从来没有见过如此众多的中国志愿军蜂拥而来，志愿军一次次顽强进攻，尽管陆战队的炮兵、坦克和机枪全力射击，但是战士们仍然源源不断地涌上来，他们那种前仆后继、视死如归的精神，让美军心惊胆寒。

刘文修几度落泪，回忆在长津湖战役中，在美军撤退路上，志愿军最擅长的扎口袋的狙击战术却没能发挥作用。志愿军后续部队开上阵地时，发现提前部署在此狙击敌人的部队战士已经都被冻死了。他们就那样静静地趴在地上，手里握着步枪，眼睛盯着山下，远看是一个静悄悄的狙击阵地，战士们依然保持着战斗姿态，可是已冻成冰雕。

在整理战士遗物的时候，发现了来自上海的战士宋阿毛的绝笔：

"我爱亲人和祖国

更爱我的荣誉

我是一名光荣的志愿军战士

冰雪啊！我决不屈服于你

哪怕是冻死

我也要高傲地耸立在我的阵地上！"

牺牲在长津湖战役的特级英雄杨根思说过："只要有我们的勇敢，就没有敌人的顽强。"在驻守可以俯瞰下碣隅里1072高地的战斗中，杨根思面对强敌，喊出"三个不相信"的战斗宣言："在革命战士面前，不相信有完不成的任务，不相信有战胜不了的困难，不相信有战胜不了的敌人。"带领着官兵持续打退敌人8次进攻，最后阵地上只剩3人，杨根思下令让两个负伤的战士撤下去，自己收集了阵地上所有的炸药，抱起炸药包与敌人同归于尽。

早上一起出发的战友，晚上有许多就回不来了。刘文修说，埋葬战友的时候，"许多炮火下牺牲的战友都没有完整的尸身，散落地上的是血肉模糊的残肢断臂，自己只能一点点比对，尽量让战友的遗体完整一些。还有许多战友的遗体身上满是还未凝固就冻成一团团的粉红色血块，是负伤后仍顽强向前，直至鲜血流尽依然保持着持枪卧地前仆的战斗姿态……"

战士们英勇无畏、前仆后继、视死如归的精神，让对手也肃然起敬。美军陆战第一师师长史密斯感叹："长津湖战役是钢铁部队在和钢铁的人作战。"

刘文修还是一个特别有智慧的老兵，善于思考，作战灵活。多年的通信兵生涯，练就了他能够凭借自然环境准确分辨方向，凭借脚步和感觉就可以准确计量路程的本领。这个特殊的本领，让他在抗美援朝战场荣立了二等军功。

那是一次战役前夕，在阵地前沿潜伏着我方一支总攻先遣部队，为了确保隐蔽而不被敌人发现，部队必须保持安静，无线话报机必须保持静默，只能靠通信员传递消息。与此同时，在阵地附近还发现一个美军炮群，需要进一步侦察探明情况。

团指挥部已经派出两拨侦察兵前去侦察，都有去无回，极有可能遭遇不测。关键时刻，首长们派出了灵活机智、善于分辨方位、能盲测距离的刘文修。团长交给他前两拨侦察兵都没能完成的任务：一是摸清美军炮群情况，二是给潜伏部队送去近期要总攻的信息。

由于敌方的炮群和我军潜伏部队并不在同一个方向，执行这两项任务需要来回折返，颇费周折，危险性非常大，随时可能牺牲。

面对被敌军探照灯照得亮如白昼的封锁区，刘文修迅速在脑海里思考着如何避开探照灯、如何进入敌军的阵地。他想起了参加淮海战役时，在枣庄经过一条铁路时，自己不慎摔倒在铁轨上，正好听到清脆的火车车轮声，他告诉班长，火车很近了。班长趴下听了听，告诉他："至少还有三四十里，你经验少，晚上静，声音传得远。"

为避开敌人的探照灯，他选择月黑风高的天气出发，穿梭绕行在黑暗地段，什么也看不见，只能依靠"听铁轨的经验"，走一段，就趴下听一听，听有没有动静，借助微弱的声音，来辨识黑暗里的情况。通过仔细听地上传来的敌人炮群哨兵来回走动的声音，准确发现炮群方位。

美国炮群哨兵冲着自己方向走来时，声音渐大、清晰；反方向走去时，声音渐小、模糊。他一直听着声音，哨兵往自己方向走时，他就趴着不动，哨兵往对面走时，他就往前爬。

就这样，一直爬到炮群附近，清楚看到各种火炮。山炮长、细，榴弹炮粗、短，还有各种各样的小炮，属于典型的综合炮群。摸清了炮群情况，任务只完成了一半，下一步该往哪里走？

经过思考，刘文修认为摸清炮群的意义更为重大，必须尽快将情况汇报给团指挥部，避免我军更大伤亡。如果先去给潜伏部队送信，自己万一牺牲了，炮群的情况就无法送出，另外，情况紧急时也可以启用无线话报机联系发起进攻。想到这里，他决定先回团指挥部。

他小心翼翼，继续听着声音，不发出任何声响，慢慢地爬出敌军阵地，一刻也不敢耽误，回到团指挥部，汇报了敌军炮群的详细情况。团首长听罢后说："这个炮群阵地情况实在太重要了，你立大功了，不用再去送信了。"

虽然团首长说不用再去送信了，但那桩没有完成的任务成了刘文修放不下的心事。

在朝鲜战场上，他的手指甲、脚指甲全部冻成乌黑色，半年以后，双手和双脚指甲一个个全部脱落，才又慢慢长出新的指甲。直到今天，他手指温度也始终较低。

和平的日子，真好。

经历了无数战火考验的刘文修更懂得活着的意义。他经常想，活着的自己和那些牺牲的战友比，是无比幸运和幸福的。在朝鲜战场上，他们和自己一起经历了那么多的危险和困苦，他们留在了朝鲜的土地上，自己活着回到祖国，并见证了祖国的日益强大。

当年在战场上，他们常常会缴获美军大量物资与军车，大多数时候却因为没有人会开汽车，紧急撤离时被迫将军车烧毁。1952年9月，刘文修从朝鲜回国后，便一心想学习技术，被选送到解放军第三运输学校学习，成为首批汽车运输兵，学汽修、学航海，因为成绩优异，留校担任教员。1969年，他回到原总后勤部工作，一直为部队后勤建设作贡献，直至离休。

在自己的工作岗位上，他始终没有忘记技术革新，发挥自己善于思考、擅长动手的特长，在总后华北物资局太原供应站工作时，他改装了半吨小铲车，实现了库房运输机械化，有效解决了库房保管员不足的问题，华北地区其他4个供应站都来观摩学习。

热血男儿亦柔情，怕母亲心疼，直至母亲去世，刘文修也没和母亲提起过朝鲜战场上的艰苦。比他小5岁的妻子李英吉，是母亲在山东老家给他挑选的媳妇，两人共同养育了3个孩子，相依相携，如今依然幸福相伴。

1986年，刘文修把1969年出生的小儿子刘峻送去参军。1986年底到1988年夏，刘峻在云南参加对越自卫反击战，参战近两年。

在对越自卫反击战中，刘峻是炮兵，在战场上亲眼看见我军的炮群怒吼着打红了天空。经历了在父亲讲过的形如猫耳的单人防炮洞中的作战，"猫耳洞"让他更加理解了老一辈战士们的智慧，真正感受到了中国军人的铮铮铁骨，父亲曾讲述志愿军在朝鲜战场用双手挖出长达1250千米的坑道，筑起了无数道地下长城。那时，一个连队1个月就能凿秃上千把钢凿，将几百把十字镐磨成锤子一样的铁块。摊开任何一名战士的手掌，都是一层层极其坚硬的血茧。

家人问刘文修："你参军吃得苦还不够吗？为啥还让儿子也参军？"刘文修回答："让儿子参军，保家卫国是我一辈子的心愿。"老人饱含深情地说这辈子他就认准了共产党，认准了我们的军队是全心全意为人民服务的军队，是党和人民军队把自己从一个小山村的穷苦娃娃培养成党员和革命战士，使全家过上了幸福的生活。

刘文修曾吃过没文化的亏，刚入伍时连里卫生员牺牲了，连长看他个子小，便让他去当卫生员。接过卫生员带血的药箱，刘文修当时就傻眼了。药箱里有止血带、夹板、绷带和各种各样的小瓶瓶，写满了字，可自己没文化，不识字！而且正值部队在临沂地区打仗，伤员很多，需要包扎、处理伤口。

刘文修没有学过护理，勉强能简单处理一下胳膊和腿上的伤，一旦遇到头颅和脸部的伤就不知道该如何下手了，又不识字，没有办法给伤员用药。面对流血的战友，他急得大哭，卫生员工作实在是拿不下来。

他说当年自己没有当好卫生员，一直非常遗憾。为了弥补老人的遗憾，刘文修的女儿刘英让自己的孩子学医，后来考取了上海复旦大学的硕士研究生和博士，毕业后在复旦大学附属华山医院工作。2022年上海新冠肺炎疫情肆虐的时候，刘文修的外孙女弓唯一，义无反顾投入疫情防控一线，住进上海新冠感染定点医院——华山医院（北院），采用中西医结合疗法治疗新冠肺炎病人。无论是当初学医，还是疫情发生后的主动请缨，都源于骨子里的那份血脉传承。

如今，刘文修跟随大儿子刘峰居住在太原市馨春龙城苑，多年的军旅生涯，让他始终保持着敏锐的观察力，他可以不经意间准确辨知方位，也可以精准地用脚步度量距离，喜欢与树木花草相亲。长期当警卫员养成的不串门、不串话的习惯，让他很少与邻居串门和交谈。

离开了太原市九丰路太原市军休一所的家，在这里没有人知道他当过兵、打过仗、流过血、负过伤，是位军功累累的战斗英雄。他也乐得清静，喜欢在一栋栋高楼之间的花园里小坐和锻炼。

刘文修从不觉得自己是英雄，他总说，那么多的战友都牺牲在战场上，自己能活下来替战友们看一看当今盛世，山河无恙，烟火寻常，已经非常知足。他教育儿女，优良传统绝不能丢，要珍惜来之不易的生活，铭记历史，不忘来时路。

从战场上走过来的刘文修感慨："有白面大米吃，有房子住，可以在阳光里散步，不是比蜜还甜的日子吗？"

（作者系中国金融作家协会会员、山西省作家协会会员、太原市作家协会副秘书长，发表报告文学、诗歌、散文若干。合著出版《山西省志·农村信用社志》《银星璀璨》《文化工匠》《渡人》《小康路上》《战火中的青春》《微光成炬》等文集）

刘玉锁的幸福经：用老祖宗的好手艺，把乡土的好东西变成"花"，在乡村振兴的新征程上奏响属于它们的华彩乐章。

旱碱麦赢得香满仓

□ 宁 雨

立冬时节，渤海吹来的风还不那么凛冽，天空湛蓝，阳光温暖。早饭过后，沧州渤海新区黄骅市旧城镇后仙庄村村民广场上，人声渐起。

广场对过，黄骅面花非遗工坊早已忙碌起来，河北省非物质文化遗产代表性项目"黄骅面花制作技艺"省级代表性传承人孙建军派来的面花师傅高静和她新收的四五个徒弟，开始了新一天的手工面花制作。他们将按客户要求，做一件六重花式福字款面花。

在黄骅，做面花也叫"磕面花"。按照孙建军的设想，在生产花模子磕出的黄骅传统面花之外，还要另辟蹊径，打造花式产品生产教学模式，让面花这门传统技艺融合陕西、山东等地的面花文化元素，也让手艺传承惠及更多乡亲。

活灵活现的游鱼、飞鸟，富丽的牡丹，朴拙的菊花……在师父手把手地传授下，徒弟们第一次用自己家乡的旱碱麦面粉，捏制出多彩的世界。现在工坊有十来个学徒，都是黄骅农村的子弟，三四十岁，个个心灵手巧。

村里威望颇高的旱碱麦种植"土行家"刘玉锁对非遗工坊十分看好。没事的时候，他总忍不住在手机上一遍遍欣赏非遗工坊里生产的面花图片。后仙庄村人的日子，多像这些层层叠叠的面花，美好多彩，又让人满怀希望。

一

后仙庄村北洼，旱碱麦田里处处生机。抢墒早播的地块已经开始分蘖。搭上播种期最后一班车的晚播地，麦苗活泼泼地拱出地皮。

11月16日早晨，农机手正在检修机器，启动麦子休眠前的镇压保墒作业。麦地，像一位进入新一轮孕期的母亲，骄傲而安详。多年养成的习惯，刘玉锁几乎每天一早都要来洼里转一圈，看看麦子长势。作为后仙庄村党支部副书记，他既为自家麦地操心，更为全村麦地操心。

刘玉锁和老伴儿种着20多亩地，麦季一共打下6500多公斤麦子。今年的旱碱麦行情非常好。收完麦子种棒子，棒子也很给力。大秋里，沉实的棒子粒金子般从收割机的仓斗里流出来，刘玉锁心里甭提多舒畅。入冬后，粮食该卖的卖、该囤的囤，跟村里的多数人家一样，他又开始了新一年的谋算。

走在新绿的麦田里，刘玉锁一遍遍想起今年麦收前习近平总书记在仙庄片区考察的情景，心情很是激动。一亩旱碱麦，多数都能打260公斤到300公斤麦子，好地块能超350公斤。祖祖辈辈，做梦都不敢这么想啊！不光后仙庄村，整个仙庄片区，整个旧城镇，整个渤海新区上百万亩的大碱洼里，哪户人家没有几千公斤的新麦？大囤满、小囤流的丰收愿景，结结实实地实现了。

作为一个老庄稼把式，刘玉锁永远忘不了2013年4月9日这个日子。当天，他无意中读到一条新闻："渤海粮仓科技示范工程"正式启动，将在河北、山东、辽宁、天津等地建立核心区、示范区和辐射区。

"旱了收蚂蚱，涝了收蛤蟆，不旱不涝收碱嘎巴儿"，曾是黄骅盐碱滩的真实写照。史料记载，早在2000多年前，这片土地上就开始了旱碱麦种植。只不过那些原始品种，亩产仅有几十公斤。碰上灾年，麦种都收不回来。在盐碱地里摸爬滚打了半辈子的刘玉锁并不懂新闻里说的"核心区""示范区"等新鲜名词，但他心里却着实被这则新闻擦出一簇簇希望的火苗。作为一名村干部、老党员，他觉得机遇来了，自己得带头干点啥。

那年秋天，刘玉锁家的田地里上演了一场精彩的"戏法"。

一台农村人从未见过的大机器开到玉米地边。"呼啦啦"机器启动，七八行玉米连秸秆带玉米棒子被"咔嚓咔嚓"吞进肚里。它吃得快，吐得也利落。玉米棒子一个接一个地被送进仓斗中，让人目不暇接。机器身后，粉碎过的秸秆被均匀地撒回地里。小半天工夫，十几亩地的活就干完了。收完玉米，再种麦子。刘玉锁请来翻耕机，又是不到半天时间，玉米秸秆连同地里的杂草，全部被翻扣到了30厘米深的地下。紧接着，轮到旋耕机、播种机登场，耙地、播种、施底肥，由一台大拖拉机带着一溜烟就干完了。

"这就叫农业现代化吧，今年可见识了。"村民之前也听说过这些先进的大机械，但总觉得那是别人的事。刘玉锁家一个星期之内连连上演秋收秋种"戏法"，在村里引起不小轰动。有人说，钱烧呗，又不是身子骨不好，自己干不动。有人说，把秸秆卖给牛奶场还能挣个钱，翻到地里白浪费还得给农机手出工钱，我看玉锁的脑子有问题了。

在村里十字街口，刘玉锁给闹哄哄的人们算了一笔账：依靠人工，光掰棒子"白加黑"地干，每家也得十来天，加上耕地、耙地、种麦子，每年都得鼓捣一个多月。

费工费力的事，上岁数的人干不动，还得把在外打工的年轻人拽回来秋收，耽误人家挣钱不算，路费不也是一笔钱？机收机种，动动嘴皮子，地里的活就清了，一季能省出20天时间。俩壮劳力，按打零工每天挣50元，20天就是2000元。秋收省了时间，种麦还能抢到好墒情。

尽管当场没多少人明确表态，但刘玉锁清楚，自己精心策划的"戏法"示范课，已经达到目的。

"渤海粮仓科技示范工程"向盐碱地要丰收，农业专家给出了培育良种、改善土壤、优化种植的套餐方案。刘玉锁深谙好办法与好落实之间，有时候就差百姓思想观念这"最后一公里"。而给村民做工作，最实际的就是自己带头干。

事实最能服人。因为秋收快，抓住了好墒情，第二年春天，刘玉锁的旱碱麦返青格外早，而且麦苗又齐又壮。原本跟别人家一样多的盐渍"秃疮地片"也减少了。再看没有进行深翻、秸秆还田的旱碱麦地，麦苗稀一片、密一片，看着就闹心。一时间，乡亲们纷纷仔细盘算起秸秆还田、机收机打的事。

刘玉锁清楚地记得，后仙庄村实现农业机械化，仅仅用了3年。3年，大机械收种为盐碱地土壤改良带来的益处已经肉眼可见。地里盐渍斑块越来越少，连原来根本不长麦苗的孬地也能种麦子了，全村旱碱麦播种量每年都成百亩地增加。当黄骅市农业部门第一次组织深松土地的时候，村民一改逢事观望的态度，家家户户奋勇争先。大家都说，这深松作业能给土地舒筋活血，土地舒坦着呢!

10年间，市里两次免费深松，多年沉睡的犁底层苏醒了，板结僵硬的深层土地痛痛快快伸了个懒腰，蓄水、排涝的本事更强大了。秋耕时节，乡亲们抓起一把泥土捧在手上，只觉得暄暄腾腾的，隐隐约约还有了些油性，这可是以前从未有过的事。

村里人私底下喊刘玉锁"土行家"。这个出生于20世纪60年代的汉子，在科学种田上真不含糊。他头脑活络，特别喜欢接受农业科技的新生事物。刚刚包产到户时，经大嫂沈秀英推荐，他家率先播种了当时最走红的"冀麦32"。2015年，"捷麦19"新品种刚刚培育成功，他就设法淘换麦种抢先试种。沈秀英在十几里地之外的中捷友谊农场农科所工作，每每见面或电话联系，刘玉锁第一件事就是向她打问有啥好种子、有啥种地的新方法。几个反响不错的新品种，都是刘玉锁带着几个喜欢科学种田的人在村里率先试种。

科技如甘蔗，越吃到深处越甜。对于大机械作业、秸秆还田、微沟播种、合理密植等，刘玉锁如饥似渴，处处留心，考察求教。"渤海粮仓科技示范工程"实施10年，他带头把自己从一个传统庄稼把式变成了科技新农人。

"玉锁叔，现在这温度，一亩地播多少斤麦种合适？"

"玉锁哥，咱这麦子该喷磷酸二氢钾了不？"

刘玉锁用自己的新本领、新知识回应着乡亲们对于土地的热情。在他的带动下，村"两委"班子成员成了后仙庄村科学种田的主心骨。

刘玉锁说，这些年机械化种植、秸秆深翻还田的作用很大。一些盐碱度较高、难以播种旱碱麦的土地，种植苜蓿也是改良的好办法。在科技人员的指导下，通过种苜蓿，调节盐碱度，提高土地肥力，改造好的地块就可以种麦子了。2023年，整个黄骅市苜蓿种植面积超过10万亩。麦草轮作，让土地休养生息，得到新农人的普遍认可。

一年一小步，十年看巨变。千百年来盐碱为害的盐碱滩已然变成一位抒情的大地魔法师。五黄六月，风摇麦浪，千里麦香。漫步田间，古老的盐碱味早已没有踪影。轻嗅每一寸禾稼，都透着微甜的味道。

二

粮食安全是"国之大者"。种子，是农业的"芯片"。"芯片"强大了，粮食种植的底气才能强大。而从"以地适种"到"以种适地"，让种子和土地"相向而行"，堪称盐碱地综合利用的里程碑。

10年来，以后仙庄村为代表的环渤海盐碱滩上，以机械化、现代化农业为动能，改造盐碱地"以地适种"的努力持续精进。而农艺师张卫军等科研攻坚者，则沿着"以种适地"的思路，不舍昼夜，默默耕耘。

张卫军的父母都是中捷友谊农场的老职工。农场比旧城镇后仙庄村那边的地势更低洼。从农场成立垦荒种麦起，职工们就一直与盐碱化进行着艰苦的斗争。那时候，农场家庭都吃粮本。因为吃不饱，少年时代的张卫军时常被父母打发到大碱洼里采野菜回家填饱肚子。遍地的碱蓬、碱嘎巴儿，成了他的成长记忆。当然，饥饿也挡不住少年飞扬的心。他想，这遍地的碱蓬如果都变成麦子该多好。

1988年，张卫军从沧州农校毕业，被分配到中捷友谊农场农科所工作。之前，农科所已经多年从事旱碱麦品种选育，积累了大量研究资料和科研经验，并有了宝贵的研究成果——"冀麦32"。"冀麦32"在黄骅农村示范种植，旱碱麦亩均产量从原来的几十公斤一下子提高到150公斤，上了一个大台阶。

张卫军很快融入了旱碱麦育种团队。

工作十分烦琐。返青时间、返青率、拔节时间、分蘖率、成穗率、扬花时间、株高、根系深度、穗粒数、单粒重……一个个科研数据都要靠实验田里的现场调查和实验室的周密分析取得。育种组当时只有3个人，而列入调查的小麦品种多达40多个，调查范围足足4亩多地。

初冬，实验田里的麦苗准备休眠。渤海的风，钻皮钻肉。在室外待上半个小时，手脚就冻得又疼又麻。为了获取旱碱麦越冬前的关键数据，张卫军和同事们带着尺子和笔记本，在麦田里从清晨一直干到天擦黑。冻僵的双手努力地配合大脑完成了大量的测量和记录工作。

春天里，旱碱麦起身拔节。为观察麦苗长势，越是特殊天气，张卫军越是往田里跑。一天下来，脸上身上沾满带着咸味的泥土。到小麦秀穗扬花期，科研观察的时间就得按小时计算了。张卫军每天至少往田里跑三四趟，只为捕捉某个特殊节点的数据。

滴水穿石。张卫军相信，只要付出足够的耐性和定力，就一定能够培育出更优秀的种子。

观察中发现，"冀麦32"耐寒、耐旱、耐盐碱，表现出很好的韧性，但也有一个致命的缺点：它们平均株高超过1米，这个"身高"对于特别喜欢刮风的环渤海低平原地区来说，实在太高了。麦子长得太高，抗倒伏能力就差。倒伏，是麦子减产的罪魁祸首之一。

为了选育更适宜的"矮个子"麦种，农科所扩大观察范围搞调查比对，到"冀麦32"大田中进行地毯式寻找。1992年，获得500个变异株单株，这让张卫军非常欣喜。单粒点播、单株调查、考种、行播、入圃实验……转眼8年过去，他们终于筛选出20个优良株系出圃。再经过3年的品系比较、生产试验，最终在2015年育成"捷麦19"。这个新品种，株高降低了10厘米至15厘米，秸秆也更加粗壮。它们扎根的本领也好，根系深达2.8米至3米，比普通小麦增加了0.3米至0.5米。

"捷麦19"是张卫军和同事们为盐碱地旱作雨养种植环境量身打造的专属小麦品种，花费了30多年才培育成功。周围村庄一经示范，许多乡亲第二年就主动选择了"捷麦19"。用刘玉锁的话说，这个品种不挑地，抗盐碱能力杠杠的。2023年，后仙庄村的耕地中绝大多数种的都是"捷麦19"。

旱作雨养体现传统耕作方式里蕴藏的生态农业精神。为了给当地传承千年的传统耕作方式赋予创新的科技之"芯"，张卫军等一大批科技人员几十年如一日接力攻关。

与此同时，主导"渤海粮仓科技示范工程"的"国家队"更在持续发力。科技部、中国科学院联合环渤海的河北、山东、辽宁、天津四省市，针对盐碱荒地和中低产田，重点突破土、肥、水、种等关键技术。中国科学院南皮生态农业试验站也筛选出了一批耐盐碱、高产量的旱碱麦品种，比如"小偃60""小偃155"等。

2023年，黄骅市60.98万亩盐碱地收获了14.64万吨旱碱麦。其推广的旱碱麦新品种，除了仙庄片区的"捷麦

19"，还有"小偃"系列、沧麦6002、沧麦6003等。更欣喜的是，由河北援疆工作者做媒，"冀麦19"与新疆若羌、和硕的大片盐碱地"结缘"，喜获丰收。

"捷麦19"之外，张卫军和他的伙伴们采用迭代杂交方式，于2021年培育出"捷麦20"。瞄准更新一代研究材料，他们雄心勃勃。

旱碱麦的中国"芯"，越跳越稳健，越跳越有力量。

三

麦苗鲜，面花香。趁着风和日丽，村里上年纪的女人纷纷翻找出自家珍存的面花模子，擦净小篦子上的细尘，准备给儿孙们好好蒸几锅面花。蒸面花，是黄骅上百年的民俗传承。过去，麦子稀缺，逢年过节才舍得蒸一些，祭祀先人、招待亲戚。今年风调雨顺，旱碱麦丰收，人们当然要大展身手，用素雅、香甜的传统面花，表达对美好生活的期盼。

随着黄骅面花非遗工坊开张，孙建军的干劲更大了。作为面花非遗传承人，孙建军2012年创建的以面花为核心产品的河北帝鉴食品有限公司，从小作坊做起，经过十几年打拼，把非遗面花推广到北京、石家庄等地的高端市场。现在，他的公司已成为沧州市旱碱麦深加工龙头企业之一。2023年麦收之后，他扩建了厂房，从北京挖来生产、销售人才，重组面花运营团队。他自己则全身心地做教学和员工培训。孙建军说，非遗不创新发展无以存活，发展的关键是人，没有优秀的人才，一切免谈。

因为面花，孙建军和后仙庄村这片土地有了交集。而拥有成熟的旱碱麦种植技术和大片土地的后仙庄村人，也从孙建军和他带领下的旱碱麦深加工企业得到许多启发。

旱碱麦声名鹊起，点亮了后仙庄村村民对未来的希冀。刘玉锁说，在原本不咋关心土地和庄稼的年轻人口中，"旱碱麦"也渐渐成了高频词。大家伙心气足了，纷纷表示要给村里做点事，回馈家乡的养育之恩。

"美丽庭院""十星级文明户"创建，家家户户自觉自愿。74岁的王如春当上了村里的清洁员。每天一大早，老人家就兴冲冲上岗了，清垃圾、整地面、除杂草，犄角旮旯定时喷药防虫，跟侍弄自家院子一样勤快。见到村里老哥们，他总笑呵呵地说，把街道收拾得妥帖利索，自己也舒坦。

王园园是第一批回村创业的年轻人之一。她今年37岁，娘家在沧州市海兴县。他们这茬人赶上了好时代，渤海新区黄骅市大发展，各种机会也纷至沓来。20岁那年，她来黄骅工作，并且在后仙庄村找到了另一半。夫妻俩一个在企业打工，一个经营着两台混凝土罐车，小日子过得风生水起。2021年，村里选聘网格员，王园园考虑再三，毅然决定回后仙庄村参加社会工作。做网格员之外，王园园还和妯娌在村里开起一家小饭馆，名字叫"常月羊汤"。小饭馆主打传统风味，妯娌擅长做羊汤，园园最拿手的是手擀面、烙饼、水饺、面花。做面食，当然选用自家产的旱碱麦。每天一早，王园园通过手机视频播发新采购的食材，茴香、韭菜、鸡蛋、黄菜、豇豆、黄瓜……每一样都新鲜水灵。小饭馆回头客多，餐餐爆满，还要"翻桌"。累是累点，但充实、快乐。

在外打工的人纷纷动了回村创业的心思。后仙庄村村委会副主任刘建，今年41岁，高中毕业后一直在黄骅做建筑工程方面的生意。2021年村委会换届，他放弃高收入，选择回村工作。村里盐碱地治理好了，乡亲们种地不赔钱，今年一亩地还能赚几百元。他想带着大家把产业链做起来，让旱碱麦真正成为一篇大文章。

旱碱麦的产业链怎么做？刘建想的是面粉加工项目。后仙庄村旱碱麦是真正的旱作雨养，含多种营养价值丰富的微量元素，吃着香甜，嚼起来格外筋道。这么好的麦子，必须让品牌响亮起来。刘玉锁则认为，要想增产又增收，就得继续推进土地流转，搞合作社和农庄。

2023年秋播前，村里又有1300亩土地流转出去。村里高标准农田建设方案已经规划完成，只待来年开春，集调沟、修路、拉电等于一体的综合工程将陆续展开。"未来的后仙庄村大北洼几千亩土地,将田成方、路相通、沟相连、雨能灌、碱能排。"刘玉锁憧憬着。

"做好盐碱地特色农业这篇大文章",这句话刘玉锁记得牢。作为一个老庄稼把式,这位60多岁的汉子,对脚下的土地充满自信。

旱碱麦,一种古老而又焕发生机的庄稼,在乡村振兴的新征程上,正奏响属于它的华彩乐章。

(作者本名郭文岭。文学创作一级。出版《八月泰成》《十里花廊》《郭守敬》等6部文学著作,获第五届中国出版政府奖、第十三届河北省文艺振兴奖等奖项)

姜晋们的幸福经：到大秦铁路去，沿着脚下的钢轨一直走下去，走过属于自己的"长征"。

一个人的"长征"

□ 林小静

一个人，为了守护两条钢轨，在大山深处一扎就是20多年。

来时，他青春飞扬，身板挺拔；如今，霜染青丝，身姿渐驼。

20多载岁月里，曾经和他一起走进大山的伙伴，相继调离，回到灯火通明的城市和离家最近的地方，唯有他，还"傻傻"留在原地，与大山为伍，与钢轨作伴。

知他者，称他和两条钢轨已融为一体，彼在我在，我在彼在。

不知他者，说他脑子不开窍，离家几百千米也不向领导摆困难。

只有他，知道自己在想什么。

他叫姜晋，是大秦铁路上一名普通养路工。曾经，他也向往过都市的繁华生活，憧憬过与家人朝夕相守的美好，但当他2000年走进大秦铁路，走进这条有着"中国重载第一路"之称的能源大动脉，来到四周皆是悬崖峭壁的黑山寨线路工区，人生的选择却悄然发生了变化。

究竟是父亲年轻时唱给他的那首"上大秦去，上大秦去，奋战大秦献青春，这才有志气"的歌曲影响了他，还是大秦铁路背后所承载的国之重托影响了他？

少时的姜晋并不知道，自己后来的人生，会和远方的大秦铁路紧密相连

姜晋是雁北人，1976年出生在山西大同浑源一个小村庄。小时候，他对外面世界的了解大多来自在铁路部门工作的父亲，而父亲给他讲得最多的，除了火车，便是钢轨。

父亲是大同西机务段的一名烤沙工，烤出的沙子装入火车头的沙箱里，在雨雪天或爬坡的时候撒出来，增加车轮与钢轨间的摩擦力，避免车轮空转，出现危险。

偌大的机务段，烤沙是一项很不起眼的工作，但姜晋的父亲却做得十分认真，因此，年幼的姜晋对父亲的一双大手印象极为深刻——那是一双常年布满老茧的手。

1988年初冬的一天，父亲回到家中，告诉家人：大秦铁路就要开通了，自己要到那里去工作。

那一年，姜晋12岁，尚不知大秦铁路位于何处，但从父母的交谈中，他感觉到父亲要去的地方，离家更远了。

离家更远，意味着父亲回来的次数会相对减少。母亲有些不舍，想挽留父亲，但父亲说："国家要实现四个现代化，离不开大秦铁路，我和工友都报名了，去大秦。"

就这样，年轻力壮的父亲去了大秦铁路上的湖东电力机务段。一次，父亲回来，姜晋好奇地问："你们单位门前的湖大吗？"父亲说："哪里有湖，那儿是一片盐碱地，泛起的碱花白白的，远远望去，大家以为是湖，所以就叫湖东了。"

再后来，父亲每次回来，都会给姜晋讲一些大秦铁路上的故事。比如，哪位筑路工人把大秦铁路看得比生命还重，积劳成疾被抬下工地时，还含着眼泪不肯离开；哪座隧道岩石风化严重，打通时整个班全牺牲在里面。又比如哪位工友看到食物紧缺，回去把家里的粮票、粮本全拿来，给大家买米买面；哪位工友患了重病，还瞒着单位守在岗位，直到身体浮肿、双目几近失明；哪位工友把父辈在战争年代获得的军功章一直带在身边，最苦最累的时候拿出来和大家互相传看……

有时，父亲还会自豪地给姜晋唱一首属于他们的歌，那是大秦铁路第一代创业者自己编的歌：上大秦去，上大秦去，奋战大秦献青春，这才有志气……

那时的姜晋，并不知道，自己后来的人生，会和远方的大秦铁路紧密相连。

1996年，姜晋高中毕业，怀着一腔热血从军入伍，到山东威海当了一名陆军步兵。火热的军营生活，让他对家与国、聚与离有了更为深刻的认识。三年后，复员回来的他被分配到铁路系统，在接受岗前培训期间，他对大秦铁路充满了兴趣。从老师那里得知，大秦铁路是我国修建的第一条重载铁路，承担着大半个中国经济发展的能源运输任务。课堂上，他认真抄下这样一段笔记：

> 大秦铁路起于山西大同，穿太行、越燕山，跨桑干河大峡谷，经北京、天津，至河北秦皇岛港口，全长653千米，是我国修建的第一条重载铁路，承担着全国六大电网、五大发电公司、380多家主要电厂、十大钢铁公司和6000多家工矿企业的生产用煤和出口煤炭的运输任务，经济区辐射全国26个省市区、15个国家和地区。大秦铁路每运出去1000万吨煤炭，就能给国家增加工业产值200亿元。

也是在培训中，姜晋得知我国的重载铁路起步远远落后于世界其他发达国家，但自1988年大秦铁路开通后，在无数人含辛茹苦的努力下，大秦铁路已进行了万吨重载列车试验，此时正在为常态化开行做准备。而如果万吨重载列车常态化开行，那就意味着我国将与美国、澳大利亚等拥有现代化重载铁路的国家一样，正式成为掌握重载铁路列车开行技术的国家之一。

那一刻，姜晋的内心萌生出一个强烈的愿望：到大秦铁路去，为我国的重载铁路运输事业贡献一份力量！

岗前培训结束后，姜晋考试成绩优异。他本有多种选择，甚至可以留在家门口，但他却毫不犹豫地报名到大秦铁路去，而且是做一名普普通通的养路工。

养路工，在铁路诸多岗位中，可以说是相对比较艰苦的，一年四季，无论刮风下雨，都要保证两条钢轨的安全。有人曾赞美他们是千里大动脉上的一枚枚道钉，有人曾把他们比喻成万里铁路线上的一粒粒石渣。但也有人曾这样描述他们：远看像逃难的，近看像要饭的，仔细一问，是养路的。

但姜晋心意已决。

就这样，姜晋告别家人，背上行李，在一个早春和同伴踏上开往大秦铁路的火车。

列车从大同出发，出山西、过河北、穿山越岭，向着燕山深处而出。

大半天后，火车将他和同伴放在一个叫黑山寨的地方。迎接他们的，除了十几名灰头土脸的工友，还有料峭的山风。

前面是山，后面是山，左面是山，右面还是山。而且一山比一山高、一山比一山陡峭。出发前，姜晋虽然对大秦铁路的艰苦程度有所准备，但当他真正来到自己所分配的地方——茶坞工务段下庄线路车间黑山寨工区，看到这里的自然条件时，还是暗暗吃了一惊。

带队来迎接他们的，是一位叫郑文兴的老工长，上前一把紧紧攥住他们的手。老工长的手，不但和父亲的手一样粗糙、布满老茧，虎口还被震出道道新旧伤痕。

姜晋在等待一个重要时刻——大秦铁路万吨重载列车正式开行的日子

来到工区的第一晚，在老工长的带领下，大家把锅里最稠的米汤盛给姜晋他们，把碗里的白菜挑出来夹给他们，还把靠近暖气的床铺让给他们。

那一晚，老工长和姜晋促膝交谈，给他讲了黑山寨工区的过往和现在：工区刚成立时，吃水自己到山下挑，取暖靠两个小火盆，冬天大雪封山，就彻底和外界断了联系。现在好多了，吃水有毛驴送，取暖有土暖气，冬天大雪封山，咱有两大缸咸菜……

姜晋知道，老工长是担心他受不了黑山寨的苦，才列举了工区那么多的"好"。于是，他给老工长吃了颗定心丸："工长，你放心，我不走。"

第二天，姜晋早早起床，像在家和部队时一样，从水缸中舀了两大瓢水，洗脸刷牙，然后把用过的水"哗——"地泼到院子里。这一幕恰被老工长看到，他眼里满是心疼。原来，毛驴给工区送来的水，基本上只够做饭用，所以大伙把水看得很金贵，能节省则节省，能不用则不用。姜晋这才注意到，身旁工友洗脸刷牙时，都一律只用一点点的水，而且这些水用过后，还要放到一边，澄一澄，留着晚上用；还有的工友，干脆就不洗脸，用毛巾在脸上擦一下就算了事。

缺水的黑山寨又给了姜晋一个"下马威"。

工作开始后，姜晋被安排从巡道做起。黑山寨工区负责大秦铁路294千米至302千米间的线路安全，这8000米的线路，大部分在隧道里，其中，大黑山隧道最长，有近3000米。

工区挨着大山，出门便是大黑山隧道。刚开始，姜晋跟着师父走进黑漆漆的隧道，感觉仿佛与外界隔绝了一样，心中不免有些紧张。但在师父的鼓励下，再加上不时有列车从隧道里经过，姜晋渐渐不再害怕。

出了隧道，便是桥梁；过了桥梁，又是隧道，不知不觉，8000米的线路，姜晋和师父走了个来回，相当于一天走了16千米。

返回的路上，夕阳早早被大山遮住，山风吹来，乍暖还寒。师父问姜晋累不累。此刻，姜晋的脚底板火辣辣的疼，膝盖也不住打软。但年轻人好面子，他点点头，又摇摇头，只说隧道太多了。

师父爱惜地看了他一眼，然后指着铁路线旁不远的地方，问他："你知道那里是什么吗？"

姜晋抬头望去，前面光秃秃的一片，什么也没有。

师父语重心长地告诉他："你只知道咱们管辖区段的隧道多，你可知道当初为了打通这些隧道，牺牲了多少人吗？那里，就是埋葬他们的墓地。"

姜晋的内心犹如一道闪电划过，一股从未有过的震撼，涌遍全身。

巡道在养路工作里属于相对轻松的一项，它不用抬石轨、换钢轨，不用抢洋镐、清石渣，但它却是最考验养路工责任心的一项工作。

一次，姜晋像往常一样走进大黑山隧道，开始巡道。他越走越深，越巡越费劲，突然，他发现一处钢轨的焊缝被拉开，半尺多长的断口正像一只猛兽一样张牙舞爪看着他。

不好！再有20分钟，将有一趟列车从此经过，一定要抓紧时间把情况汇报给工区和前方车站，将列车拦停！想到这里，姜晋急忙朝隧道口方向跑去。此刻，他很想拿出在部队上练就的百米冲刺速度，但隧道里的光线毕竟不像阳光明媚的外面视线那么好，奔跑中的姜晋深一脚、浅一脚，几次摔倒在地。

险情汇报出去后，前方车站将列车拦停。姜晋和工区的工友们利用有限的时间，扛起抢修材料和工具，一起冲向隧道。切割、锯轨、焊接、打磨，在最短的时间内处理了断轨病害。

当看到从远方驶来的列车平稳地从眼前通过，姜晋的内心泛起一点小小的激动。但同时，他对养路工的工作也充满了更大的敬畏。

两年后，姜晋的脸黑了许多，猛一看上去，20多岁的小伙子像个中年人。但换来的，是他对管内设备的熟悉程度，哪里是弯道、哪里是大桥、哪里是隧道、哪里的螺栓容易松动、哪里最容易积水结冰，他都熟记于心。

这时，他向新任工长王岳生提出，要求调整到维修和抢修岗位上。

工长看他是个好苗子，就把他带在身边。从此，无论是抬钢轨还是换石枕，姜晋都冲在最前面，而且总是挑最苦最累的活抢着干。

他在等待一个重要时刻。

这个日子，终于来了。

2003年8月31日18时16分，我国正式开行的第一列万吨重载列车从大秦铁路湖东站驶出。

此刻，暮色已降临黑山寨工区，但工区里的人却在等待着。深夜，当第一列万吨重载列车从黑山寨工区管辖的弯道上、隧道里、大桥上轰隆隆驶过时，四周杳无人烟的黑山寨工区传出阵阵笑声。

那一晚，年轻的姜晋笑得最灿烂。

第二年的12月12日中午，姜晋在凛冽的寒风中再一次灿烂地笑了，因为继一列列万吨重载列车从他守护的铁路上经过后，备受关注的2万吨重载组合试验列车也从他的眼前安全驶过。

之后，2万吨重载列车常态化运行，乌金一样的煤炭，裹着太行的风、挟着桑干河的水、迎着燕山中的回声，源源不断地经过黑山寨工区，运往秦皇岛港口，运往全国各地。

看到这些运输煤炭的重载列车从自己守护的铁路线上昼夜驰骋而过，想到无数座城市的灯光因为有了这些煤发的电，而更加璀璨夺目、熠熠生辉；想到无数个工厂的机器，因为有了这些煤发的电，而不断高速运转、创造效益；想到无数的家庭、学校、写字楼、办公区，因为有了这些煤发的电，冬天不再寒冷、夏天不再炎热，姜晋的心里如饮甘霖。

2008年初，我国南方地区出现冰雪灾害，许多电厂存煤已接近最低警戒线，面临拉闸停电。而一旦停电，城市的公共设施将无法正常运行，交通大动脉将陷入瘫痪，人民群众也将面临挨冻情形。危急时刻，大秦铁路挺起负重的脊梁，在茫茫白雪中，风驰电掣般地为南方抢运电煤。

那些日子，每天从黑山寨工区所负责的钢轨上驶过的列车有上百列，远远超出平常。密集的碾压、超负荷的运行，给两根钢轨带来损伤，为此，姜晋跟着工长，吃在隧道、干在隧道、住在隧道，哪里出现病害，就拿起撬棍、抡起洋镐，冲向哪里。

从参加工作至今的20多年来，他沿着脚下的钢轨，已来来回回走了有十多万千米

时间一晃，数年过去了，黑山寨工区吃水依旧靠山下的毛驴送上来，取暖依旧是自己动手烧炉子，想给家里打个电话，手机却难以找到信号。黑山寨工区的职工人数在一天天减少，从最初的两位数，逐渐向个位数靠近。有人悄悄劝姜晋："你在这山沟沟里已经干了10个年头，送水的毛驴都换了4头啦，你呀，也有资格申请调回山西老家了。"

可姜晋没有提出申请。

2012年，太原铁路局组织几位劳模来到黑山寨工区，和姜晋他们交流岗位上的先进事迹，其中，有几位劳模恰巧来自大秦铁路上的其他岗位。当姜晋从他们口中听到其他岗位上更多甘愿扎根大秦、终生报国的感人事迹后，当即表示要学先进、当先进，扎根山区、奉献大秦！

2013年9月，单位决定把黑山寨工长的担子交给姜晋。

因为，领导相信，这位个头不高、憨厚敦实的养路工不会离开黑山寨，不会离开大秦铁路。

接过工长的担子，正值汛期，上天仿佛是要故意考验姜晋一把，连续下了5天的雨。

干养路工，最怕下雨，尤其是连续降雨，因为这很容易造成两条钢轨积水下沉，甚至冲毁。

那些日子，姜晋每天带着工友冒雨巡视线路，一米一米查、一段一段看。果不其然，在一处薄弱地段，出现了积水下沉。考虑到这将直接影响万吨、2万吨重载列车安全通过，姜晋果断采取措施，在允许的时间内，带头运石渣、抬轨枕，组织大伙争分夺秒消除隐患。

不久，由于单位改革，黑山寨工区的管辖范围从原来的8000米增加到了12千米，新接管的4000米也是山山相连，隧道挨着隧道，其中就有大秦铁路上最著名的花果山隧道。说它著名，不是指此处的风景多么迷人，也不是因为它长达近4000米，而是由于这座隧道修建在一座水库的下方，所以这里夏有"水帘洞"，冬有"小冰川"。

水帘洞、小冰川是最令养路工头疼的事，处理起来，没完没了。可当姜晋第一次带人来到花果山隧道前，看到修建大秦铁路的前辈浸着眼泪和鲜血刻下的"群英荟萃血汗铸成千秋业 屡建奇功悲欢谱就万代歌"的几个大字时，他下定决心：再烂的隧道，也要守好它！

从那以后，大黑山隧道、花果山隧道成了姜晋的"心尖尖"，夏天忙排水，冬天忙除冰。有时实在累了，他就在隧道中间的避车洞里靠一会；有时饿了，就拿出背包里的凉馒头啃两口……

其他工友看到后，也像他一样。先是一个、两个，后是十个、八个……在姜晋的带动下，工区管辖的12千米线路，安然无恙。重载列车驶过时，平稳而快速。

设备养护好了，姜晋开始关注工友们的生活。可他的困难，从不让工友知道。自从2003年大秦铁路停止开行旅客列车后，姜晋回一趟大同，要倒6趟车，耗时十多个小时。儿子出生后，他很少陪伴，为了补偿心中的愧疚，每次探亲时，他总会给儿子买一把糖果，下车后，也总是一路小跑朝家而去。因为太想早一分钟把儿子搂进怀里、举过头顶，把糖果塞到儿子嘴里，听儿子叫几声"爸爸"。2019年2月，姜晋的父亲生病，从老家转至北京手术。黑山寨工区位于昌平区，姜晋是个孝子，很想多陪陪父亲，于是白天忙工作，晚上无论再晚，都要赶到医院陪护父亲。但病魔总是无情的，一个月后父亲去世，姜晋回老家办完父亲的丧事，返回黑山寨。在山下，他想起父子间的亲情和父亲对他的影响，不由得"呜呜呜"哭了起来。

2022年底，姜晋被评为太原铁路局的"太铁之星"，根据安排，他需要到太原住几天。置身温暖而明亮的房间，躺在舒适而松软的床上，盖着一尘不染的被子，姜晋却翻来覆去怎么也睡不着，好不容易睡着了，梦里面也全都是黑山寨，都是两根钢轨和灰头土脸的工友……采访中，有人看他满脸风霜，问他："你真的才46岁？"

姜晋点头。

有人好奇地问他："你最大的梦想是什么？"一向只会抡洋镐、修钢轨的姜晋说了三个字：中国梦。

他说得很真诚，令现场所有的人都为之一动。

在太原完成"任务"后，姜晋迫不及待地踏上列车。当他披着一身风雪出现在黑山寨时，工友们都开心极了。就连给工区送水的小毛驴看到他，也欢快地嗷嗷叫了起来。

荣誉，姜晋看得很轻；工区的未来，他却看得很重。曾经，单位给黑山寨分了3名大学生，当姜晋接到消息后，欢喜不已，他一声令下，让所有工友美美地洗了一次澡，并把压箱底的干净衣服全拿出来穿戴整齐，然后又把工区最好的吃的、最好的喝的都摆到桌上，为3名青工举行了热烈的欢迎仪式。但没几天，其中一名年轻人拂袖而去。

有人不解，姜晋却安慰大家：人各有志，不能强求。然后，他像当年老工长栽培自己一样，用心培养起留下的两名大学生。

那是他在为黑山寨的明天、大秦铁路的明天、中国重载第一路的明天，培育希望。

有人给姜晋算过一笔账，从参加工作至今，20多年来，他沿着脚下的钢轨，已来来回回走了有十多万千米。

而他还将一直走下去。

那是属于他的"长征"。

（作者系中国作家协会会员，曾出版长篇纪实文学《火车来了》《流沙》和长篇小说《静静的桑干河》《寻找消失的英雄》，发表中篇作品《3202之恋》《蓝手帕》《深潜六十载 为国铸一器》等）

王海红们的幸福经：在艰辛的日子里一路追寻生活的亮光，通过辛勤劳动，焕发出不竭的内生动力，让新生活有个新过法。

张撇村三个人与他们的牛

□ 李 方

在祖国幅员辽阔的版图上，这个安静地隐匿于大山褶皱里的张撇村，可能只是一个很小的针眼，但在全面建成小康社会、巩固拓展脱贫攻坚成果同乡村振兴有效衔接的伟大实践中，它如同一池春水被劲风掠过，泛起了万道光波，经历着阵痛，发生着脱胎换骨的变化，奏响了一曲人间最美的幸福致富之歌。它溅起的每一朵浪花，都汇入了大海扬波的时代洪流中；它发出的每一个音符，都严丝合缝地嵌进了奋进的旋律中。

宁夏回族自治区固原市西吉县震湖乡张撇村三个历经艰难困苦、勤劳致富、在大时代过上幸福生活的小故事，值得拿出来，晒一晒。

王海红

王海红长得人高马大，他那张国字脸上，皮肉都是凸凹不平的，似乎每一块肉疙瘩里都聚集着蓬勃而出的力量。实在想象不出，他15岁的时候，身量有多大、力气有多少，但绝对不会是现在的身板吧。15岁，差不多还是个懵懂无知的少年，但此前一年的他已经在生产队参加过劳动锻炼了。王海红，1963年生人，15岁那年，家里有奶奶、父母、一个哥哥、两个弟弟、三个妹妹，加上他自己，满满当当10口人。张撇村全是山坡地，十年九旱，靠天吃饭，一年到头，能把肚子填饱几次就算不错。15岁的他被迫到煤矿上去背煤。1981年分地单干后，家里分了33亩山坡地，两个老人、兄弟姊妹都是劳力，粮食够吃了，但缺钱花，就指望他打工赚钱，而且他还没媳妇呢。尽管如此，王海红的家境依然不足以让他用挣来的钱娶一个黄花闺女。这个大家庭就像垂危的病人，只有出去的气，没有进来的气，全凭王海红汗摔八瓣赚来的那点钱勉强支撑。穿衣吃饭量家当，25岁的七尺大汉，也只能用1100元聘礼，迎娶丈夫因病离世的寡妇伏菊叶。

"早先，我觉得，庄农人种地，再怎么下苦，你只能混个半饱，饿不死，富不了；打工挣钱，多少还是个门路。我结婚以后，农忙种地，农闲打工，日子也能过得去。但是到了1994年，在内蒙古一处金矿上淘金子，吓破了我的胆，伤透了我的心，就完全彻底地断了外出打工的念头。"那一年，王海红得到一个信息：内蒙古查汗滩（音）金矿需要大量的淘金人，每天工资高达18元。这让王海红动了心，他在庄子里联络了15个人，去了一看，除了住的是地窝子以外，其他方面都不错，而且老板对他说："人太少，你回去再招些人来吧，来回车票钱我给你出。"王海红回到张撇村又联络了15人，直奔金矿而去，一干就是三个月。村里人都称赞王海红有本事，每天淘金子，必然发大财，跟他去的人都是烧了高香的。但现实是，干了三个月，老板只给了王海红2000元，让他买米买面维持31人的基本生存。要钱？没有。要走？休想。河南的几个淘金工想溜，老板手下的人一铁棍下去，领头的人腰就断了。王海红绝望了，也知道这次犯了大错，闯了天祸。带出来的这30个人，都是张撇的兄弟子侄，现在竟要一锅端，死在这黄沙弥漫的查汗滩了吗？他不能做这样的罪人，拼着一死，也要将这些人带回去。他暗地里跟一个经常来矿上拉东西的三轮车司机约定：两辆三轮车，付80元，在河滩的崖背后等待；再约定一辆汽车在苏木等待，车费800元。王海红给大家说："今天无论如何要逃出去，就是我把命丢到这里，也得让大伙儿回家。"他让年龄小的、身体弱的在前，手脚麻利的、力气大的，留在后面，抢着木棒、铁棍，一路打出金矿，击退老板雇用的打手，奔到三轮车前，尘土飞扬，到了苏木，换乘汽车，拉到巴音，每人买了一张火车票，拉到银川。2000元，只剩下整10元。王海红对着30个人说："爹死娘嫁人，各人顾各人。总算是把命逃出来了，现在想回家的自己买票回家，不想回家的，在南门广场上寻活去。我回家，给你们各人家里带个好。"

这一次淘金，差点丢了性命，也给王海红外出打工的生涯画上了句号。他惊慌失措、灰头土脸地回到张撇村，除了忍受他人的白眼、村人的冷嘲热讽，最大的艰难是他必须解决分家后6口人的生计，还要负担妻子伏菊叶和前夫所生儿子的上学费用。

"天天跟集，碰上啥买啥，买上啥再倒卖出去，只要能赚上两块钱，就做。"开始做生意的王海红先后贩卖过羊皮、兔子皮、猪崽。最让他得意的是买驴卖驴。秋收之后，他就在牲口市场上转悠，一双豹眼，从那些或肥或瘦、或高或低的毛驴身上闪过，他能看出哪头驴有潜质、哪头驴会跌价。他将那些并不被别人看好，但急于出售的驴买回来，一个冬天，就像伺候月婆子一样殷勤地添草加料，让它的身子骨强起来、浑身的毛色亮起来。一个漫长的冬季，那毛驴就像充了气的皮球一样肥壮滚圆起来。春天来了，他驾驭它，耕地播种，运粪拉粮，秋收过后，把它刷洗干净，牵到牲口市场上高价出售。白使唤了一年驴，驴还帮他赚了钱。手里有了两个宽展钱，他的心思变了：直接贩驴。一次十头八头地买，集中饲养两三个月，趁着庄农人春播秋收急需用牲口的时候，逐一卖掉。王海红最得意的一笔生意，是他一次性买进13头驴，从西吉县拉到临近的静宁县，遇到一个生意上的老相识，当面跟王海红"赌生意"：我不管你每头驴是多少钱买的，现在我用秤来称，一斤30元，全买下！王海红清楚老相识是什么用心：这13头驴从早上入市，又乘车跑到这里，一天没吃草料没喝水，该拉的拉干净了，该尿的尿完了，分量已经大为减轻。但就是这一称，也让王海红足足赚了2700元。那可是2000年，每天倒腾一头驴两只羊，能赚百八十块钱，晚上睡在被窝里都能摸着肚皮偷着笑很久，一天赚了2700元，那高兴劲儿就别提了。

但贩驴的生意还是像春天过去的花朵一样，无可奈何地一片一片凋敝下去。农业机械越来越多突突突地在田地上奔跑了，使用牲口的人越来越少，那些膘肥体壮的驴逐渐变为城镇乡村饭馆门头的匾牌：铁锅炖驴肉。因此到2014年，王海红被确定为建档立卡贫困户。那时候，他的牲口棚里只有一牛一驴，还是作为畜力种田用的。

"我真正发起来，是2017年，也就是金融扶贫开始精准投放的时候。小额贷款，政府贴息，建档户最多可以贷5万元，期限3年，可以放手干了。当年用贷款贩牛，一年就赚了3万元；2018年，贩牛收入基本上保持了这个数。关键是2018年利用闽宁（福建对口帮扶宁夏）扶贫资金，政府白送给了我一头基础母牛。"

王海红的规划是这样的：先租地。这些年，外出打工的多，承包地撂荒的多，一亩地租费才30元。有些地，就是一句话，白种，只要给人家把地埂守住就行。这样包括自己的、租来的，共有25亩地，作为培育养殖产业的大后方、保障地。种10亩青贮玉米、3亩优质苜蓿、3亩籽粒玉米，这些就是养牛所需饲料的主要来源；3亩荞麦、3亩洋芋、3亩胡麻，这是人的口粮和吃清油的保障。"麦子价不高，米、面完全可以买，不用自己操心种，我只操心牛。"再建牛棚，他用彩钢瓦，建了一个能圈养10头牛的棚。

2019年，王海红花了11万元，买进6头乳牛，其中1头还怀着犊，翻过年，产了犊，养了3个月，就卖了1.1万元，后半年还可以下4个犊。但伤心不过牛下犊，2020年4月，一头乳牛要生产，从傍晚开始就在牛棚里不安地转圈，一直转到凌晨3点，乳牛痛苦地哞叫着，像一堵墙一样地倒下了。王海红知道要坏事，慌了，钻进牛棚，开始用手往外掏牛犊。乳牛没有羊水，牛犊掏出来已经死了，幸好母牛没事。

"一个好牛娃就那样没了，这头乳牛我看着也伤心，不想养了，7000元贱卖了。"

2020年7月，王海红的牛棚里有7头牛，6头乳牛、1头牛犊。6头乳牛中，有5头是秦川牛与品种牛西门塔尔杂交的，头顶上都有一团白色的毛，1头小牛犊也是，只有1头纯种的西门塔尔乳牛。"还是要养品种牛，价高，而且政府还给每头牛补贴3000元呢。"

就王海红牛棚里的这几头牛，市场价起码在十五六万元，养活王海红目前一家三口绝对没有问题。

"在外面打工，当然也是个办法，我儿子现在就在银川打工，但不是长久之计，迟早有打不动的时候。我是靠着脱贫政策，才把穷根拔了，过上现在的好日子。房子盖得这么美，手里头也有几个钱，就盼着儿子啥时候把媳妇给我们引回来，就心满意足了。"

邵彦宾

张撒村50多岁的人，大多数都有下煤矿挖煤背煤的经历。山里人自认命贱，除了力气，别无一技之长，也只能去这样一个危险但可以挣到钱的地方，出卖廉价的劳动力。邵彦宾也不例外。从1990年到1993年，他在宁夏贺兰县暖泉煤矿干了差不多4年，挖煤、背煤、装煤车，住着大板棚，穿着破烂衣，吃着没有油水的白皮面，硬是挺过了最为艰难的岁月。从当初一个月挣60元，到后来慢慢涨工资，最多的时候两个月就挣到了1000元。

1993年底，邵彦宾的妹夫组织了一个建工队，在西吉县城乡承揽一些民居和围墙之类的小工程，急需人手，把邵彦宾召唤回来。

"总算是活得有个人样了。物离地头贵，人离故乡贱。在外打工多年，看人脸色，遭人白眼，吃苦淌汗都不怕，就是没人把你当人看。"回到乡村、回归土地的邵彦宾，在妹夫的建工队里如鱼得水，拌砂灰、砌砖墙，偶尔妹夫不在还得临时当个小领导，带工，指派别人干活，耳朵上能夹上香烟了，工资也水涨船高，每个月到手都有五六百元。

"农忙了就回来帮老婆种地，收粮食，然后就上工地，一年也干五六个月，打工能挣三四千元，感觉钱就多得很，啥事都好办，想干啥都成。虽然还干不了大事，但小事起码打不住手。"这样的日子，一路走到了2000年。世纪之交，张撒这个小山村也起着微妙的变化。由于实施"西部大开发"战略，退耕还林还草、舍饲养殖，原来光秃秃的山梁泛起如雾的绿意；原来视地如命的庄农人，挥一把热泪，搬离故土，生态移民去了川区。

一个难得的发展机遇让邵彦宾抓住了。"庄子里有三分之二的人口搬迁了，亲戚的、邻居的、族亲的，他们的土地空了下来，一般每亩租金30元，低的20元，跟白种一样，我就种了40亩。地多了，老天爷也帮忙，雨水多了，地里也长庄稼了，每年小麦、豌豆、荞麦，打5000公斤不成问题。县上淀粉厂建成后，洋芋就种疯了。土地开始养人了。"但依山里人的习惯，手里有粮、心中不慌，所以无论丰年、歉年，小麦、玉米装袋子可以堆一房，都很少出售，有些小麦生了虫，宁可折腾着倒在大太阳下暴晒后再装袋存放，也不愿出售。"饿害怕了，粮食再多，放在房子里才踏实。"

这就出现了一个巨大的矛盾：一方面粮食价格偏低，卖不了多少钱，农民不愿意出售；另一方面建房、购置农机具、孩子上学、人情花销、籽种、化肥、农药，哪一项都需要钱。

"王志鹏养了1头牛，还是赊来的，前前后后下了8个牛犊，牛犊子简直一年一个价，像猴子爬梯子，蹭蹭蹭几年就涨到1头牛犊1万多元。我看着眼热，就拜王志鹏为师，跟他学养牛。"邵彦宾养第一头乳牛是在2015年，那时候他已经是建档立卡户了，但当初对建档立卡户的扶持方式还在探索，扶贫力度还不是太大，帮扶措施还不够精准，建档户所享受的政策也就是马铃薯原原种、地膜的免费供应，化肥还是帮扶单位购买的，因此要想赚钱，还是得养牛。这头乳牛相当争气，当年就给邵彦宾下了一头牛犊，这头牛犊以4000元出售，让邵彦宾信心大增。2016年，他把家里原来养的一头驴以8000元的价格出售，用这

8000元买回一头乳牛，用地里种的庄稼秸秆、种的饲草，饲养母牛，下牛犊；再买乳牛，再下牛犊，到了2020年，邵彦宾的牛棚里已经有了6头牛，光这6头品种乳牛，就价值十七八万元。

"共产党就是想着法子让我富，让我过上好光阴。没有2017年的小额贷款，没有2018年的基础母牛，日子当然还是日子，就要看过的是啥日子。2015年，我、王志鹏、邵志杰三个人同时去接了三辆蹦蹦车，每辆13800元；2016年，我就铁了心建牛棚，养乳牛；2017年，我将危旧房屋拆除，建新房，铺新院，过新生活。房子建了，国家补贴3万元，自己投入也就1万元左右。真的过上了新生活。"

2020年3月，中共西吉县委、县人民政府授予邵彦宾"脱贫光荣户"称号。乡村振兴的这一年，邵彦宾自豪地说："今年我专门养了30只鸡，不卖钱，想吃了就宰两只，新生活应该有个新过法。"

王志鹏

王志鹏人瘦小、话少、爱笑，比邵彦宾小两岁，却是邵彦宾养牛的师父。他所经历的一切，和王海红、邵彦宾可以说既大体相同又千差万别，早先的日子都是同样艰难，只不过王志鹏最初没有打工，而是承包了张撇村的林场。

林场有300多亩地，其中240亩土地上栽植生长着各类树木，有30亩地是可以耕作种庄稼的，另有两处堰塞湖、河滩地，河滩地上长着茂密的芦苇。王志鹏看上那30亩土地和一片芦苇荡。从1993年到2001年，他每年向村委会缴纳1500元承包费，7年合同期内，他和老婆使出浑身解数，在林间空地上见缝插针种瓜果蔬菜，在土地上种植各种粮食作物和经济作物，甚至还动了在堰塞湖中养鸭子的念头。冬天，芦苇荡里冷风吹过，芦花飘飞，像下了一场大雪。他和妻子将芦苇一根根砍倒，再用细麻绳一根根串起，做成"雨笆"，那是盖房必不可少的材料，这是他们的"小金库"，也是他们每年缴纳承包费的指望。但7年里，无论怎样折腾、怎么操心、怎么下死苦，落到手里的总是没有几个钱，仅能维持一家人温饱。随着家庭人口的增加，花销的口子在逐年增大。这时候，由于房屋结构和新型材料更替，"雨笆"一年比一年难卖，几乎到了一无用处的地步，直接成了一堆烧锅的柴火。最终，他离开林场，去了石嘴山汝箕沟煤矿。

　　真正让王志鹏找到"滚滚财源"且是"用之不竭"的"活泉"，是在1999年，张撒村中庄组的周志忠老汉给他赊了1头乳牛，说好600元的价格，啥时候有钱啥时候付。这头牛不仅仅是争气，还有点神奇，以每年1头牛犊的产量，一口气给王志鹏产下了8头牛犊，成了王志鹏的"牛银行"。2011年，这头立下不朽功勋的老母牛被王志鹏倒贴100元，和别人换回1头3岁口的乳牛，没想到这头乳牛更神奇，9年间产下9头牛犊。2017年王志鹏被确定为建档立卡户，增加了1头基础母牛，他贷款5万元，建起牛棚，开始有规模养殖，2018年的时候，他的牛棚里有8头乳牛；2020年养殖业产业验收，他有3头乳牛、1头牛犊。

"我养了将近20年的牛，也没啥诀窍，就是操心，精心饲养。下牛犊的时候更要操心，别把牛娃下死了。最主要的，是党的扶贫政策好，没有扶贫政策，光靠你一头一头地发展，细水长流是有的，但想富裕，还是要规模养殖才行。现在正是补栏的时候，已经看好了几个品种牛，虽然价格高，差不多每头3万元，但是补进来，明年就有牛犊子可卖。"

殊途同归

托尔斯泰在《安娜·卡列尼娜》的开篇写道："幸福的家庭总是相似的，不幸的家庭各有各的不幸。"把这句话用在张撇村王海红、邵彦宾、王志鹏的身上，再恰当不过。他们都是20世纪60年代生人，都是在饥饿、穷困、苦难中艰难求生，含着屈辱的眼泪，追寻着生活的亮光，希望过上不愁吃、不愁穿、有保障的日子。在精准扶贫政策的照耀下，他们通过自身的辛勤劳动，焕发出不竭的内生动力，过上了"两不愁三保障"的幸福生活。

（作者系鲁迅文学院第24届中青年作家高级研讨班学员。在《北京文学》《中国作家》《飞天》《山花》《人民日报》《安徽文学》《故事会》《广西文学》《西藏文学》《百花园》等报刊发表作品500余万字，作品被《小说选刊》《散文选刊》《小小说选刊》《读者》《微型小说选刊》等转载或入选文学年选。出版长篇文化随笔《一个人的电影史》《传奇·李方微小说精选集》。获《黄河文学》双年奖、《广西文学》年度奖、《散文选刊》首届孙犁散文奖双年奖、第九届宁夏文学艺术评奖散文奖，以及《小小说选刊》第十七、十八、十九届双年奖，第十届全国小小说金麻雀奖提名）

李吉龙语录：让人类和大自然相处成一个文明和谐的大家庭，尊重、保护和敬畏绿水青山，打造人类心灵的金山银山。

引人入森林

□ 李慧平

当前，信息化时代给人们的生产和生活带来方方面面深远的影响，在这个大变革的时代，一定程度上，幸福感成了稀缺资源。来来往往的人们都是愁眉紧锁，严阵以待，但几次见从事林业工作30年的李吉龙，他都是笑眯眯的，总是轻而易举就将话题转到森林康养上，侃侃而谈，滔滔不绝，幸福感四溢。

"你幸福吗？"忍不住想印证一下。

"当然。做自己喜欢的林业工作，受益良多，并努力让更多的人也从中受益。"

由此，我被这位执着的务林人吸引，知道了绿色可以疗愈人的身体、疗愈人的心灵，使整个社会和谐……而他则终其一生，喜欢着、理解着、寻求着、奉献着，为了一个绿色的梦想。

种下绿色梦

"人说山西好风光,地肥水美五谷香。左手一指太行山,右手一指是吕梁。"李吉龙就生长在吕梁山下的青山绿水间。村在林中,林也是村,村也是林。那山、那树、那水,给李吉龙心中播撒了大自然的种子,大自然质朴而强大的力量影响了他之后一生的选择。

森林是永恒的,又是变化的,植物在生长,动物在活动,光线在变幻。风遇到不同的叶,变得同而不同;雨遇到不同的景,变得不同而同。就是这样富饶的大自然场域,给李吉龙以潜移默化的丰厚滋养。

依山面水、身居森林的生活环境,造就了这方人独特而和谐的生存方式。靠山吃山,靠森林吃森林。

在秋天收获的季节里,少年李吉龙呼朋唤友去采蘑菇。也许是一代代的传承,也许是天生的认知,穿行在林间,他们准能第一眼认出能吃的蘑菇,不管大的小的、花的白的,姿态各异的,藏在草丛中,挺在枯叶腐土上。小心翼翼拔出来,连带着泥土的是一串串惊喜。散落在森林中的少年,仿佛森林的小精灵,总能在不经意间挖掘出森林宝藏。除了采蘑菇,他们还会挖药材、打山杏、摘野果、搭草屋、采木耳、砍柴火……他们也会聚在一起,头对头地观察那些小昆虫们在自己的世界有序忙碌。在无意与有意之间，他和他的伙伴们挥洒着汗水，收获着果腹的食物和无边的快乐，培植着懵懂的认知。

冬天，大雪封林，村边小河成了天然溜冰场。你推我滑，自己制作的冰船不好驾驭，撞树上、撞石头、翻跟头轮番上演，但不变的是少年的热情与欢乐。

春天，当河里出现游鱼，人们拉犁下地的时候，山丹花、野百合及叫不上名称的花儿次第开放。最好看的是杏花，团团俏立枝头，轻红粉白，灿若云霞。惊艳了少年的心，悄无声息地给了他美的教育。

夏天，密林为他遮阴，河水为他洗尘。一样的恣意与欢脱。

大森林是李吉龙一年四季的玩乐场，任他撒欢儿。那树啊、草啊、花啊……收藏了他多彩的记忆，包容了他的多种情绪，回馈给他丰厚的礼物。生活的种种不快总会在林间得到释放，只留下幸福的回忆影响着日后的岁月。

绿色在他心中、眼中成了最亲近最美丽的色彩。森林在他生活中成了不可或缺的依赖。

林间奔跑，他是一阵风，树是伙伴，绿色荫护，相互依存，给了他丰富的启蒙。

水中嬉戏，他是一尾鱼，水是密友，灵动诱惑，水乳交融，给了他丰厚的滋养。

林间、水中，多样态生命的不同呈现，最终以生命影响着生命，丰富、充盈、滋养着他的生活，给予他力量。潜移默化中植入的绿色基因，成就了他生命的绿色底蕴。

正像德国著名林学家约翰·海因里希·科塔在自述中写的："我生在森林，第一眼看到的是环绕的树木，听到的第一首歌是鸟的欢唱，老橡树为我遮阴，野草与我共生，这决定了我的一生都是森林的儿子。"李吉龙也是不折不扣的森林的儿子。

森林的儿子爱森林，他觉得生活在森林中，呼吸新鲜的空气，享受舒适的光照，与多样态的生命相伴，汲取森林给予的启迪，是一种莫大的幸福。

他梦想有一天，黄土地上种满树、铺满绿，人们在林间开心徜徉，呼吸清新的空气，接受植物精气和负氧离子的抚慰，任缕缕阳光照进心间，一扫心底尘垢，绽放愉悦的笑容，尽情享受森林福祉，开启和谐幸福生活模式。

年岁渐长，知识渐丰。青年李吉龙寻寻觅觅回馈森林，他如愿以偿，走进梦寐以求的西北农林科技大学（当时是西北林学院），投身于首次开设的森林旅游专业，成为第一批森林旅游专业大学生。如果说儿时是懵懂的爱，此时就是理智的爱。他如饥似渴地学习着、思考着怎样将心中的绿色梦想早一日实现。

他对森林有了更深的理解。

早在儿时，清晨林间透进的一缕缕光线，被雾气氤氲衬托得如梦似幻、如诗如画，神秘而美丽。光与影在交织、在变幻、在起舞……大大小小的光影，深深浅浅地映照着，洒落心底，美不胜收。巨大的丁达尔效应以一种神秘的力量鼓舞着森林里繁茂的生命体，高大的树木、漫天的树叶、林下的小草，和着自然的韵律，竭尽所能地舒展，恣意演奏着一曲曲生命之歌。光线在一次次折射、反射、散射……而美妙在叶的光影中交舞着变。身在其中，是一种极致的享受，迷醉了身心，仿佛自己成了那一道光、那一片绿。沐浴着森林中的阳光，仿佛一种全方位、全身心的净化过程，受到洗礼的不仅是身体，还有心灵。

曾经，李吉龙无数次体会到森林中的空气让人很舒适，深深吸口气，顿时天开地阔、心情爽朗。

如今，他对森林有了专业高度的认知。

——清新空气中负离子标准浓度为每立方厘米不低于1500个，而森林中的负离子浓度为每立方厘米10000个以上。空气负氧离子还可以有效杀灭病菌，还健康以人。

——植物的花、叶、茎、根、芽……不断分泌一种挥发性物质，那是植物精气，对多种疾病有疗愈功效。诸如森林疗法、自然疗法、芳香疗法等都是基于植物精气的作用。据说，橡树和白桦可以使慢性病患者的免疫系统发挥作用，从而治疗关节炎，调整血压，治疗植物神经功能紊乱症。橡树能改善大脑活动。白桦树汁能治疗感冒。松树、椴树、苹果树和白蜡树等能提高人体的紧张度和抗病能力，从而消除疲劳。而森林中的混合植物精气更是具有独特疗效。

——森林是一个大磁场。森林的能量场和信息场契合人类健康状态，人们在森林里可以通过同频共振改善身体健康状况。健康的森林环境所产生的磁场通过人体自调控系统，可以启动生命自平衡、自修复机制。全身组织器官受到这种自调控作用，会恢复自愈能力，从而达到整体平衡，恢复健康。

——人的行为心理学表明，色彩、质感、各种景观元素的搭配能够让人在无意识的审美感觉中调节情绪、陶冶情操，而森林正是一个多种景观元素的调色盘。

与森林相处，加深了李吉龙对于《黄帝内经》阐述的中医学理论原则和学术思想的理解，强化了其道家思想，即与自然和谐相处，追求无为而治和自然的原始状态的思想。而这些思想又进一步促进了他对森林哲学的思考与探索。

他成了最懂森林的人。年少时感性的亲近，年轻时学科知识的加持，让他懂森林，就像懂亲密的爱人。他不仅体会到森林之于人的重要性，还深深了解森林的社会价值，也最渴望让每一个人都像他一样，爱上森林、了解森林、受益于森林。

他时常说："我的健康得益于森林。每周我都会去林中走一走，得到全身心的释放和疗愈。我的幸福感也来源于森林和谐而生的启示。"他总是建议每个人都去森林里走一走。

他为森林代言，将森林比喻为真正的"高富帅"，"伟岸，正直，朴质，严肃，也不缺乏温和，更不用提它的坚强不屈与挺拔"。进入森林可吸天地之灵气、收万物之精华。森林景观的形态、色彩、动静、声音、味道能激发我们的视觉、听觉、嗅觉等，让我们享受心灵的洗礼！

他认为森林的价值无穷，推动森林旅游与森林康养能解决从个人健康到区域发展的一系列问题。

引人入森林

走上工作岗位的李吉龙，在思考探索寻觅之余，提起手中笔写下一系列探索性文章，为森林旅游与康养不停地鼓与呼，为实现心中的绿色梦想不断地奔与走。

他是彻头彻尾的务林人，森林给予了他快乐与幸福，他希望每个人都能享受到森林的厚爱。他希望城镇居民出门见绿，抬脚就进森林公园。他提出"以森林生态环境为载体的休闲、娱乐、养生、体验是林业的高级利用方式，城郊森林公园以其生态良好、环境优美、适游方便的特点，越来越受到群众的喜爱，是森林公园发展的新方向新亮点"。

他要为百姓创设林居环境，他要让森林来屈就城市——2010年他参与起草了《山西省人民政府办公厅关于加快城郊森林公园建设的意见》，提出变废弃渣场、垃圾填埋场、撂荒地等为城郊森林公园，并促成将"至少建一个城郊森林公园"纳入生态县考核标准，在全省范围掀起了城郊森林公园建设热潮。原国家林业局还以山西等省的实践经验为基础，编制了《全国城郊森林公园发展规划（2016—2025年）》。

如今，山西城郊森林公园有100多处，基本实现了市市有、县县有，城乡居民都能享受森林公园的便利与福祉。

早在20年前，李吉龙便提出要建立森林旅游网站，加大宣传力度，让森林旅游走进千家万户。他提出，山西省森林公园有"森林景观+历史文化"的优势，要以文化为引领，借助文化优势扩大森林旅游。

受道家思想影响，他倡导"山林逸兴，可以延年"的森林康养观。他说，人与自然是生命共同体，善待自然，敬畏自然，大自然将为全民大健康筑起第一道战略防线，森林康养将在新时代彰显健康新力量。

他在森林旅游、森林康养、森林体验、自然教育、森林研学、森林养生等方面做着系统性、科学性的研究探索。

针对自然教育的三大目标，解决人与自然、人与人、人与自我如何相处的问题，他首次成体系地提出"和木相处，平静心灵——与林为友，净化心灵——森心合一，放飞心灵"三部曲。通过这种有序的训练，可以得到良好的自然教育，获得和谐的生存状态。

针对人类心理健康问题，李吉龙总结了林间散步法、呼吸法等调整自我的方法，策划了"我是大自然中的一员""邂逅一棵树""女神的新衣""我是一片落叶""五感森林漫步""森林音乐疗法""森林冥想""大地艺术之森林初印象"等亲近森林的活动，引导更多的人走进森林、爱上森林、从森林中获益。

他创建性提出森林旅游是山西高质量发展的一把金钥匙。中国现代旅游业发端于绿水青山，也必将辉煌于森林旅游！森林旅游可以有效提高人民群众的幸福感和获得感。森林旅游可以有效提高人民群众的健康指数。森林旅游具有巨大的拉动经济的能力。森林旅游与国家"双碳"目标密切相关。

他首次提出森林康养是提升中国式现代化的幸福感的有效路径。在森林这种复愈性环境中，人们可以得到疗愈，成功解压，获得新生。森林康养不仅是一种健康生活方式，还是社会文明进步的体现。

他钻研和践行森林旅游和康养，参与考察、评审、论证了全国200多个文旅康养项目。基于对森林康养育新理念的传播和实践，2020年，李吉龙被山西省科协评为科学传播专家。

新冠肺炎疫情期间，他还结合森林专业知识对大众进行心理疏导，开拓了森林旅游的新领域、新业态，被誉为中国森林休闲旅游代表人物之一。

2022年8月，李吉龙以30多年森林公园和森林旅游专业领域研究与实践的丰厚成果，捧回由中国林学会森林公园和森林旅游分会颁发的"森林公园和森林旅游行业突出贡献奖"，首开山西先河，成为目前全国10位获得该项殊荣者之一。

在2022年9月21日召开的（阳城）首届山西森林旅游节森林旅游（康养）论坛上，李吉龙在《向多元化发展是高质量森林旅游的必由之路》的报告中，再次提出山西省康养和旅游事业应依托优美的森林、草原、沙漠、湿地等资源，走上充满活力的可持续发展之路。抓住"双碳"目标下的绿色发展机遇，把生态林业作为初步成型的生态产品第四产业发展对待，以森林旅游为龙头，多元化发展，服务乡村振兴战略！引发大家强烈的共鸣。

2023年5月，他以研创的森林康养系列课程、策划的森林疗养活动等被评选为山西科技创新人物。

2023年12月，他凭借在森林旅游和康养领域的突出贡献成为乡村振兴征程中的榜样，被评选为2022年度山西十大"三农"新闻人物。颁奖词概括了他的奋斗轨迹：五台山林海有他的身影，太行山林区有他的足迹，中条山下康养论剑，有他的振臂高呼。把潜心的研究、睿智的思考，融进政策法规；把与山水交友、与草木交心，撰写在论文报告中。激情燃烧，乐此不疲，为三晋森林旅游品牌的树立和荣耀奔走。

总是笑眯眯畅聊森林的李吉龙，对森林有着毫无遮掩的喜欢，这源于天然的情怀和对职业的敬畏。他在努力为实现中国梦注入源源不断的绿色动力。

布局森林路

"2023年12月，中央经济工作会议提出2024年要推动消费从疫后恢复转向持续扩大，培育壮大新型消费，大力发展数字消费、绿色消费、健康消费，积极培育文娱旅游、国货潮品等新的消费增长点。"这个消息让李吉龙开怀大笑，"绿色消费、健康消费"正是森林旅游与康养的题中之义。

习近平总书记2023年12月14日到15日在广西考察时在讲话中提到，要加快产业结构优化调整，推动产业体系绿色转型，发展壮大林业产业、文旅产业、养老产业、大健康产业，让生态优势不断转化为发展优势。

这话说到了李吉龙心坎里，他谋划的不正是这些吗！

始终以科塔指出的"美丽的国土，美好的社会，身心健康的人"为奋斗目标的李吉龙有了更大的支撑与动力。

李吉龙说："我不能止于做具体林业工作，而是要布局产业，促进经济增长和社会和谐。"

他计划设立基金、搭建平台，以森林康养为抓手，壮大林业产业，打造多条产业链，进而建立产业集群，实现森林旅游、森林医养、森林康复，从而解决人们的焦虑、健康及养老等社会问题。

他说，要建立研究院，给专家以研究和交流的平台，而不是让他们单打独斗；要打造"师"级品牌，让业界大师发挥专业影响力，带动行业发展进步。

李吉龙开心地设想，黄土地上遍布森林，森林中建有许多各有健康特色的森林康养基地，基于智能化管理，每一个人都可以得到健康评估，开出有针对性的森林处方，分配到适合的基地，开始导引性健康生活方式，培训+饮食+活动+休闲+兴趣，疗程结束后再次评估，让每个人都能清清楚楚看到自己健康水平的提高，从而改善生活方式，提高健康水平和生活质量。到时候，医疗改革问题也会迎刃而解，社会和谐得到进一步提升；到时候"二氧化碳排放力争2030年前达到峰值，力争2060年前实现碳中和"目标的实现将易如反掌。

他最大的幸福，就是让人类和大自然相处成一个文明和谐的大家庭，尊重、保护和敬畏绿水青山，打造人类心灵的金山银山。

他最大的使命，就是实现全社会的森林康养。

（作者系编审，山西经济出版社副总编辑。山西省作家协会会员，中国县镇经济交流促进会理事。曾获中国编辑学会"三十年编审"表彰，山西省宣传文化系统"四个一批"人才、山西省先进出版工作者、山西省图书编校质量先进个人、山西出版传媒集团十大年度人物等称号。策划编辑的图书获中华优秀出版物奖、全国畅销书奖等国家大奖，入选国家出版基金、丝路书香工程等，撰写的论文获国际出版学术研讨会优秀论文奖、中国编辑学会征文奖、韬奋出版高端论坛征文奖等。发表文章近百篇，散见于《中华读书报》《图书评论》《山西日报》等。主编《山西农村五十年》《生态文明建设思想文库》等近10部书，著有《守望图书系列》等）

张妍们的幸福经：不强求自己非要活成一道光，但如果此生能给学生一些光亮，这道光就是有价值的。

平凡的班主任

□　陈丽伟

> 把自己当做珍珠，
> 便时时有被埋没的痛苦。
> 把自己当成泥土吧，
> 让人们把你踩成一条路。

　　这是天津著名诗人鲁藜的经典诗句。岁月如流，人海茫茫，有不少高耸的云峰令人仰慕。但更多的人，则是平凡的浪花，他们用自己的平生涓滴，汇成汪洋大海，成为推动巨轮远行的磅礴力量。

一

　　天津市南开区中心小学的张妍才30多岁，却已经做了13年的班主任。

张妍可谓土生土长的天津娃，从小到大都没怎么离开南开区。她小学在南开五马路小学，初中保送到育红中学，高中在南开大学附属中学。大学她本想报考兽医或财会专业，因为她从小就喜欢小动物，很想能为小动物的健康做事。

然而父母不同意，他们只给出两个选择：要么考天津师大的中文，要么考天津外院的英语。因为，对于女孩子来说，这都是比较稳定的选择。虽然张妍不情不愿，但还是报考了师大的中文系，毕业后就到小学当了老师。正如父母期待，的确一切稳定，都没出南开区。

说起当班主任，张妍深沉地说，有苦有甜。

刚参加工作的张妍很奇怪，下班了老师怎么都不走呢？早晨7：15就到校，这课上完了，卷子判完了，怎么不走呢？原来前辈老师还在不停地工作：跟学生沟通，跟家长沟通，互相探讨教研。这种氛围让张妍很受触动，也是在这种氛围中，张妍开始慢慢成长，开始认真备课，认真上好每一节课。

刚参加工作的张妍年龄小，学生们都把她当成小姐姐，四年级有的学生甚至给她发微信："张老师，昨天晚上梦到你了，你穿着连衣裙，笑起来特别可爱。"有的学生给她发舞蹈的视频，说："张老师你学吗？"张妍就说"没问题的，我们可以一起学"。

这些都让张妍感到当老师的甜蜜。然而，当老师的苦，她很快也就尝到了。

张妍教语文，对学生的书写要求比较严格。有一次快放学时，她批评一个学生作业写得潦草，说一个字的点和捺一定要分清楚。结果晚上9点多，学生的姥姥打来电话："你不能这么批评我们家孩子，她回家都难受了！"

张妍耐心解释："语文书写很重要，孩子不明白，明天我可以给孩子写个示范。"姥姥依然不依不饶："我不管你怎么教别人，我们家孩子的字已经很棒了！"

张妍刚接班主任时，竟然还接到过威胁电话："你是张妍吗？我知道你家住哪里，也知道你的车牌号，你对某学生要老实点。"

张妍当时真的害怕了，几乎一周没睡好。后来才知道是某孩子爸爸在监狱里，把孩子委托给了朋友照顾，这朋友就以这种方式来表示仗义。

身材娇小的张妍比有的学生个子都矮，不少喜欢她的女同学每天都要和她拥抱一下，美其名曰每日一抱。张妍发现有个女孩子总投来羡慕的眼神，但不敢近前。张妍就主动说："想和老师抱抱吗？过来呀。"

那孩子便走过来，不是拥抱，却是使劲掐了张妍一把，以至于掐出一块淤青，好久才下去。原来这孩子有点孤独症，她羡慕别人和老师亲热，却不会表达。

班主任老师和课任老师不一样，课任老师上好自己的课就可以了，班主任则要事无巨细亲自处理，简直操碎了心。

张妍当妈妈后回来接手一年级新班，发现有个男孩和大家很不一样，家长也不像别的家长一样连作业本都弄得很仔细，这孩子家长好像对孩子学习不怎么管，只说孩子开心就好。张妍仔细与家长沟通，才知道孩子6岁时已经患了白血病，治疗一段时间说是康复了，就按正常孩子入学了。

初为人母的张妍心里咯噔了一下。从这时开始张妍就对这个孩子格外照顾，课间活动也特别关照其他同学不要磕碰到他，因为她知道这种病最怕受伤。

过段时间，张妍发现孩子不来上课了，她赶紧联系家长。家长说孩子的病复发了，跑着跑着就倒地上了。

张妍心里一沉，马上说要去看望孩子。家长却让她千万别去，说孩子不乐意别人来看他。

张妍从此两三天就给家长打一次电话，问有什么能帮忙的。再过段时间，张妍觉得必须去看一趟，不然心里总不踏实。但给孩子带点什么呢？孩子喜欢什么呢？

张妍从美术老师那里借来彩纸，发动班里同学每人给孩子写一个爱心小卡片，然后拼成一个大的爱心卡片。因为才二年级，同学们有的字还不会写，就用拼音代替。

学校还有自己编的循环教材，用完就得收回，张妍专门去找教务处，给孩子申请了一套。

张妍去时，孩子已经从医院回到了家里，骨瘦如柴。

张妍对孩子说："看看，同学们给你写的卡片，还有循环教材，快点好起来，同学们等你一起上课呢！"

孩子问："老师，你看我变了吗？"

张妍说："你还是很帅气！"

强忍着眼泪走下楼，张妍觉得还是不能走，她又返回楼上，把身上所有的钱都掏出来交给家长，让给孩子买点他喜欢的东西。下楼后，张妍坐进车里迟迟不能开动，她觉得自己的精神都要崩溃了。

一周之后，孩子妈妈打来电话说："感谢张老师，孩子临走时一直抱着你送来的卡片。"

经历过生离死别，张妍更明白了当一个老师、一个班主任的意义。她说："我不再强求自己非要活成一道光，但如果此生能给学生一些光亮，我觉得这道光是有价值的。"

平凡的岗位，无言的光亮。其实，在市级区级各项教育教学活动中，张妍多次取得优异成绩，她曾作为南开区代表参与天津市级骨干班主任的培训及工作论坛，曾多次在区、校内做公开课，并曾获区优质课大赛二等奖。她所带的班级曾连续5年被评为区、校级三好班集体，"周恩来班""南开区优秀少先队中队"等荣誉称号。

二

"其实刚开始啥也不懂！"

说起当年，郑芸很谦虚，她特别感恩刚参加工作时遇到的师父。她说刚参加工作时什么也不懂，是师父手把手把自己带进门。那时师父每周一有别的事，就信任地把班集体交给郑芸去管，并细心指导她，大胆鼓励她。比如如何和学生沟通、如何与家长沟通、怎么开家长会等等。

刚参加工作的郑芸，所在学校还在城郊接合部，有些后进生比较淘气，她就鼓起勇气，努力地和每一名学生交朋友，她和孩子们一起聊天、一起看球、一起讲笑话，一步步走进学生心里，让孩子们逐步认可自己，和孩子们打成一片。一段时间之后，同学们都开始叫她"姐姐"。

参加工作25年，做班主任已经21年的郑芸，现在是天津市南开区田家炳中学的高级教师，作为班主任，她所带班级多次获得区级"周恩来班"、区级优秀班集体等荣誉称号。

"学生是我的梦，有爱就有梦。"为了编织未来的梦、孩子的梦、自己的梦，一股爱和奉献的动力，把郑芸紧紧地吸附在教育教学一线。25年的坚持，每一个午休、每一个课间都在教室与学生一起度过，忙碌的身影穿梭于办公室与教室之间，"爱心奉献一小时"已成为她每天的必修课。

"教育的本质就是一棵树摇动另一棵树，一朵云推动另一朵云，一个灵魂召唤另一个灵魂。"作为班主任，郑芸秉承"一件事、一群人、一条心、一起扛、一起想、一起拼、一直做"的"七个一"精神，带领全班同学一起，共同打造团结向上、学风浓郁、有温度和胸怀、有理想和追求的班集体。

现在的孩子在家都娇生惯养，如何让这些孩子在一个班集体中和谐共进？不动脑筋是不行的。在班级管理中，郑芸摸索出"四位一体"的班长轮值制，班级事务由专人负责，同学们分工协作，高效完成各项任务。置身这样的集体，每位同学都有了更强的集体荣誉感和责任感。

只靠学校是不行的，怎么能让家长们也积极参与进来？郑芸以孩子姐姐的心态与家长们沟通。针对现在孩子都比较独立自我，与家长的沟通有些时候并不密切，郑芸想到一个主意。她发起"给孩子写一封信"的活动，让家长通过写信的方式与孩子进行沟通。实践证明，家长经过精心思考，白纸黑字认真写在纸上的话语，比面对面随口说出的话更能让孩子入耳入心。

在家长的积极参与下，"努力到位，优秀到位"成为他们班同学共同的追求。课堂上，孩子们全神贯注，与老师积极互动。课间时，常见到学生围着老师问问题，以及学生间互相答疑解惑的身影。班级中形成比学赶超的学习氛围，在历次考试中成绩自然名列前茅。

郑芸对孩子们是发自内心的喜欢。孩子们三年一届三年一届地成长毕业，模样在三年之中也有不小的变化，郑芸都记在心里。她像教育自己家孩子一样，不能只管吃喝、只管学习，身体健康成长也很重要。郑芸总是鼓励孩子们积极参加各项体育运动，即使居家学习，也要求学生们坚持每日运动打卡；于是，在学校的运动会上，他们班的选手当仁不让，每个项目都取得不错的成绩。就连运动小白们也积极投身到啦啦队、后勤保障队伍中，为运动员们呐喊助威、打水服务。因为大家有着同一个信念：我们班最棒、为班级争光！孩子们不仅在赛场上收获了闪光的奖牌，在赛场下也收获了友谊和成长。

爱每一个孩子，关注每一个孩子的全面发展。与孩子共成长，郑芸也感到自己可以永葆童心。在才艺舞台上，郑芸所带的班集体依然是星光闪亮。学生们在舞蹈、钢琴、小提琴、二胡等项目中都获得了天津市、南开区级的不同奖项。尤其是班集体合唱节目，在悠扬的小提琴声的应和下，伴着声情并茂的朗诵独白，同学们配合手语表演，精彩呈现了一曲《国家》，获得观众热烈的掌声。

少年心事当拿云。郑芸为了鼓励孩子们树立远大的志向，带领孩子们走进南开中学、觉悟社和周邓纪念馆，踏寻伟人的足迹。为了让孩子们进一步树立奉献、友爱、互助、进步的志愿精神，她组织孩子们为甘肃省贫困学子捐款过冬，组织孩子们参加义卖活动，救助残疾儿童、白血病儿童以及孤独症儿童等，在活动中孩子们的精神世界也在不断丰富成长。

孩子们单纯，也比较稚嫩，稍微的风吹草动可能就会引起内心的波澜。赶上外向的，跟家长同学老师宣泄出来可能就没事了；赶上内向的，有时就容易出问题。

一个周末，郑芸听说班里有个女同学竟然离家出走了，她一下就急了，赶紧联系家长，家长也是焦急万分但却束手无策。郑芸冷静下来，仔细搜索记忆中关于这个孩子的点点滴滴，希望能找出线索。果然，她想到班里另外一个女同学跟她要好，应该知道这个孩子去了哪里。她立即联系这位同学的家长，和家长一起做这位女孩的工作，最后从这位同学嘴里知道了女孩出走的原因和去向。郑芸又赶紧联系派出所等有关部门，最终将孩子安全接回了家中。

"您当孩子的妈得了，您这比我这当妈的都负责任！"郑芸的努力与付出，获得了家长最质朴的肯定与表扬。

"你不知道我有多么感动，孩子们的留言我是流着眼泪看完的！"那是天津电台请郑芸走进直播间做的一期班主任访谈节目。节目结束，郑芸回到家里，看到孩子们在节目下方的留言，眼泪一下就涌了出来。付出总有回报，孩子们的心灵最纯真，他们用一条条留言表达着对郑芸、对自己老师的热爱与感恩。郑芸说："这期节目似乎是我以前工作的总结，正是孩子们的留言，鼓励我始终坚守在班主任的岗位上，始终如一地干下去。"

从20出头到50来岁，现在的学生已不再喊她姐姐，而是喊她"郑姨"。但就算成了"郑姨"，她也依然用一切机会学习充电。她学习德育专家的班级建设、班级活动先进理念，聆听全国优秀班主任的带班经验分享，不断丰富班主任工作方法、开拓班主任工作思路。

积极参与"十三五""十四五"课题研究并付诸实践，德育课程《没有规矩不成方圆，做自律的我》获得楷模教育精品课程二等奖。

曾经被师父带，现在做师父带人。郑芸充分发挥劳模工作室和区级班主任工作室的引领和辐射作用，每个学期开始，她会为起始年级班主任和青年班主任带来"带班第一课"，梳理一天的班级管理工作，明确每个时间节点的具体工作，让新手班主任心里有底，工作起来有抓手。当她们遇到问题时，都会得到郑老师随时随地的指导和帮助。当她们有困惑时，郑老师会成为她们的知心姐姐。

过去，郑芸站在讲台最耀眼的地方，现在的她依然在路上。

三

专家说，教书育人在细微处，学生成长在活动中。陈茹深信这句话。

陈茹是中营小学1992年参加工作的班主任，她一直喜欢带孩子们搞集体活动，乐在其中。

有人担心班主任带学生外出搞活动会出问题。有的说，班主任工作已经够纷繁复杂够累了，怎么还会有精力去搞活动呢？

陈茹说，只要老师想周全了，认真报备，该搞的活动必须搞。

近年，她带孩子们去泥人张博物馆、去消防支队、去杂技团等地，每次都有收获。

有的学生家长给孩子买钢琴、买画笔和颜料，报各种兴趣班，但孩子学习几天就坚持不下去了。怎么办？组织孩子们去泥人张博物馆，孩子们受到教育：一生只做一件事，做一件事就做到极致。去消防队，消防战士赴汤蹈火、舍身救人的英雄故事，让孩子们深受触动，甚至连家长都受到教育。

陈茹还邀请有经验的家长和社会各界人士走进学校为学生授课。比如请新冠肺炎疫情时驰援武汉的医生家长走进教室，讲他们工作中的医学常识和疫情防控见闻，让孩子们感受白衣天使的无私奉献。邀请空军战士为同学们做

《我爱祖国蓝天》的讲座，让孩子们感受华夏民族圆梦九天的壮志豪情。这些都大大开阔了孩子们的眼界，极大提高了孩子们学习的兴趣。

但搞活动一定是很辛苦的，要多方联系，要考虑安全，要获得家长支持，等等。但只要对孩子的成长有好处，陈茹就不遗余力地去做。她自言苦中作乐。

十个手指没有一般齐，做班主任面对的学生也各个不同，因此班主任要面对各种复杂的工作。

那年，陈茹刚接手一个新班，一天家长会后，几个家长留下来一起找陈茹。他们提出，某某学生不能在这个班里上课，否则他们就要找上级机关反映问题，因为这个学生严重影响班里其他同学的学习。陈茹说："要不咱再观察一段时间？"家长们说："不行，一天也不行了，因为他天天影响别人上课，已经五年级了，快要毕业了，我们实在不能忍受了。"陈茹说："我刚接手，怎么也得让我观察了解一下。"几位家长这才答应回家。

晚上，这个学生的妈妈也打来电话，说："陈老师，我们能不能下午也上课？"陈茹才明白，这个学生原来是只上半天课的，因为患有多动症类的疾病。

为难之中的陈茹约孩子妈妈见了个面，才知道孩子是单亲家庭，只有妈妈。

陈茹说了其他家长的诉求，孩子有问题，应该先治疗，再来上学，以免影响到别的学生。

妈妈说："我们孩子就想上学，就爱吃学校的午饭。"孩子妈妈的诚恳和孩子求学的欲望打动了陈茹，几经商量，她和孩子妈妈达成协议："下午我有课在班里时，孩子就全天上课。下午我不在班里，孩子就去做治疗。"

孩子的问题是上课时想起立就起立、想说话就说话、想走动就走动。有时他找到陈茹，说要给同学们发作业本，没有也要发。陈茹理解这是一种病态，为了稳定孩子，就找几张纸让他给同学们发。

为了不干扰其他学生，没自己的课时，陈茹就在教室门外摆个小桌坐在那，然后把这个孩子叫出来聊天。夏天如此，冬天也如此。其他家长们都被感动了，说："只要有您在，我们就放心。"一个学期就这样过去了。新冠肺炎疫情期间，孩子也去了外地治疗。

复课之后，孩子有了明显变化，陈茹就有意带孩子参加活动，让其他家长也看看孩子的进步。运动会出操，走步时这个孩子始终跟在陈茹身边，还和她拉着手，没有任何的过激行为。原来找她的家长们反而不好意思了，跟陈茹说："您这对孩子太爱了，我们原来有点偏激了。"

之后，经过和双方家长的反复沟通，家长们之间也比较和谐了。

然而，小学即将毕业，孩子的病突然又加重了，而且也不吃药。陈茹千哄万哄，才勉强吃下去，但很快又吐了出来。陈茹看着孩子可怜，也知道药物都有抑制作用，就不再强求孩子吃药了。那别的孩子怎么办？陈茹又跟具体照顾孩子的姥姥商量："咱能不能自己一个教室？"姥姥倒也通情达理。陈茹便在旁边大队部专门找了一间屋子，让孩子在那里待着，等症状缓解了，再到班里和大家一起上课。

就是这个多动症的孩子，陈茹总结说只要顺着他、哄着他，用真情引导他，还是没有什么大问题的。这个孩子小学毕业后，遇到一些事情，家长还是会给陈茹打电话。

作为班主任，默默陪伴学生成长，静静聆听他们生命拔节的声音。同时，教学相长，陈茹也取得了丰硕的成绩。陈茹被评为杰出津门班主任、天津市中小学十佳班主任、天津市中小学优秀班主任，所带班被评为天津市优秀学生集体、天津市十佳中小学学生集体。

（作者2000年加入中国作家协会，中国作家协会第十次全国代表大会代表，天津作家协会副主席、诗歌委员会主任，天津市"五个一批"人才，高级编辑。出版有长篇小说《开发区人》《天津爱情》、文学理论专著《中国新经济文学概论》、散文集《给枯干的花浇水》、现代诗集《心事物》《城市里的布谷鸟》《疯塔》《梦里红唇》《本命芳菲》《热爱女人》《箫声悠悠》、旧体诗集《枕河楼集》及《陈丽伟新闻作品选》等十几部作品。曾获第九届徐迟报告文学奖、首届泰山诗歌节金奖、天津市文学新人奖、"文化杯"孙犁散文奖、鲁藜诗歌奖等）

王军的幸福经：在一片流淌着红色血液的沃土上，再次注入军人的力量，让老区人民吃好、住好、穿好！

一位武装部长的拳拳在念

□ 秋若愚

走进恩庄

2018年，一个清冷的冬日。

刚刚上任的广灵县人民武装部部长王军，临危受命，走进自己帮扶的村庄——加斗乡恩庄村。

恩庄没有历史。这里原本是大同某部队的一处废弃营地。1996年，山西省委实施有规模的易地扶贫搬迁，广灵县东南部山区的张岔乡整体移民，其中张岔村、上恩庄村、下恩庄村集中迁到这里，取名"恩庄"。

寒风卷着枯叶在村庄打旋儿，曾经的老营房，屋檐歪斜瘪塌，瓦楞荒草萋萋，土墙残破低矮，木门老旧，在风里吱吱呀呀。

王军走着走着停住了，他的眼前出现了一个大土坡，越往北越高，直通到村庄最北端。大概是住户倾倒污水的缘故，一截一截，云间画道般结着厚厚的冰层，一条杂毛小狗穿街而过，猛地滑倒，嗷嗷叫着半天爬不起来。

王军一个人走遍了村庄的街街巷巷。他了解到，村子缺地、缺水，有人外出打工，有人爬坡上梁往返50千米上张岔种地；他还了解到，北高坡下面有一块平台，有两个大坑，逢大雨，坡顶的泥流截进坑里，雨势太大时，大坑溢满，泥流再次顺坡而下，淤进居民小巷……

安徽肥东人王军，从小就有当兵梦想，17岁开始军旅生涯，考军校，入党，在部队近30年，从一名普通士兵成长到县人民武装部部长，养成认真务实、雷厉风行的工作作风。

"为咱老百姓做点事！"此刻，他再次郑重地说出时常挂在嘴边的这句话。

回到武装部，王军摊开扶贫基金账面，一笔一笔划拉着：这一笔是修缮房屋的，那一笔是资助贫困学生的，最小的一笔是慰问村中老弱病残的。马上要过年了，他还想挤出一点来，再给每一户买点白面、大米、油，暖暖乡亲们的心。

腊月二十三，王军手提一袋大米走在前头，部里职工手提油、村干部扛着白面紧随其后，一家一家挨着进。王军笑意亲切，说着和电视上一样的普通话："做下豆腐了没？压好粉条了没？"厚实的大手摸试着土炕上的温度，"这一年的收入怎么样？"……

百姓那个喜欢啊，他们一碗一碗地冲糖水，感念亲人解放军，感念共产党政策好。

回望张岔

王军心里着急，几乎每天来村里。

他吃惊地了解到——

抗战时期，中共广灵县委机关就设在那山高坡陡、交通不便的张岔。时任县委书记曾雍雅在张岔开辟根据地，秘密发展党员36人，建起口前、张岔、房庄、上下恩庄5个党支部，成为广灵县第一区，各村村民纷纷参加八路军，扛着铡刀、拎着火枪、提着挖煤铁铲，成立起南山第一支抗日游击队，很快又成立起妇女自卫队，承担起支前重任，站岗放哨、送公粮、做军鞋。

那一片被人们称为"小晋察冀"。

从1940年开始，"小晋察冀"连遭日军5次"治安强化"、3次"跃进计划"，县委书记壮烈牺牲，副书记等领导干部被捕，基干游击队队长被杀，张岔党支部书记为保护12位同志，同20多个村民，被机枪集体屠杀，民房烧毁，制造了骇人听闻的"张岔惨案"。

在全县党组织遭到巨大破坏后，迅速恢复的党组织只有张岔。

是张岔人的坚持给后来的县委保留了一块落脚之地，让星星之火可以继续燎原。

从张岔搬下来的村民中，有经历过战火洗礼的11位老兵，而已经谢世的老兵张杰，作为抗战初期杨得志将军的警卫员，参加过平型关战役……

王军买了慰问品，一家一家去看望这些老人，眼望着寒碜的生存环境，问他们有什么困难。老兵们却无一例外回答："没困难，和平着就好。"

王军的眼眶红了。

又到了他和时任县委书记李润军相约打球的时间。王军提议："今天爬山吧。"李书记说："由你。"

李书记被王军带上南山张岔，环望着曾经的革命老区，望着这里的一草一木、山山水水，仿佛重温了一遍英雄的原乡。

李书记动容地说："致敬先辈，让丰碑永存！在新时代，弘扬红色文化、传承红色基因，不能成为一句空话套话！"

回来后不久，王军立即协调县有关部门，依据政策规定，帮助11位退伍老兵及几家生活极度贫困的村民办理了低保。

又一个夜晚，王军盘腿坐在一位老乡家的炕上，听92

岁的全大娘断断续续为他讲故事——20世纪60年代后期，有个8770部队医疗队被分到南山，队员大部分是女的，分到张岔的13个，吃住在老乡家，吃饭给粮票、给钱，看病不要钱。全家跟公社隔一堵墙，分来两个同志，一个姓马，才18岁，一个姓雷。

雷医生给全家老汉治头疼病，扎了满头银针，竟扎好了。接生也管，村里一男一女两个娃娃，都是她们接生的，都姓刘，都起名叫刘军。还有个来住亲戚的哑巴女娃也让她们每天上门扎针治好了。大家都传唱："解放军医生就是好，十八岁的哑巴会说话……"

还有好多，数也数不清。

后来不知道为了啥，1971年突然来了命令，13人的医疗队要从张岔撤走。那是个冬天，天上飘着白的雪花，一直一直下个不停。

马姑娘、雷医生把背包打好，和老乡们坐在一铺炕上，一夜没睡。第二天一大早，全大娘熬粥烙饼，两位医生刚端起饭碗吸溜两口，军号响了。放下饭碗就跑的两位医生也没忘掏粮票和钱。全大娘不要，哭着找笼布把饼子包上，硬塞给她们。

乡亲们一直把医疗队送到5里外的山路边。哑巴女也来了，没命地追，拼命地喊——"解放军"那三个字喊得真真的！

王军回到县人民武装部，躺靠在办公椅上彻夜难眠，直到凌晨才昏昏睡去，却很快被楼道的起床号惊醒：

　　咱当兵的人，有啥不一样

　　只因为我们都穿着朴实的军装

　　说不一样，其实也一样

　　都是青春的年华，都是热血儿郎

　　……

好大的雪哦！窗外有人喊。王军拉开窗帘望去，鹅毛大雪稠密拥挤，天地一片混沌。

有人说，那是广灵县有史以来最大的一场雪。

这样的雪一直下到第三天，仍然没有停歇的意思。王军在办公室踱步，突然意识到什么，回身抓起电话命令："全体都有！集合！"

急促、尖利的集合哨音响起，除了值班人员、值勤分队，他带领30人以最快的速度列队上车。

平时只有20分钟的路程，那天大卡车足足爬行了50多分钟，才到达王军指定的地点——恩庄。

车斗上并排站立的干部职工，一个个成了雪人。

他们跳下车，站在直没小腿的雪窝里，每人手里或是一把铁锹，或是一把扫帚，三人一组，分开10组，以巷子为单位，在一声号令下开始行动。

街巷里的雪铲出来了，堵着各家大门的积雪也铲出来了。

天空放晴，一家家大门吱呀打开，乡亲们惊喜异常，着急地说着"哪能让俺娃们干这些"。可是哪里能拦得住呢？他们又进入院里，铲的铲，扫的扫，推的推，不大工夫，院子也干净了。乡亲们不知如何是好，拉着让进家暖和暖和，喝上一碗水，可是哪里又能拉得动呢！

载着人民子弟兵的大卡车走远了，乡亲们还站在村口望啊望……

出现转机

时间进入2019年，军地各级加大脱贫攻坚力度。广灵县人民政府召开了一场由县长主持，县委书记、县人民武装部部长、乡镇书记、扶贫办主任、村书记参加的临时会议，要求他们积极投身乡村振兴新战场，鼓足干劲再出发。

王军对着扶贫专项经费，心却一下子沉静下来。他知道，这里面的每一分钱都得花到点子上、用在刀刃上。

要想富，先修路。经过一番深思熟虑后，他打开笔记本，依次写下自来水、污水处理、修路几件事。

从施工队进村那天起，王军和分管扶贫的县长就总在早晨7点不到就进村，督战到中午工人收工，才开车回城；

下午再去，督战到天黑。

自来水进村、入户，并建起一座高5米的水塔。当水龙头拧开，甘洌之水汩汩流出时，村庄沸腾了！

污水处理紧跟着顺利完成。

有一块当年8770部队留下的照壁，已经破旧不堪，王军亲自参与修缮复原，将"为人民服务"5个大字描得更红更亮。

水泥路先从住户小巷拉开序幕，一条条延伸出来，大街上这一条土坡路从高台上铺起，一直通到村外，与朔蔚线纵横相连。

突如其来的一场暴雨，好像是老天爷故意派来进行验收的，泥流从北面坡顶滚滚而下，顺着筑好的下水道，哗啦啦唱着欢快的歌儿一路往南，流入河沟，刚修的灰蓝色水泥坡道上，溅起的水花儿清灵灵、亮晶晶。

风住，雨停，阳光现，一道彩虹挂在天空。

村民走出家门，踏过小巷，站到清亮的大街上，说着笑着，抬起脚底，你叫我看，我叫你看："看这干干净净的，多好！"

王军没有歇一天，紧跟着将改善村容村貌提上日程。

扶贫工作组人员一户户进行实地考察，将所有的破房烂院登记在册。预算出来后，发现想要用余下的资金彻底来个旧貌换新颜，所差之多，让所有人瞠目结舌。于是当即有人提议："按照政策规定，土房子推倒重建，只限于一户一间，院墙、门楼都不在帮扶范围。照做的话，缺口也不是很大。"王军说："要么不做，要做就做成个样子。先开工，资金的事我去协调解决！"

同以往一样，王军仍然是一天不落地在村与城之间往返。

施工的两个月里，村庄老会计全仲宽和王军一样，也是每天从城里往村里赶，可早早进村的他，准能看见王军已经到位。有一次他去大同看病，走了两天，再回村时，怎么也找不到王军的影子，最后找到一处居民院中，见王军正站在架子上砌墙呢。若不是身上的标志性迷彩服，都快认不出这是个谁了，那脸黑的呀，胡子拉碴的……

房子修盖好了，院墙砌得一般高，门楼造型统一，门板统一，还贴心地铺了行人"引路"。

乡亲们说："像做梦一样！"

王军又开始翻看村委会的贫困户档案。

打头的是宋英全，妻子天生智障，他本人的右腿也在煤矿打工时被砸伤，落下残疾。王军将余下的名单粗略看完，抬头喊来村书记刘光光："走，咱去宋英全家。"

宋英全的妻子缩在窗台旮旯里，脑袋埋在蜷起的膝盖上，不时地悄悄瞄一眼。老宋跛着一条腿出出进进，想给客人烧点水。王军拦下说："跟我说说，你有啥手艺？"老宋挠挠头："王部长，我没别的能耐，就会做豆腐。"随后又补一句："早就想开个豆腐坊，就是没资金。"王军笑了："没资金不怕，单怕你既没手艺又没想法。"

临走时，王军撂下一句话："这个事包在我身上，你安顿安顿，给咱干起来。"

不久后，"恩庄豆腐坊"挂牌营业，王军又和驻村扶贫工作队担起推销任务，每天十几锅，送豆腐的三轮车一趟一趟往城里赶，村民站在街口啧啧称奇。手里一有钱，宋英全又在自家院子里垒起猪圈，他要将成堆的豆腐渣变废为宝。出村买猪仔时，正好迎住王军，得知消息的王军探出车窗吩咐他："再买上几头母猪哇，让猪生猪去。"

第二个是谢福。

资料上说他是1956年入伍，服役3年，光荣退役。如今的谢福患有严重的脑梗，老伴也有大病，常年卧炕不起。

王军进了院子，谢福蹒跚着迎出来，上前握住部长的手不放。王军问他生活上有什么困难。谢福说，就想给老伴也办个低保。

工作人员拿出谢福现在的年收入表单，加之当时办低保的标准是女性65岁以上，谢福老伴恰好是64岁，两项全不达标。可他家是真的贫困呀。王军说："给她办了吧，万一追责，责任归我！"

后来在扶贫工作验收会上，县委书记对此举给予肯定："你们发现问题可以上报，可以申请审批，我们脱贫就是要做到精准扶贫、真正脱贫，不能流于形式……"

要想彻底改变恩庄面貌，增加村集体收益，让村民在家门口就能就业，唯一的办法是建项目。

但是，选项目、找场地、跑销路，岂是一个钱能解决得了的问题！王军与居住在天津的妻子视频聊天时，妻子含泪说："看看你，黑成啥了！"王军说："不怕！我得把这个扶贫工作做好，让咱老区人民吃好、住好、穿好！"

此后，王军消失了一个冬季。

村民站在街圪台上，日日翘首张望。他们渐渐意识到，没有王部长走动的村庄，像是一下子失去了主心骨。

第二年春暖花开时，王军回来了。村民呼啦一下围上去，抢着握手，紧紧不放，表达着心底最淳朴的想念和牵挂。

厂址选在村庄西南方向的一处水洼地。

地里并排有两棵老柳树，工人们建议砍掉。王军抚摸着粗壮的树干动情地说："知道平型关战役吧？咱们的杨成武将军打援时曾经在这树底下指挥作战。留下它们，让我们的后人永远记住那个年代，记住为新中国流血牺牲的先烈，更珍惜今天来之不易的幸福生活！"

不久后，一座面积2110平方米的高大厂房落成了。

栽下梧桐树，引得凤凰来。

不久，机器进厂，由武装部协调政府帮建的广灵县裕晟新能源科技有限公司挂牌成立。村里所有废弃的木料、秸秆、树梢、玉米芯，一车一车拉进去，过秤、结算、堆成小山。谁也想不到，那架庞大的机器那么厉害，这些不让烧、扔不得的农村污染物这头进去、那头出来，就变成了干净匀称的颗粒棒。

这是啥？

王军回答：这叫生物质颗粒燃料，烧起来没有黑烟，每公斤有3000多大卡热量，可是咱们的"炕头经济"！

如今的裕晟新能源，日均产生物质颗粒燃料20多吨，年产量达5000吨，给村集体每年创收3万元租金，同时也解决了村里大部分人的就业。

紧接着，木材加工厂、蔬菜大棚、澡堂、村卫生室、图书阅览室、文化活动室接连出现，结对帮扶的12名贫困生也顺利完成学业。

村里安上了太阳能路灯，大街有，小巷也有，村里的晚上和白天一样亮堂。

每年两次，王军随县医疗队进村，免费给村民体检、治病、送药。

有位90多高龄的老人拄着拐杖前来问询："雷医生是哪个？"医疗队人员一脸不解，问他找雷医生干啥，他说："我想叫雷医生进家喝口水。"

2020年，恩庄村人均年收入为11909元，村集体经济收入为755482元。村党群服务中心把村民的心聚拢起来了。王军给这个村的服务中心注入了鲜明的军人元素，赋予"军爱民，民拥军，军民团结如一人，试看天下谁能敌"的新时代内涵，这个村庄有了魂，党支部成了村民的主心骨。"有事找中心"成了恩庄人的集体潜意识。闻名广灵县的深度贫困村恩庄，在全县率先实现了整体脱贫，成为"脱贫攻坚+国防教育"的示范村。

不是尾声

2021年2月25日上午。北京。

全国脱贫攻坚总结表彰大会在人民大会堂隆重举行。

王军，这位县人民武装部部长，躬逢盛会，荣获中央军委国防动员系统"全国脱贫攻坚先进个人"称号，与获奖者一起受到中共中央总书记、国家主席、中央军委主席习近平的接见并合影留念。

王军聆听了习近平总书记的重要讲话，进一步深刻认识到脱贫攻坚人民战争伟大的现实意义和深远的历史意义。当习近平总书记讲到"时代造就英雄，伟大来自平凡。在脱贫攻坚工作中，数百万扶贫干部倾力奉献、苦干实干，同贫困群众想在一起、过在一起、干在一起，将最美的年华无私奉献给了脱贫事业"时，王军心潮翻滚、泪流满面。在恩庄日夜奋斗的画面，一帧一帧浮现脑海。

"脱贫摘帽不是终点，而是新生活、新奋斗的起点。"

习近平总书记的号召、百姓的期望，使王军更加感到一名共产党员、一名军人肩上的责任、重担，以及油然而生的幸福感！

（作者本名孙爱清，山西省作家协会会员，朔州市文艺评论家协会副主席，《应县木塔》编辑。有文学作品发表于《山西文学》《黄河》《火花》《映像》《朔风》等刊物，出版有多人合集《散文十二家》）

黄纲兴父子的幸福经：一接触泥巴，万千条生命就会从手中走出来，一件件窑变成精美艺术品，成为一片土地的文化符号。

建瓯父子制陶人

□　戴荣里

　　建瓯是个好地方。一河水，围城甩过。沿建瓯城走一走，会被这里的景色迷惑。远处高山云雾，近处河流哗哗，处处显示这里是一个休闲的好所在。建瓯，因产北苑贡茶而闻名，那些吟诵北苑贡茶的诗篇，一首首令人拍案叫绝。建瓯茶盏在北宋时期成为斗茶得力的工具。黑色兔毫映衬着白色茶沫，会让人产生无限联想。这山，这水，这茶，滋润着一代又一代建瓯人，也延展着建瓯茶文化艺术的深厚底蕴。茶与茶器，成为建瓯的文化符号。

　　初冬时节，借茶会之机，去建瓯窑厂参观。只见窑厂周围摆放着大大小小码垛好的木材，那窑儿，像匍匐的一条巨蟒，乖乖地趴在那里。细雨霏霏，雨雾中观看窑厂，整体呈现一片古色，能清晰感受到烧窑人的辛苦。当晚，在建瓯县城观看制陶人的表演，有一对父子制陶人，儿子在那里拉坯如牛，父亲在边上向参观者介绍建盏的历史。我看了一个展厅又一个展厅。展厅里摆设这对父子和其他制陶人烧制的瓷器。徜徉在这美妙绝伦的艺术世界里，不由得对这一对乐于制陶的父子俩产生了浓厚兴趣。须臾间，儿子拉出一件件陶器的坯胎，那些土坯，泛着黄色，圆润光滑，摆在那里，如一群急于以身试火的飞鸟，我想象着这些土坯在火窑里该会变成怎样的尤物。父亲在讲述着他们各自拉坯的过往，儿子飞快地拉坯，那种默契的配合，让人感觉到建瓯茶盏文化的灵动。我看着儿子沾满黄泥巴的手，将一件坯胎套在模具上，三转两转，坯胎就成型为一个光滑圆润的器物。有建盏之坯，也有敞口盆和花瓶的坯胎，多种坯胎一溜儿摆在那里，参观者赞不绝口。

儿子叫黄祥鑫，生于1998年8月4日，是福建建瓯市东峰镇莲花坪村的青年。作为制陶技艺的第五代传承人，黄祥鑫自小生活在制陶世家，小学六年级就跟随父母去烧制建盏、酒坛等，耳濡目染的童子功，让他体会到制陶的艰苦。2016年，高中刚毕业的黄祥鑫，面对人生路径的选择，感到茫然，父亲让他先去上海姑丈家务工。每天穿梭在大城市里配送五金配件，这位农村青年第一次感受到人生路上的酸甜苦辣。初入社会的磨砺，让黄祥鑫常常思索着自己今后的人生路到底该如何走。一年后，祥鑫春节回家时，面对家中的那几座古窑，重新选择了自己的人生路。

黄祥鑫的父亲黄纲兴在建瓯是位远近闻名的制陶大师，也是制陶非遗文化的第四代传承人。黄纲兴兄弟6个，他是令乡亲们和兄弟们感到自豪的制陶人。黄纲兴对自己家族一直没有中断制陶技艺的传承十分自豪，也对自己能成为建盏文化传人充满信心。在黄纲兴窑厂的瓷器展厅，一件件神态各异的建盏摆在橱窗里，像在叙说着黄纲兴这位陶器艺人多年摸索的制陶奋斗史。当地的茶人向导卢学旺介绍着黄纲兴大半生制陶的经历，黄纲兴也快乐地介绍起自己制陶、烧窑的过往。老卢说黄老师现在是政府认定的制陶大师；黄纲兴说自己天生就该是一个制陶人，感谢祖辈将制陶的基因传给自己，让自己对这一行当百干不厌。每当一接触泥巴，万千条生命就会从自己手中走出来，随着那些藏有灵魂的泥巴逐渐成形，黄纲兴充满期待，在兴奋中让它们一件件窑变成精美的艺术品。

常年对一门艺术的追求会改变一个人的面部表情。专注、执着、成功的喜悦——这些气质会在一个人的脸上沉淀下来。黄纲兴赋予这些泥巴生命，那一件件优美的瓷器也在辉映着黄大师的追求。在一个滴釉的长颈花瓶前，那份美艳让参观者啧啧称奇。黄大师将储藏室里的存货一点点搬出来，我仿佛看到一个写作者在一点点摆出自己的经典著作。黄大师无疑是有定力的手艺人，他不光将祖辈的传承完美地继承下来，也深深感受着这份古老手艺给自己带来的生活上的富足感和精神上的愉悦感。黄大师的爱人甘愿扮演夫唱妇随的角色，跑前跑后，不时从仓库里搬出一件件珍藏的陶瓷，一边向参观者介绍着瓷器烧造的时间，一边向参观者讲述着瓷器的特点，还不时穿插一些制作这件瓷器的相关故事。人们能从黄大师爱人对他质朴的赞美里，感受到这对恩爱夫妻日常生活的幸福。正是有了这日复一日不经意的赞美、欣赏与默契，才酿造出属于制陶夫妇日常生活的甜蜜过往。夫妻二人满足于这种与泥土、土坯、火窑为伴的日子。在泥与窑的交叉影像里，夫妇二人赋予那些沉默的黄土以永远灵动的生命。每一件瓷器的成功烧制，不只是二人求生的依托，更是带来欣喜和幸福的器物象征。当参观者夸赞着那一件件精美的瓷器，这对夫妇脸上泛起醉人的笑容，整个窑厂顿时生动起来。

父亲有意让儿子认识这个社会，对初出茅庐的青年人而言，现实的教育远比一味说教要好。黄纲兴知道儿子这一代人所处的生活环境和自己的截然不一样。当中学刚毕业的儿子提出去大城市打工，黄纲兴采取了一种让孩子自我教育的方式，放手让孩子去上海闯荡。当孩子感受到出外谋生的艰难，欲回乡制陶时，这位沉静的父亲欣喜家族技艺又有了传承下去的希望。父亲不失时机地把握住儿子人生选择的关键时刻，灌输给祥鑫如何做人的道理。他告诉儿子：人活一世，做人做事就要追求极致，干一行爱一行，肯吃苦，不断突破传统，超越以往，才能成就自身。黄纲兴对儿子深情地说：制陶不只是一门生存技艺，更是执着追求艺术之美的过程。建盏作为中国古代陶瓷文化的代表之一，历史文化底蕴深厚，且蕴含着黄家几代人的心血和探索。只有怀着对先人的崇敬之情和生存意识，才能真正将这项技艺传承、光大，才能让更多人欣赏到建盏这一艺术瑰宝的魅力。

祥鑫的父亲是善于动脑、勇于创新的制陶人，他不断探索制陶的艺术形式和表现手法，想别人所未想，做别人所未做，师承家传，又不囿于旧习，成为更多制陶人羡慕和学习的典范。他把执着与创新的理念和方法，一点点传授给儿子，告诉儿子无论环境如何改变，要始终保持制陶人的初心，坚守制陶人的信念和原则，酷爱制陶艺术，精心制作好每一件作品，靠陶瓷之精美去感动欣赏者。

作为第五代非遗传承人，黄祥鑫从此迈出了建盏制作之路的第一步。他牢记父亲的教导，勤学苦练，靠精心、细心和巧手，制作出一件件优美的陶瓷艺术品。如今，他已成为年轻一代学习的榜样。在建瓯，他不断推广建盏非遗文化，更多年轻的建盏非遗传承人，在他的带动影响下成长起来。

全心投入制陶的这7年，黄祥鑫也有过彷徨。重回故土那年，他不过18岁，当时也犹豫过这项整天与泥巴打交道的制陶技艺值得年轻人去传承学习吗？要整天忍受孤独，要心无旁骛地对待每一件作品的制作过程，而自己正是活泼好动的年纪，完成一件陶瓷，需要长时间的静坐，还要历经选矿、磨粉、淘洗、配料、陈腐、练泥、揉泥、拉坯、修坯、素烧、上釉、装窑、焙烧等13道工序，每道工序都很辛苦，自己能坚持下来吗？但咬咬牙，祥鑫还是坚持了下来。从左顾右盼到一心制陶，转眼度过了7年的光景。祥鑫也从一位不谙世事的青年成长为一位深谙制陶技艺的妙手。当他的第一件作品得到父亲的认可，优美的瓷器得到收藏家的喜爱，祥鑫内心乐开了花。求精、传承、创新、坚守、责任，潜移默化地改变着祥鑫的行为方式和言语方式。

拉坯是个辛苦活，一个人要耐得住寂寞，要凭着手感让泥巴在手里变成艺术品，需要技艺上的感知和艺术上的顿悟。祥鑫为了追求这种手感，不断琢磨，思考尝试着拉坯过程中的每一个环节。当一个个难题在几个月的拉坯实践中一点点获得解决，祥鑫欣喜若狂。祥鑫力求把每一件瓷器做到极致。现在祥鑫每天要拉坯10个小时左右，能制作出800件左右的半成品。和更多制陶人相比，他更加关注传统文化的保护和传承，逐渐形成了具有青春朝气的艺术风格和理念，他将这些唯美元素融入每一件作品。谈起对家族技艺的传承和建盏文化的未来，这位年轻的制陶人滔滔不绝。

作为建盏非遗传承人，祥鑫赋予泥土崭新的灵魂。建盏作为一种传统的陶瓷文化，代表了制陶人的智慧和审美。在每一件建盏的制作过程中，祥鑫视泥土为生命，将其与日常生活紧密相连，通过技艺和灵感的巧妙结合，泥土变成了一件件精美的艺术品。正像窑变能成就更多陶瓷的艺术美质一样，祥鑫也把自己青年时代对时尚的追求变成了具有创造活力的趣味灵魂。他在泥土中发掘神性，并通过努力一点点将其呈现出来。制盏中的创新和挑战成就了一件件精品之作。和祖辈制陶观所不同的是，祥鑫更加注重社会和环境问题，制盏的每一个环节都注重合理利用资源，减少浪费和污染。看祥鑫拉坯，全然是一种享受。制陶的整个过程犹如弹一曲最美的曲子，祥鑫这位年轻制陶人，既演奏好序曲，又关心高潮处的升华，处理好制陶过程中的每一个细节。黄祥鑫通过推广建盏文化与社会各界广泛交流，密切关注社会需求信息。他虚心倾听社会各界对自己创作的建盏作品的不同意见，将个人理想与社会需要完美结合，不断探索出属于自己的悟艺之道，制作的陶瓷艺术品别具一格。

从业几年来，祥鑫有十几件作品获奖：2018年7月获第6届中国（大连）国际文化产业博览会"中艺杯"银奖；2018年12月，作品《末口兔毫盏》荣获南平市工艺美术优秀作品评选活动铜奖；2019年5月获14届中国（莆田）海峡工艺品博览会优秀作品评比金奖；2019年11月获得第三批扩展建瓯市非物质文化遗产保护项目"建安盏烧制技艺代表性传承人"称号；2020年10月，《鹧鸪玉壶春》《兔毫束口点茶盏》参加第6届海峡两岸雕刻艺术大赛，分别荣获"福雕奖"金奖和银奖；2021年4月，《鹧鸪玉壶春》《浩瀚星空》分别荣获第1届南平市"南艺杯"工艺美术精品大赛铜奖和优秀奖；2021年9月，黄祥鑫被评为南平市工艺美术系列专业艺术陶瓷助理工艺美术师；2021年10月，《龙窑柴烧浩瀚星空》获福建省第4届"闽艺杯"（建盏、青瓷）陶瓷创意设计评比银奖；2021年12月，龙窑柴烧《隐》《雪》参加第7届海峡两岸雕刻艺术大赛，分别荣获"福雕奖"金奖和铜奖；2021年，作品龙窑柴烧《将军罐》荣获福建省工艺礼品及手工艺精品展暨优秀作品评比金奖；2022年7月，黄祥鑫被授予"南平市第2届民间工艺美术名艺人"称号；2022年11月荣获第3届福建省工艺美术创意设计大赛银奖；2023年4月，黄祥鑫被授予"福建陶瓷行业新锐人物"奖……这一系列荣誉和称号的获得是黄祥鑫在制陶艺术路上艰难探索的青春足迹。

黄祥鑫对自己未来的路有着详细的规划。他深入研究建盏工艺，以探索现代元素与传统文化相结合作为主要突破口，期望通过与现代设计师的合作，创造出更具现代感和实用性的建盏作品，让建盏文化走入现代人的生活。他还计划多开展些向年轻人传授建盏工艺技术的公益活动，通过参加展览、开设讲座等方式，让更多农村青年感受到传统文化既有益于生存又有益于现代生活审美的穿透力。

　　黄祥鑫怀着对建盏文化深厚的感情和热爱，从家乡找到了文化传承的基因、自信的源头和实现梦想的路径。他追求一种关注传统文化、注重技艺提升、勇于创新、致力于非遗传承的生活方式。作为家族技艺传人，这个年轻人为了让更多人了解建盏的魅力及其背后的故事，开动脑筋，想方设法通过各种路径传播建盏文化。他还带动更多农村青年投身其中，让这一传统文化发扬光大，让民族文化瑰宝成为农村青年实现人生价值的美好依托。

　　（作者系中国作家协会会员，中国人民大学科学哲学博士，教授级高级政工师，北京建筑大学校外导师。冰心散文奖获得者，《巨龙飞腾》曾获中组部精品教材奖。在《小康》《中国工人》等5家刊物开辟有文化专栏）

王祥语录：以一己之力，在危机中挺举更多的生命。

山西"第一消防蛙人"的水下情结

□ 焦淑梅

"关关雎鸠，在河之洲。"《诗经》的开篇告诉我们，世间的美好大多与河流有关、多从有水的地方开始。可对"山西第一蛙人"消防员王祥来说，平静的水面盛着人世间无数悲欢，水里抑或潜藏着凶猛的怪兽，它用表面的清凉甚或水中鱼儿优雅的游动诱惑人，麻痹着岸上人的意志，让人类低估了水的危险。某个时刻，欢快地与水亲近，却意外地踩进深渊，甚至陷入万劫不复的境地。

一次次水下救援，一次次拼命托举起一个个生命。即便这样，多数情况下，王祥还是不能做到让所有被救者都生龙活虎上岸。斜阳映照、朗月高悬或者夜黑风高，风波之后的水面依然荡漾着迷人的圈圈纹路。每次，王祥都禁不住阵阵揪心，眼圈发红。男儿有泪不轻弹，只因未到伤心处！那种因生命逝去而产生的无能为力的绝望感，久久敲打着他的内心，并且，那深入骨髓的痛惜感并不会因为救援任务结束而结束。

"要珍爱生命，不游野泳""即便是见义勇为抢救溺水者，也要措施得当"……絮絮叨叨，像谁家孩子的父亲在不厌其烦地叮咛。说起他的消防事业，王祥禁不住哽咽起来。"不敢看水中被救起人的样子，心痛！"那些与水有关的记忆，王祥不会忘记，又怎能忘记？！

水孩子当了消防兵

1984年出生的王祥，敦敦实实，不高不矮，温文尔雅，现任山西消防救援总队队务处副处长。他的出生地是安徽蚌埠，地处淮河流域，家门口就有一条小河。小时候，王祥把大部分时间都泡在水里，他的游泳技术也越来越好，他的愿望是像父亲一样当一名海军。2000年11月王祥报名参军，不巧的是那年他们当地不招海军，王祥成了一名消防战士。

多年后的今天，当他回忆起16岁那年的秋天，依然想哭。离开家乡，离开父母，前路茫茫，孤独和无助填满了少年的内心。但是，坐着绿皮火车经过几十个小时来到山西太原当消防兵的他，暗暗发誓，不管做什么，一定要做到最好！

机会偏爱有准备的人。2001年7月的一天，两个小时的游泳基本技能测试又戏剧性地把王祥和水联系到一起，他终于有了和水打交道的机会。经过一系列的勤学苦练，他最终成为一名优秀的潜水员。

王祥是山西省第一个取得专业潜水资格的消防潜水员，号称山西第一个"消防蛙人"。

危机四伏的冰窟

2003年1月的某一天，北风呼啸，地冻天寒。

寒冷和黑夜，禁锢不了孩子们的童真。在太原市黑土巷一个结冰的蓄水池附近，一群孩子正开心地玩耍，欢快的追逐声中，没有谁意识到危险在逼近。小伙伴们打赌看谁敢往冰面中间走，谁走过去就推崇谁做孩子王。于是，几个小身影猫着腰、迈开腿，小心翼翼地试探着朝冰面中心走去。突然，咔嚓一声，冰面裂开一道口子。随着一声尖叫，一个孩子瞬间跌入冰窟，没了踪影。只见黑漆漆的冰洞处，水波拍打着几个悬浮的碗大的冰块，一圈圈散开，水面很快复归平静。幽深的冰窟像猛兽的眼，闪着深不见底的寒光。突发意外，孩子们吓坏了，愣了几秒后，号啕大哭，尖利的哭叫划破夜空，让人毛骨悚然。惊魂未定，他们战战兢兢四散着跑向路人，求助。

王祥接到命令，迅雷疾风般出发。这是他入伍以来首次赶赴现场实施救援，也就此拉开他水下救人的序幕。

现场漆黑，没有任何照明设施。救人，必须从裂开的洞口下水，必须进入几米深的蓄水池。毫不犹豫，他钻洞入水。蓄水池的底部有厚厚的淤泥，王祥稍微一动，淤泥就一股股往上翻腾，水变得非常浑浊。随身携带的潜水手电筒失去作用，全凭用手触摸感觉和捕捉水面下细微的动静。冰层又硬又厚，压得人喘不过气来。数九寒天，水下是那种刺骨的冷，且危机四伏，让人举步维艰。冰水侵蚀着王祥暴露在外的面部，仅仅几分钟，他咬着吸管的嘴唇就失去了知觉。潜水气瓶里的空气干燥得让人抓狂，如火舌一样刺激得他的嗓子又干又疼，他太想喝口水润润刀割般的喉咙，太想有盆旺火烤烤冻僵的身子。他的体力在一点点透支。咬紧牙关，张开双臂，他不停地搜寻，渴望尽快找到那个被冰水卷走的小小身体。

孩子，你在哪里？搜寻了足足半个小时，未果。地面上，战友和群众在焦急中翘首以盼。带队领导不放心，命令王祥暂时返回地面，做必要的体力调整。

好多人围上来，给王祥倒热水，递热水袋。

王祥多想以最快的速度把孩子救上来，多想看到孩子活蹦乱跳地奔向父母的怀抱……顾不得许多，他再次下水，寻找。

"看把小战士冻的，消防员身体也吃不消啊！"有个围观的大爷看着被冻得面色发紫、瑟瑟发抖的王祥，心疼地说。这一句话如一股热流山呼海啸，热泪在王祥心里滚滚而下。"王祥，上面这么多人看着你呢，你不是为自己作战，是为百姓而战，你代表的是消防部队。"他在内心深处一遍遍告诉自己，再一次毫不犹豫纵身下水。

10分钟、半小时、40分钟、一小时、一个半小时……两个多小时后，王祥终于找到了孩子，并把他托举出冰面。

撕心裂肺的哭声将王祥拥迎上岸。

完成任务的王祥没有感到胜利的喜悦与自豪，他内心像压了铅块般沉重，为那个还未来得及绽放就夭折的生命。眼罩内，他的双目已被泪水打湿——对孩子们的平安成长来说，安全教育是多么必要！这种生离死别的凄惨场景触动了王祥内心深处的柔软。

出水时，王祥身体被冻僵，是战友们用绳子把他"吊"上来的。

这次经历，只是王祥水下救援工作的序曲而已。

死神降临的瞬间

没有一次救援如履平地，每一次救援都是生死考验。

"看，我不是还好好地活着嘛！"他总是这样，把曾经与死神擦肩而过的救援轻描淡写。2004年2月14日的那个深夜，急促的警铃声响起：长风大桥北侧有孩子落水！风驰电掣，接警后的王祥第一时间奔赴现场。那一晚，他的青春差点定格在20岁！

深夜、冰下、淤泥，几乎所有的困难条件都集中在一起。虽然在下水前王祥已经充分预见这次搜救的困难，但事实比他想象中更艰难。

准备就绪后，王祥在冰面较薄处凿开一个洞，搭了节梯，顺着洞口进入水下。冰水刺骨。水下漆黑。零下20多摄氏度的寒冬，冷气像刀割一样，刺得浑身疼痛。水下几乎没有能见度，王祥只能凭经验判断落水者可能的方位。

两次下水都无功而返。

王祥又第三次下水。

救人心切，不断扩大搜救范围，水下的王祥越游越远。他突然发现，自己在水下迷路了！就在此时，他感到有冰冷的河水顺着潜水衣一点点渗透进来，他的胳膊开始抽筋，双脚像踩了棉花，怎么也使不上劲。必须立刻拉动绳索传递需要上岸的绳语！生死攸关，他却发现，绳子不知何时缠绕到背后的氧气瓶上了。就在他艰难地抬起胳膊向身后摸索时，咬在嘴里的氧气瓶呼吸器突然脱落，几口水呛进来，呼吸顿时变得异常困难。王祥眼前发黑，眩晕，内心绝望至极。"难道要牺牲在此处吗？"本来就有些感冒发烧的王祥，经历了三次下水，体力已严重透支，他的意识开始有些模糊。可是，分秒之间，眼前飞速交叠出一些幻象：看到父母慈祥的脸，又仿佛听到岸上撕心裂肺的哭声，还有一个充满恐惧的稚嫩声音大声哭喊："叔叔救我——叔叔救我——"

"不能倒下，不能倒下！""是找冰洞口、导向绳还是找呼吸管？"千钧一发之际，平素扎实的业务素质和军人特有的坚毅和刚强让他瞬间恢复了镇定。他猛然用力摆动头颅，重新咬住呼吸器，大口大力喘息，渐渐缓过气来。水下作业时间过长，氧气瓶的氧气已所剩无几。危险像大山一样压来，他必须尽快回到岸上。

刚刚死里逃生的王祥，方向感出现了偏差。他双脚踩水用力往上挺时，却磕碰到厚厚的冰层，脑袋一阵眩晕。此时，岸上的领导、战友和群众都目不转睛地盯着水面，万分焦急。已经20多分钟了，冰面上，连接王祥生命的那根绳子一动不动，没有收到王祥的任何绳语！时间仿佛凝固！"不能再等了，快把王祥拉上来！"命令一下，战友们迅速收绳。

被拉上岸的王祥斜躺在冰面上，冻僵的身体一动不动。战友们噙着泪，用力拽绳子。王祥的身子，一寸寸、一米米被拖拉回大家身边。

这一天是西方的情人节，地面上的人们有多热闹，冰面下的王祥就有多伤感。为在喧嚣的夜里失去生命的孩子，为面临生死考验、大难不死的自己。

一次持续5小时的倾力打捞

2006年的夏天非常炎热，28岁的姐夫领着16岁的小舅子去太原晋阳湖游泳。不承想湖内水流湍急，地形复杂，不会游泳的少年被水流冲离岸边，瞬间就进入深水区。看着小舅子在水中极力挣扎、大声呼救，情急之下不擅游泳的姐夫扑腾着水浪去施救，不幸双双溺水身亡。

7月11日18：45，太原市消防支队调度指挥中心接到这一警情。特勤一中队8名官兵紧急出动，于19：03到达出事地点。当时湖畔围满了群众，一辆三轮车停放在岸边，车内放有几件衣物。湖内水流湍急，波涛汹涌。该水流是一电厂晾水塔生产用水，水质浑浊；附近水面养有大量鱼类，一阵风过，阵阵难闻的鱼腥味刺激人的口鼻。

毫无疑问，又是王祥冲锋在前。他面色凝重，手脚并用、争分夺秒地穿戴起全套潜水装备。

水流大、水质浑浊，救援难度非常大。王祥沉着冷静，以目击者所指落水者沉入的位置为核心，开始下水、潜入。当王祥游到距离岸边20米处的湖面时，由于巨大的水流冲击，他一点点偏离了目击者指认的位置。

第一次搜救，没有发现溺水者。

指挥员根据潜水员提供的水流信息，重新调整救人方案，决定以水流上游为下水点，待潜水员从上游部位漂流到落水位置时，潜水员下水救人。为了尽快找到溺水者，已经在水里工作一个多小时的王祥根本顾不上休息，背负重达30公斤的潜水装备再次潜入水中。波涛下，只见王祥发出的一点点气泡在水面浮动。那一刻，气泡琐碎又细微的咕嘟咕嘟声仿佛有无限大，救援场面惊心动魄。岸上鸦雀无声，军民面色凝重，心都提到了嗓子眼。

时间来到20：34。绳语发出信号，水下有情况，岸上参与保护的消防员开始收绳。几秒钟后，在围观群众的掌声中，一名溺水者被成功救出。到此时，王祥已在水里奋战了两个多小时。被救上来的落水者经过闻讯赶来的家人确认，系28岁的姐夫。

车载照明已经升起，为了尽快打捞起另一名落水者，仅仅休息5分钟后，王祥再一次下水搜救。

时间一点一点过去，让人感到夜的无限漫长。王祥已在水底持续搜救长达5个小时，两个潜水气瓶气量即将耗尽，他坚持着、不放弃，直到收到最新命令的最后一分钟。"我是一个兵，来自老百姓"，他说——这是来自灵魂的力量。

华北首支水上救援班成立

"李波浪——吉江涛——田文斌——"

年轻的班长王祥，着一身水下救援装备，在训练基地的游泳池中朗声喊着战友的名字，迅即，一声声中气十足的"到——"脆生生地回应。他们彼此用坚定的目光对视着，对今后的水下救援工作信心百倍。王祥和队友们一样内心快乐，为成立这样一支可打硬仗的队伍感到安慰。年轻的战友潜水动作娴熟、灵动，一会儿漂在水面，一会儿又潜到水下。有那么一刻，他们挽起手，并肩站在水中央。明亮的阳光照在他们健硕的肌肉上，在他们的脸上、肩上、胸膛上溅起串串耀眼的水珠，折射出水晶般的光彩。

这是2006年12月的一天，太原市公安消防支队特勤大队一中队水上救援班成立，由1名国际一星级潜水员（王祥）和6名国际二星级潜水员组成。水下救援，要求战士们不仅具备健康的体魄、良好的心理素质，而且要有高度的水下耐受力和适应能力，同时还要具备高超的潜水技术与技能，更需要坚定的意志及勇于献身的精神。经过几年常人难以想象的艰苦训练和实战考验，经过严苛的考核选拔，王祥脱颖而出当了班长，他决心要在新的岗位上，为消防潜水救援事业贡献自己的力量。

救援班配有4套完整的干式潜水服、两身湿式潜水服、冲锋舟、投抛器、救生衣、救生圈等装备。王祥所在的这个水上救援班有"华北地区消防第一"的头衔，服务于太原市及周边地区，为人民群众的生命安全加装了一道坚固的防线。水下救援"蛙人"从王祥一人发展到今天的多人，他是见证者，这一发展也是山西消防水上救援能力的一次巨大飞跃。

使命神圣，他们暗下决心，在今后的训练中要刻苦钻研，不断提升水上救援能力！

肩并肩，团结的力量谁都深信不疑。

荣誉属于每位战友

2019"感动山西"十大人物对王祥的颁奖词是"下冰川，入火海，抢险救援，冲锋在前。用生命守护生命，打造最忠诚的火焰蓝。险情就是命令，生命重于泰山，选择了军人，就选择了奉献。3000多次的灭火抢险任务，山西首位水下'救援蛙人'的光荣记载，无声注解着20年消防生涯的点点滴滴。用始终如一的责任与担当，忠诚守护着一方百姓的岁月平安"。

王祥曾荣立一等功2次、二等功1次、三等功4次，多次被山西省消防救援总队评为优秀党员。2009年7月，被评为中国好人榜"见义勇为"好人。2011年6月，被公安部消防局委员会评为"全国消防部队十大模范共产党员"。2012年5月，被中华人民共和国公安部授予"全国特级优秀人民警察"荣誉称号。2021年11月，在全国应急管理系统先进模范和消防忠诚卫士表彰大会上，受到党和国家领导人的亲切接见。

这些年来，省、市乃至国家级的报刊对王祥事迹的报道铺天盖地。但他说："荣誉是对我的鞭策。从2020年8月被提拔到了总队机关以后，领导岗位对我又提出了新的要求，必须努力，不断提高自己的业务素养，确保打好每一仗。"但行好事，莫问前程。王祥一直用行动诠释着他的信仰。

"每次救援都是集体配合完成任务。我们分工不同，只有互相形成默契、打好配合，才能顺利完成各项水域救援任务。如果说有英雄，那么英雄不是一个人，而是一起并肩作战的每个战友。"

"我不想当什么英雄。更愿意警铃长久沉默。那说明我们守护的这方热土上，百姓都安居乐业、平安顺遂。"王祥说。

（作者系山西省作家协会会员、太原市作家协会会员、中国林业作家协会会员、鲁迅文学院山西作家高级研讨班学员。2017年起从事业余创作，已发表文学作品40余万字。作品刊于《散文选刊》《海外文摘》《天津文学》《山西文学》《当代人》《生态文化》《映像》《都市》《光明日报》《文汇报》《山西日报》《湖南日报》等。部分作品被《散文选刊·选刊版》等转载）

郭方舟的幸福经：只要力所能及，就想去照亮别人，将这种生生不息的爱传递下去。

想要云推动

□　王海滨

接到红十字会采访任务的当天，我就和郭方舟互加了微信，并约定好见面采访时间。谁料接下来她就跟随学校课题组去了京外做调研，时间也只好一拖再拖。这期间，北京作家协会一位熟识的文友突患血液恶疾，急需合适的血源输血，一众好友自发地在微信圈发起献血呼吁，我看到后也马上转发。一个多小时后，郭方舟拨通我的微信视频电话，开始还以为她要和我重新约定见面时间，谁料她开口就说自己的血型恰好吻合，愿意给这个朋友献一次血，只是目前还身在异地无法立刻前去，问我能不能拖后几日待回京后再去。

视频里的女孩面容秀丽姣好，明眸皓齿，一口略带南方口音的普通话，娇软但朗朗，说话时脸上浮现着浅浅的笑意，看上去大方随和。

我在朋友圈转发那则求助信息后，随即有近百位朋友关注并留言，也有几位热心的朋友打电话来详细询问，但郭方舟的电话真出乎我的意料，她善意而真诚的言语更让我霎时感到温暖。我婉转地告诉她时间可能不允许，她马上流露出遗憾的表情，但随即就说祝愿这位朋友早日康复。既然接通了视频，我表示可否就采访事宜简单聊几句。郭方舟很孩子气地一笑，充满歉意地说自己马上就要开一个协调调研会，会程大概两个多小时，能不能结束后或者晚上再进行视频采访，她不想因为自己的事情而耽误了大家的进程，我表示同意。她就笑意盈盈地征求我的意见并约定好时间。

当天21：29，离约定时间差一分钟，郭方舟通过微信发来一条信息：

"王老师，我准备好了。"

这个女孩子的周到细心和守时让我再次心生好感，于是，拨通她的微信视频。视频中的郭方舟仍旧粉黛未施，长发披肩，一脸纯粹的干净，满目坦然的真诚，嘴角挂着浅浅的笑意。

郭方舟出生在广西南宁，家里世代书香。可能是受到在高中教数学的外祖母的影响，身材娇小的方舟自幼就在理工科方面有着优异的表现。中学毕业后，如愿入读广西壮族自治区重点高中南宁三中，因为有着良好的学习习惯和方法，再加上严格的自律性，她的学习成绩卓然不群，一路凯歌高奏，2016年以傲人的成绩考入清华大学物理系，2020年又成为本系直博生，目前仍然在读，刚刚进入美国UCB做访问学者。

"千万不要拿理工科的常规标准来衡定我，我非常非常喜欢文学和哲学，这两个学科也给了我很多很多养分。"

郭方舟说她读书的涉猎面非常广泛，从小说到哲学、社会学、政治学等都会读。

"我最喜欢的一本小说是《悉达多》，上大一的时候第一次读到，一读就放不下，到现在已经读了不下5次。作者是德国作家赫尔曼·黑塞，他是一位集东西方思想于大成的作家、思想家，对人类精神世界之张力、哲学与宗教之交融的探索与描绘很令人痴迷。"

赫尔曼·黑塞一生曾获多种文学荣誉，诺贝尔文学奖、歌德奖等悉数收入囊中，他的名言是"世界上任何书籍都不能带给你好运，但是它们能让你悄悄成为你自己"；在赫尔曼·黑塞的文学作品中自始至终贯穿着一种富于音乐节奏和民歌色彩的浪漫气息，表现出对旅行、自然和朴素事物的爱好。他于1922年出版的《悉达多》讲述的是一位古印度贵族青年悉达多的成长之路。

"悉达多这个人物在作者笔下，经过了完整的出世一入世一出世的过程，经历过腐朽、堕落、黑暗，跋山涉水最终达到圆融与无我，明白世事背后的因果与事物的流转，最终实现了明白万物、爱万物的生命境地，爱他们的光明、慈悲与一切美好，同样也爱他们的丑陋、卑贱与一切邪恶。我觉得这是一种生命状态的探索和理解。"郭方舟轻轻松松地说。悉达多一生的探索也将是她一生的探索，她愿意自己的生命也能达到那样一种境地。除去这一本书以外，她还喜欢黑塞的其他作品，如《荒原狼》《德米安》。

"黑塞的书就像一位不会说话的人生导师，每每遇到人生的关口、郁郁难平之时，我都会打开他的书，面对那些文字就好像与黑塞会面，希望能从他身上汲取力量，而往往也真的能如愿，读罢浑身真的充满了一种莫名的能量。"郭方舟说自己虽然有理科生严谨的一面，但也是一个乐天派，整天都很快乐，"我经常告诫自己'快乐是一种修养'"。

郭方舟有着浪漫的想象力和超强的实践力，爱好也非常广泛，尤其是喜欢旅行，喜欢户外运动，如爬山、越野、骑行，还喜欢无人机摄影。近几年她最想去的地方是新西兰，因为她非常喜欢电影《指环王》三部曲，对托尔金笔下有精灵、有矮人、有霍比特人的中土世界有着无限的向往，而《指环王》中中土世界的拍摄地就在新西兰，所以她想去一探究竟："可能这也是受黑塞小说的影响，我从小就对外面的世界充满好奇，总有一种探险的心理。而且随着年龄和知识的增长，这种心理也好像越来越明显。"

2017年，郭方舟通过知乎了解到造血干细胞捐献，就主动去加入了干细胞库："说实话，当时并没有觉得自己是在做一件多么有意义的事情，可能更多因素是出于一种好奇。真的是这样。"

郭方舟毫不忌讳地这样描述捐献的初衷和情形。父母在最初得知女儿的决定后，持截然不同的态度。父亲表示支持，而母亲则出于对她身体的担忧而坚决反对。为了让母亲放心，郭方舟特地到图书馆查阅医学资料和相关的科学凭证一一转发给母亲，并不厌其烦地打电话给她，就骨髓捐赠进行详细的分析和解释。巧合的是，郭方舟的姑姑就是毕业于北京大学医学院，在大学时也加入了中华骨髓库。所以，在得知侄女也有这样的想法后，她第一时间给予了鼎力支持，并主动去和郭方舟的母亲进行沟通，最终让郭方舟的母亲首肯了女儿的行为。

郭方舟说，签订捐献协议后一直没有合适的受捐者，一直到了2021年的9月，北京红十字会才告知她与一个5岁的小男孩配型成功。她听后十分高兴，马上放下手头的课题赶到相关医院进行了高分辨配型和体检，一切顺利就绪后，于12月完成了捐献。不久，红十字会的有关人员专程找到她，转达了那个5岁男孩家人的由衷感谢。

面对一家人接受捐献时的感激涕零，郭方舟说："就像一株花朵因干涸而即将枯萎，却因为我的一个力所能及的举动，给了它浇灌，重新绽放了娇艳的花朵，重新对着阳光露出了笑容。真的，一直到那时我才真的意识到这件事的意义有多么重大，因为我的介入而让那个孩子垂危的生命得到了挽救，也让那个濒危的家庭得到了挽救。一直到那时，我才意识到，一个鲜活生命的延续比自己肤浅好奇心的一时满足重要得多。"

2022年2月，郭方舟又得知这个孩子的健康状况还是不好，需要二次捐献，便在当年3月再次毫不犹豫向他捐献了自己的淋巴细胞。这一次，为了避免周边亲朋好友的担心，她甚至都没有告知父母，并有意拒绝了一切采访。但是，她的许多同学还是知道了这件事，他们都很受震动，其中有好几个朋友专程赶到病房去看望她，并详细了解加入骨髓库和捐赠的情况，并且在之后也真的加入了骨髓库捐赠行列。

"这才是我觉得最高兴的一点，我的能量能影响到其他人，可以向外辐射和传递一些光和热，对我来讲这才是最有意义的。"

这些受到郭方舟的影响而加入骨髓库的人中，就有她的男朋友，北京人，与她是同学，同样是学物理的。

郭方舟自读本科时就经常放弃节假日休息的时间，参与学校组织的各种支教活动，去湘西讲过素质拓展课，去广西扶绥建设过乡村振兴工作站，更多次地是去北京周边的农民工子弟学校做语文课的代课老师。而她的男朋友也多次参与这种支教，两个人在支教活动中彼此加深了解，增进了感情，共同的爱心也最终让两个人确立了恋爱关系。有一天，他们在一个全球慈善组织的公益网站看见一项向非洲贫困家庭发起的募捐救助活动，就一起凑钱给一个普通非洲家庭捐了一头小羊，羊长大后会产出羊奶和羊毛，会带来经济收益，那样的话，这个家庭的孩子就有可能走进校园去读书。

"读书于我而言如同生命一般重要。我自己喜欢读书，涉猎面也非常广泛。是书籍让我的人生观得以改变，所以也希望通过我们的努力，能让一个普通的孩子多读一点书，感受到知识的力量……我想说的是无论在哪里、无论什么时候，读书都会改变一个人的命运和人生。我真心希望也能改变那个没见过面的孩子……"说到这里，郭方舟好像才想起一件事：2019年，在她的提议下，她的父母积极参与，一家人一起资助了青海湟中一位女生高中三年的生活费（每年3000元）。这个女孩有先天性心脏病，早年丧父，妈妈在川藏交界处做些小生意，收入成为一家人的全部生活来源，而小女孩却渴望读书、渴望上学。郭方舟一家人不但给予这个女孩持续不断的经济资助，还在她精神压力大的时候经常给予鼓励和开解。后来，这个女孩不但顺利完成了高中学业，还在2022年通过农村专项计划考上了哈尔滨工业大学。在接到录取通知书的第一时间，她打电话给郭方舟报告喜讯，在电话里泣不成声，连声说着感谢。

郭方舟讲述这些的时候，神态平静，语气安稳："真的，听说她考上大学，我们全家高兴极了。我感觉全家的那种喜悦程度不亚于当初我自己考上大学。为了让她到大学以后更方便和家里人保持联系，爸爸妈妈还专门送给她一部新手机。"

近几年来，郭方舟的父母不止一次参加当地的慈善捐助会，自己掏腰包购买捐助会上义卖的那些画作。他们知道那些义卖的款项会全部用于资助广西偏远贫困山区的自闭儿童。

"每当做这些事儿的时候，我爸爸总开玩笑说，不能比女儿做得少……"郭方舟说起来，笑得很开心。

我告诉郭方舟，接到采访名单的时候，单看名字还以为是个男性，问她这个名字是不是挪亚方舟的意思。郭方舟听罢又孩子般地笑起来，连连摆手，说名字是家中的老人起的，应该没有这个意思。不过，她现在最喜欢的一句话是"穷则独善其身，达则兼济天下"。

这句话出自《孟子·尽心上》，意思是不得志时就洁身自好修养个人品德，得志时就使天下都能这样。

为什么喜欢这句话呢？

郭方舟略加思索，一脸真诚地说："这个世界上最强大的能量就是人影响人。总有一天，我们都会离开这个世界，但是我们能影响一部分人，被我们影响到的人又可以去影响别人，这种生生不息的传递可以永远持续下去，只要人类存在，这样的传递就不会断绝。我认为自己是一个非常幸运的人，从小到大被许许多多人关爱、照亮，他们或是我的师长、或是我的家人、或是我的朋友，抑或是一面之缘的陌生人。因此只要力所能及，我也想要去照亮别人，成为这种伟大的传承的一部分。"

关掉视频，眼前还浮现着郭方舟坦诚暖心的笑容，耳畔还回荡着她略带南方口音的话语，远眺窗外，远近的万家灯火闪烁，照亮冬夜，温暖凛寒，温暖你我，也温暖这个世界。

有句话说，一棵树摇动另一棵树，一朵云推动另一朵云，一个灵魂唤醒另一个灵魂。

娇小的郭方舟不就是一朵云吗？

（作者系中国作家协会会员、爱奇艺签约作家。出版长篇小说《朝花夕拾1990》、散文集《北京人》、系列童话《神奇的小院》（三部），作品见于《北京文学》《山花》《时代文学》《山东文学》《湖南文学》《中国校园文学》《儿童文学》《儿童文学选刊》《少年文艺》《东方少年》等）

梁奇锂的幸福经：我一个人富裕没用，要带着全村人致富。因为幸福不是一个人的事，而是一村人共同的大事。

一片茶叶铸就的人生传奇

□　梁路峰　卢文芳

和着悠扬的古筝声，梁奇锂拿起写字台上的毛笔神情专注地蘸上墨汁，在一张宣纸上从容淡定地写下一个大大的"和"字，字体圆润，柔和舒展。

一个"和"字，折射出梁奇锂的某种情结。他的传奇故事，就是从一个"和"字开始的。

一

梁奇锂，1975年5月出生于江西省吉安市遂川县汤湖镇高塘村一个农民家庭。初中毕业时，因家中贫困，他没有机会升学读高中，只好辍学回家务农。那时，姐姐们已经出嫁，哥哥也结婚分家了，他决定不外出打工，在家守护年迈的父母。

生活不易，他不得不负重前行。每天一大早就要起床喂牛、打猪草，之后接着忙活家里4亩多的梯田，一年四季都难得有休息日。

梁奇锂有超常的悟性，不光农家活样样精通，就连女人的活也干得像模像样，比如缝袜子、纳鞋底、织毛衣……

高塘村以茶叶种植为主，于是农活之余，梁奇锂开始他的茶艺人生，向父亲学习种茶、采茶、制茶，老父亲手把手地教，梁奇锂一招一式地认真学。

16岁的梁奇锂开始精心经营自家的5亩茶园。20岁那年，因人品好，勤快能干，在村里威望高，全村村民一致推选他为村主任。上任后，梁奇锂做的第一件事就是解决村民出山难的问题。高塘村路远山高，进山只能徒步或者骑摩托车，一到下雨天，山路泥泞，出行非常困难。

要脱贫，先修路。梁奇锂开始设计修建高塘村的村道。但是，从白土村到高塘村的6公里都是高山小路，地势很险峻，给修路带来很大困难，首先面临的就是资金不足的问题。光挖地基就花了30万元，硬化成水泥路面又是100多万元。高塘村80%是梁氏家族成员，在梁奇锂的带动下，各家各户有力出力、有钱出钱。半年后，一条坑坑洼洼不足一米宽的小路就扩建成可过往小车的四五米宽的山间水泥路，高塘村从此摆脱了无路可行的困境，村民经济生活开始发生巨大的变化。

尝到甜头的梁奇锂放开手脚，全身心投入村里的工作。扛水泥管子上山架设电线，建高塘村委会，新建小学校舍，带领村民开发茶园，走茶叶脱贫致富的路子。

每天处理完村委会的事情后，梁奇锂就独自在家钻研制茶技术。杀青、揉捻、整形、提毫、烘干等，每一个步骤都认真对待，做好记录。过程中，他经常向经验丰富的制茶师傅请教。经过反复摸索和实践，他的制茶技术日益见长。

茶叶不施肥，怎么种才能种得好像下了肥一样高产，是一门绝活。如果要施肥，如何施肥，施什么肥，也是一门学问。梁奇锂在成千上万次实验中，摸索出茶叶制作的一个个小小的却不容忽视的细节。实践出真知，他虽然也参加过很多培训，但他最大的感受是自己的刻苦努力才是至关重要的。

实践多年后，梁奇锂的制茶技术已经到了炉火纯青的地步。他原本可以远离喧嚣，做自己的事，吃自己的饭，享自己的福，但是他的心中放不下高塘村的百姓。他常挂在嘴边的一句话是"我一个人富裕没用，我要带着高塘村全村人致富"。

对于如何带领村民种植茶叶，他总结了一套制茶技术。他先把自家菜园改成茶园，把梯田改成茶园。村民想不通，他就一家一户走访、沟通、讲道理，为他们算成本账。

3年后，全村茶叶产量创历史新高，人均增收数千元，村民喜笑颜开。

二

作为村中的带头人，梁奇锂还担负着一份责任，那就是尽力帮助生活困难的人。他勤奋节俭，积德行善，经常看望孤寡老人，资助贫困学生，近年来，他资助了20多户贫困户。有一个名叫梁威的男孩，由于家境贫寒，因考试失误没有考上高中，村里人都瞧不起他。梁奇锂了解情况后，马上与县博雅中学董事长陈柏根沟通交流，让梁威顺利进入县博雅中学复读，还全免了梁威的吃住费和复读费。村中有一个叫梁德银的农民，瘫痪8年没有下过床，妻子70多岁了，儿子和女婿都因意外去世，女儿离家出走，只留下一个外甥陪伴梁德银。梁奇锂了解情况后，主动给老人家买米买油捐钱，这样的救助一坚持就是好多年。在梁奇锂的悉心照顾下，梁德银的病情慢慢好转，竟能下床走动了。一个偶然的机会，梁奇锂把自己拍摄的梁德银的生活状况视频发到抖音平台，顿时引起极大反响，网友们纷纷伸出援助之手。还有一位叫杨长凤的村民，丈夫和家婆几年前都因病去世，留下她带着三个孩子艰难度日。梁奇锂夫妇了解情况后，第一时间来到杨长凤家中嘘寒问暖，给予帮助。梁奇锂还通过抖音，发动全社会来帮助她们家。杨长凤每次说起这些，都会感动得热泪盈眶。

2020年，梁奇锂被江西省文明办评为"江西好人"。

三

梁奇锂的老屋是典型的民房，非常简陋，虽然房子许久不住人了，但他始终不舍得废弃，因为这栋房子见证了他从贫穷到创业成功的人生历程。而今，梁奇锂把房子改造成他的茶博物馆，里面摆满了甑、杵臼、揉茶机、茶壶、茶杯、竹筛等各种制茶工具。

爱茶的梁奇锂，婚姻也因茶结缘。

大山里的茶园经常需要请山外的年轻女子来帮忙，一个偶然的机会，梁奇锂认识了白土村的张春莲。经过一段时间的接触和交往，两人在相识中相知，从相知到相爱。张春莲看中了梁奇锂的能力和人品，毅然决然选择嫁过来。

结婚时，梁奇锂可谓家徒四壁，连结婚的钱都是借来的。

结婚后，能干勤快的张春莲承担了家里所有的家务和大量农活，把家庭打理得井井有条，经济状况也大为改观，一家人和和睦睦，生活像芝麻开花节节高。张春莲是一个极具孝心和爱心的人，在当地口碑极好。

一年又一年，两人种茶、制茶、卖茶、解读茶，家庭也从当初的小年轻顺利升级。2023年12月，张春莲还荣获遂川县汤湖镇"最美婆婆"称号。

四

站在安村茶园山顶，仰望高山茶园层层叠叠，一直延伸到狗牯脑山顶；俯瞰高山茶园袅袅娜娜，一直蔓延到山脚。整个村庄都笼罩在浓浓绿意里，远处迷蒙的薄雾像一层轻纱罩在群山万壑间。

村民簇拥在茶园的田埂上，目不转睛地盯着在茶园里讲课的梁奇锂，生怕错过一个细节。

"选址、行距、锄草、剪枝、施肥。管理不同，收入就不同。春季下肥时间，要注意配好量，因为高塘村是高山梯田茶园，上下梯田茶园海拔相差100米，所以剪枝非常有讲究，什么时候剪枝都要做好记录。海拔高的茶园最早剪枝，海拔低的要迟一点，不然就会红了杆老了叶。地方不同，海拔不同，茶叶产量也不同。"讲到这儿，梁奇锂突然停顿了一下，继而又放大嗓门接着说，"大教育家孔子说过，要因材施教，我们种植高山茶叶也是一样的道理。"

村民一听，都情不自禁地鼓起掌，有人调侃道："梁奇锂，你真的是太有文化了，种个茶叶都把孔子搬出来了。"盈盈笑意里传递着茶的馨香。

梁奇锂凭借着出色的制茶技艺，参加过全国各地的各种制茶比赛，每次他都自信满满并能获得佳绩。

2015年11月23日，梁奇锂被江西省人力资源和社会保障厅评为江西省第三届首席制茶技师。

2016年，在有来自全国的700多名选手参赛的贵州省全国制茶赛事上，梁奇锂斩获全国第四名的好成绩。

五

功夫不负有心人，是金子总会发光。为了做强做大狗牯脑茶产业，梁奇锂于2008年率先成立了汤湖狗牯脑茶合作社，2010年5月成立了安村茶厂。安村茶厂的前身因技术欠缺和管理不善而倒闭。梁奇锂接手之后，投资700余万元，砍掉老茶树，改造茶树根，历经两年斩山、练山、剖土、选籽、播种，使茶园从400余亩扩展到1400余亩，个中艰辛不可用语言来表达，那是煎熬，也是历练，更是涅槃重生。

孟子云："故天将降大任于斯人也，必先苦其心志，劳其筋骨，饿其体肤，空乏其身……"梁奇锂就是那个天选之人。梁奇锂担任村支书的16年间，村里茶园由当初的不足200亩增加到8000余亩，增加了40倍。

犹记创办茶叶合作社之初，因资金严重缺乏，他便掏出所有家底，上街收鲜叶集中加工。可是，做好的茶叶还是没有卖出去。茶叶卖不出，就没钱收鲜叶；如果停止，就收不到鲜叶。那时贷款卡得紧，心急如焚的梁奇锂吃不下、睡不着。关键时刻，他向家族几个兄弟开了口，借出一笔资金投入生产，最终渡过难关，也带来不错的效益。

为了让全村茶农参与种产销一条龙生产模式，梁奇锂采取公司+家户的模式，带动全村茶农家家做茶。在梁奇锂的培训下，村里的加工厂越来越多，做到了产供销一条龙，他家二楼的一个小房间天天有人来观摩。慢慢地，合作社人数逐步增加。

2014年，梁奇锂的合作社被评为国家级农产品加工示范单位。近几年来，梁奇锂把安村茶厂做得风生水起，让很多人实现了家门口就业，村里的老人妇女基本不用外出打工就可以赚足生活费。茶厂工作自由，做事按件计酬，且当天付清工资，从不拖欠。梁奇锂为村里的留守人员、妇女、老人创造了赚钱机会，解决了剩余劳动力就业问题。他还鼓励和支持村民自主创业，资助留守儿童读书，捐钱捐物给困难群体解燃眉之急。

远望安村茶园电站大坝，犹如一道彩虹，又如一弯新月。大坝开闸时，轰隆隆的水声震耳欲聋，白色的水花从大坝的两个出水闸门奔涌而下，水花飞溅，巨浪排空，湖水一改往日的温柔，如千军万马奔赴战场，气势雄伟，有排山倒海之势。飞溅的水花形成一道彩虹，缤纷的色彩迷乱了人的眼。

站在大坝上远眺，高峡出平湖，这边风景独好。湖面平静，宛如一面明镜，又如一块翡翠藏于青山之中，蔚蓝天空中的朵朵白云倒映在湖里，美不胜收。湖四周矮山起伏连绵，高山茶园郁郁葱葱，黛瓦白墙的民宿如星星般散落在沟壑山坡上，湖边有了人家便有了烟火气。

六

因着多年来用心种茶、用心待茶，一系列荣誉也随之而来——第九届全国农村青年致富带头人、全国绿茶手工制作比赛优秀奖、江西省劳动模范、江西省技术能手、吉安市优秀共产党员、吉安市百名农民创业标兵等30多项，并当选吉安市第四、第五届人大代表，享受到省政府特殊津贴。

穷小子梁奇锂，因茶而华丽蜕变。

2022年10月，经中国管理科学研究院品牌推进委员会评审工作委员会评审、中国茶业发展研究院确认，梁奇锂荣获"中国制茶大师"称号。2023年9月，梁奇锂被江西省人民政府授予"第七届江西省优秀高技能人才（赣鄱工匠）"称号。

梁奇锂，有了"茶王"的美誉。

站在安村茶厂的山巅遥望，远山如黛，郁郁葱葱的高山梯田茶树掩映在云雾缭绕间。

一片茶叶里写满了岁月的故事：一片茶叶成就了茶王梁奇锂，也成就了千年古县一段狗牯脑茶文化佳话；一片茶叶兼容了阴阳五行，这是生命价值的最高境界。正如那些"茶王"，自强不息又厚德载物，使得狗牯脑茶一代一代得以传承并发扬光大，又在发扬光大中实现了自己的人生价值，奋斗目标。

（梁路峰，作者系中国作家协会会员、中国林业文联生态作家协会分会副主席、江西省遂川县作家协会主席，公安部文联签约作家。在《人民日报》《小说月报》《解放日报》等报刊发表文学作品380余万字。曾获吴伯箫散文奖、全国公安散文奖、全国生态散文奖等。散文《白水仙听瀑》被收入全国小学三年级课本，多篇散文收入天津、江苏、南京、浙江等地中考试卷题，著有《红土乡韵》《警苑散记》《暗算》《血案迷踪》《龙泉警事》《金蝉脱壳》作品集10部）

（卢文芳，作者系中国作家协会会员、江西省遂川县作家协会副主席、中学语文高级教师、国家二级心理咨询师、家庭教育高级指导师。在《人民日报（海外版）》《解放军报》《天津文学》等报刊发表文学作品230万余字，有30余篇作品获得国家、省级文学作品奖。获《生态文化》全国散文优秀作品奖、吴伯箫散文奖、"美林杯"全国生态散文奖、《散文选刊（原创版）》年度散文奖、中华文学奖等。出版《红土春秋》《静水深流》散文集2部）

吉克达富的幸福经：大凉山的穷困小子站上国家大舞台，给同样经历的青年以希望、以信心、以力量。

吉克达富，青春挂云端

□ 蒋　殊

一辆电动车轻盈地驶过来，停在太原清徐一片叫"南湖城"的工地上。

25岁的吉克达富笑吟吟地站在眼前。他的身后，几栋高楼正在阳光下蓬勃向上，七八座高耸的塔吊金光闪闪。

高高的塔吊下，达富更显瘦小。写满憨厚、朴实与善良的一张脸却像头顶的阳光，散发着直逼人心的暖意。

仔细端详，也看不出吉克达富是彝族人，从大凉山来。

走出大凉山

他打开手机，让我看大凉山是什么模样。一段不长的视频里，是他的家乡，重峦叠嶂，树林茂密，高山流水，蓝天白云，美到无与伦比；然而只有生活在其中的人才知道，这里几乎是一个与世隔绝的世界。

这就是达富出生与成长的地方，四川凉山彝族自治州雷波县莫红乡达觉村。今天，包括达觉村在内的3个村已经合并为马处哈村，搬迁到100千米之外地势相对平缓的汶水镇新村安了家。然而曾经的达觉村，不仅没有公路、没有电，甚至没有安全用水，没有安全住房。出门是山，回家还是山。美丽的金沙江流淌在他的家乡，然而同样被大山阻挡。村庄在山上，人在山上，动物在山上，土地在山上。

自汉代就建县的雷波县却没有学校这个概念。懂事以来，达富与姐姐就帮着父母种玉米、收土豆。照明用的是捡来的烂皮鞋底，住的房子一到雨天就哗啦啦漏雨。

少年达富眼里，生活本就是这个样子。他兄妹四人，一个姐姐，两个妹妹。原本他是有一个弟弟的，却在两岁时因为一场普通发烧得不到医治而离开人世。

距离达觉村最近的公路，往返一次需要步行12小时以上。因为艰难，他直到6岁那年才走出大山。

那是一次盛大的出行，他与8岁的姐姐跟着母亲到舅舅家。那也是母亲出嫁后第一次回娘家。今天说起来，从他们村到舅舅家所在的地方开车只需两个多小时，但那时候，他们需要花费足足6个小时翻越一座大山，走到乡里，再搭那种有篷子的货车到县里，之后换大巴到舅舅家所在的区。一座大山面前，6岁的孩子太弱小，以至于一路上都需要母亲连推带拉，还要在腰间拴一根绳子。

这一趟远行走亲戚，让达富记忆犹新的不仅仅是路途的不易，还有人生中第一次吃到的大米。

舅舅是村支书，中共党员。对少年达富而言，舅舅家就是外面的世界。

三年后，一纸文件到了达富所在的地区，所有孩子必须上学。达觉村的支书数来数去，村里适龄学童就有56个，年龄大的已经16、17岁。

上学，要先上户口。于是，9岁的他有了一个名字，"吉克达富"。

乡里的学校依然简陋到极致，村支书跟着去给孩子们做饭，伙食无非还是咸盐与辣椒调味的煮土豆，以及用开水泡的酸菜汤。达富的学习成绩不算差，总是第二、三名，每年基本上都会获得"优秀学生"这一荣誉。然而因为师资水平本就有差距，达富深知学不出什么名堂，便在姐姐嫁人、家中失去收入来源后放弃学业，挑起养家重任。

16岁的达富走出大凉山后，才发现5年所学还不如城市一个幼儿园的孩子。他唯一的收获，是学会了汉语拼音。

那是2013年，他跟着村里的劳务队，在一个明媚的4月天到了山西应县一家砖厂。眼前的这个现代化世界琳琅满目，让他目不暇接又不知所措。可是，他像哑巴一样，根本无法与人沟通。到小店买东西，常常是连比带画也说不清，只好自己到货架上取。一个月后，因为对初次离家的儿子极其不放心，母亲跟着家乡的工头突然出现在他面前，并决定留下来陪儿子。从春天到秋天，母子俩怀揣着15000元在彝族的春节前赶回家。对达富一家人来说，15000元是人生中第一次过万的巨款，回去后便使用这笔钱在山对面的村庄买下一套大约50平方米的房子。

达富的家中，从此有了电。

因家中还有两个妹妹需要照顾，春节过后，达富还是一个人离开了家。这一次，他没有到山西，而是跟着老乡去了江苏。当时，对于既不识字又没有一技之长的大凉山中的年轻人来说，唯一的生存手段就是哪里有活去哪里，干活只能凭力气。达富当时就生出一个心愿，进入一家工厂，学习一份力所能及的技能。可结果却让他一次次失望，即便活儿干得再好，许多单位还是因为他的彝族身份而将他拒之门外。

于是，他只能做饭店服务员、KTV服务员、车站保安、网吧网管，用他的话说就是一直换工作，却一直找不到方向。

无奈之下，他又辗转经河南再次来到山西一建的建筑工地，干上了混凝土工，用瘦小的身躯挑起沉重的砖头水泥。

干活过程中，他的视线常常会被工地上的塔吊吸引。那熟练操纵着一个庞然大物的高高在上的驾驶员，在他眼里很是"牛气"。

没想到有一天，一个机缘给了他与塔吊接触的机会。劳务队一名指挥塔吊的女性"信号工"因为怀孕休息了，领队便让眼里有活、手下麻利的达富顶上。

突然将手中的砖头与水泥换成轻盈而现代化的对讲机，达富既恐慌又骄傲。这个时候，他的语言沟通尽管还有很大问题，但指挥用的简单语言完全不是问题。

塔吊指挥就是替驾驶员观察其视野范围内无法看到的地面情况，并表述清楚"上、下、左、右"或"起钩，落钩"等简单用语。然而这份在别人眼里并无技术含量的工作，他却干得极其认真，以至于最初合作的塔吊驾驶员高建全都说："我看达富指挥，都觉得累！"简单一个动作，达富却常常要爬到钢管架子上去，就怕说不明白，就怕上面看不清楚。

"达富特别能吃苦，特别勤奋。"高高在上的高建全将达富的一举一动都看在眼里，"他从来不闲着，自己不忙时，就帮周围的人干活。"

于是，高建全与达富成为朋友。第一次见到从塔吊上下来的高建全，达富便向这位仅比他大4岁的师傅提出，自己有没有机会也成为一名塔吊车司机。高建全清楚地记得，达富眼里流露的那份对塔吊的喜爱，于是一口答应教他。于是达富在晚上下班后，便爬上高建全的塔吊，认真了解学习一个个按钮的作用与功能。直到高建全下班了、下机了，达富还独自在上面琢磨。

达富真正以一个塔吊驾驶员的徒弟身份学习开塔吊，是在2015年4月。他说，那段时间他如同一个小跟班，总是形影不离地跟在高师傅身后。一个按钮一个按钮去理解，一个动作一个动作去分解。一个合格的塔吊驾驶员，不仅仅是将施工用的钢筋、木楞、脚手管等施工原材料吊装到位，还需要了解整台设备的原理，机架、机座、回转塔身、起重臂、平衡臂、变幅小车、起升机构等等部位要一一熟悉，一个螺丝松动都有可能发生大的安全事故，因此塔吊操作员必须具备简单的故障判断与处理能力。此外，一处建筑工地往往不是一台塔机在作业，而是群塔作业，这个时候，对周围的环境与其他塔机的交叉判断就尤为重要。

于是那段时间，只要哪个环节有疑问，他就用心向懂的人请教。一遍不行两遍，两遍不行三遍，不管大小问题，他总是努力弄通为止。

达富脑子聪明，又肯下功，阻止他向前的最大障碍是语言。高建全记得，达富常挂在嘴边的三个字是"为什么"，当他努力解释过后，达富往往还是一脸迷茫，"什么意思"。

尽管有些词语达富死活弄不明白，但他还是很快学会了塔吊操作。高建全记忆中是整整教了他两个白天。这个速度，在他教过的所有徒弟中是破了纪录的。他说，一般的新人，最快也需要一周时间才能掌握。

青春挂云端

一个月后，达富收到自己的18岁成人大礼，正式成为山西一建集团塔机分公司一名劳务派遣工。

终于结束四处漂泊的生活，干上了自己喜欢的工作，达富工作之余更加疯狂地学习语言。看电视时，他逼着自己看字幕，一个字一个字去读。他买来许多字帖，一个字一个字去描，一本又一本去写。

2016年5月，又一个机遇出现在达富面前，那就是由山西省总工会举办的山西省建筑业第四届职工职业技能竞赛拉开帷幕。由于达富优秀的操作技术，班组长推荐他参加。

先是在一建集团内部海选。达富记得他抽到的是第32号。而直到他上场前，前面31个选手都没有一个拿满分过关的。重压之下，达富出场。

"空中那个钩子，始终是稳稳的，根本不晃！"这让在下面观看的塔机分公司生产副经理岳广宇极其好奇，同样是塔机驾驶员出身的他知道，大赛中不说别的，单单下面站着的各级领导，就够让选手紧张的，有些人常常连正常水平也发挥不出来。然而这名操作员能做到吊钩不晃，就不是一般的水平与心理素质。好奇心驱使他调来名单，"吉克达富"四个字让他吃了一惊。而更让他惊讶的是，这个选手操作塔吊只有一年多时间。

达富的实际操作行云流水，满分通过，但随后的理论成绩却让人们大跌眼镜。

"满分100分，我记得只拿了20分，还是蒙的。"原因当然是他认不得字，读不懂题。

离省里正式比赛只有两个月了，怎么办？

一建集团塔机分公司上下开始了对达富的大助力。他本人，更是发挥出自己一贯的勤奋与韧劲。他将题库中的1000多道题摆在面前，在不认识的字下面一一标注了拼音，即便上塔吊，也要带着这些题，一有空闲就背。两个月时间，1000多道题，死死"印"在达富的脑子里。

达富坦言，他并不是弄明白了那些题，而是记住了每一道题的样子。

省级大考，实际操作依旧是毫无悬念。45分钟理论考试，达富仅仅用了十多分钟。成绩出来后，他成为唯一一名理论与实操双满分选手。

2017年，20岁的达富用智慧、勤奋与汗水打破了无学历者无法正式进入企业的魔咒，成为一建集团塔机分公司一名正式员工。

在山西建筑业，大凉山来的达富"火"了。

达富不仅技术过硬，关键是人善良、踏实，因此常常被许多项目经理争抢，也常常成为项目的调和剂。有一年，他突然在夜里12点被调往一个正在建设中的工地，原因就是解决塔吊与项目之间的矛盾。而当项目经理看到达富到来后，为防止他离开，竟然将大门上了锁。

各种经验与事迹分享活动也随之而来。这让汉语水平本来就很差的达富深感惶恐。他记得2017年参加座谈会发言，看着稿子都念不出来，有一次甚至直接晕倒在现场。

他说，看到台下那么多人，就是害怕。然而能将1000道题一字不差背下来的达富并不是轻易认输的人，回家就关起门拼命练，还是笨办法，一个拼音一个拼音标注，一个词一个词理解，还要一个字一个字抄下来以加深记忆。恐惧，慢慢被他克服。知识，也悄悄在他的头脑中累积。2021年12月，达富参加了全国总工会在延安组织的"中国梦·劳动美职工演讲大赛"，6分钟的演讲稿，认字、理解、背诵、演讲技巧，达富用他一贯的笨办法在半个月时间里解决，最终在演讲环节一举取得全国第二名的好成绩。

演讲、分享、开会、发言，达富的日程里，这样的活动越来越多。每一次，他都像第一次一样认真对待。高建全说起来都忍不住佩服："那密密麻麻的稿子看得都头大，他怎能都记住。"

2019年，达富成为一名班组长，管理成为他的新挑战。一个班组十几名成员并不固定，是随着施工场地而变化的。一个项目，协作的单位也很多，项目单位、劳务队、木工班、混凝土班等等，哪一个环节配合不到位都会耽误进度。当然还有最关键的安全。身为班组长，达富要操的心很多。遇到困难与问题，他从不推诿，总会身先士卒，并与大家一起商量对策，沟通解决。遇到谁有压力与情绪时，他就用自己的故事给他们疏解。也因此，许多塔吊司机被分到别的班组后，会又回到达富身边，觉得与他在一起更顺心、踏实。

达富所在的班组，被一建集团团支部授予"青年示范岗"；达富本人是"党员模范岗"。许多塔吊司机不仅仅是跟着达富学技术、学做人，更从他的身上寻找希望。

荣誉与光环接踵而来。山西省五一劳动奖章、山西省特级劳模、全国五一劳动奖章、中国青年五四奖章，在短短4年时间内集于一身。用岳广宇的话说，就差一个全国劳模，达富就是基层产业工人中的"大满贯"得主了。

童年时眼里的大人物舅舅也从媒体上得到消息。有见识的舅舅当然知道这些荣誉的分量与来之不易，他完全想象不出这个小时候蹲在地上一粒粒捡拾大米的外甥是怎样取得这些成就的，电话里激动地说："这可是钱买不到的，一定要珍惜，要趁年轻多学习。"

达富的光环，也扩散回大凉山。许多亲戚乡邻找到他，要把他们的儿子交给他。尽管要承担各种责任，达富还是一一应承下来。今天，他亲手带出来的塔吊司机已经有20多个，有几个一直跟在他身边。

那天采访后半程，一名同样是塔吊司机的小伙子被达富叫过来"见世面"，之后才知是达富堂哥的儿子，比达富小4岁，如今也成长为一名有着两年工龄的塔吊司机。

活成像达富一样的青年，成为众多年轻的产业工人的追求。

达富，也成为塔机分公司、山西一建集团，乃至山西建投的一张亮丽名片。正如岳广宇所说，在达富的成长道路上，公司上上下下也确实给予了全力以赴的支持与帮助，从师父、工友、班组长、办事处主任、工会主席、宣传部部长到董事长。一建集团董事长不管什么时候遇到塔机分公司的领导，总会认真叮嘱一句：一定把达富照顾好！

甚至，塔机分公司还专门为达富设立了一个岗位，待遇介于正科与副科之间。

达富其实并不是太介意这些，就如他尽管成为省市级各种领域的代表、委员，常常与厅局级干部一起参会，脸上依旧是那份朴素而纯真的笑容。他可以用一个下午死抠一个成语的含义，却不会去琢磨一个中国青年五四奖章有什么意义。

2023年5月4日下午，达富头顶中国五四青年奖章的光环走进中铁五院，在青年产业工人中宣讲自己的事迹。从台下那些专注而仰慕的眼神中，达富突然就感受到一份沉甸甸的责任。他知道，像他当年一样穷困、无学历、无技能的青年大有人在，迷茫没有方向的年轻人也数不胜数。

自己的经历，或许能给这些青年以希望、以信心、以力量。

那天，达富站在60米高的塔吊上说到这些事，笑吟吟的一张脸挂在云端里，青春四溢。

（作者系中国作家协会会员、太原市作家协会副主席、太原市文学名家工作室领衔人、《映像》杂志执行主编。著有《阳光下的蜀葵》《重回1937》《再回1949》《坚守1921》《少年时遇见你》《红星杨》等文学作品10部。《寻找史铁生》等12篇散文入选多家出版社出版的中国年度散文年选；《无人拣拾的柴禾》等11篇散文入选初、高中语文试卷。散文《故乡的秋夜》收入2014年苏教版高中语文读本。曾获赵树理文学奖、《小说选刊》年度大奖，连续三届获长征文艺奖）

郭凤荣的幸福经：守护一棵树，是守护一个人，也是守护一种精神。

"相思树"下的守候

□　王书艳

　　祖国北疆寒冷的冬季，哈拉哈界河与北方所有的河流及土地一样，沉睡在凛冽的严冬里。一场接一场的大雪，在这北回归线以北的地方，覆盖在冬眠的河流与大地之上，像极了一床厚厚的鹅绒被，给严寒中的大地、河流保暖。只有等待春风在这里扫过几次后，那封冻着的河中原本横着的冰碴，在和煦的春风里翻个身竖起来，仿佛刚刚睡醒一般，从冬日里的坚硬变得酥松了，然后才慢慢地融化，这也是大自然所遵循的规律。到了5月开河的季节，这酣睡了一个冬季的河流才会先于大地苏醒。

　　5月中旬，这里才呈现出春的征兆。呼啦啦的春风吹动着刚刚融化的冰河，将河流中的冰排推向河岸，发出的撞击声震耳欲聋，这就是跑冰排所产生的"武开河"的节奏。

　　三角山连队的官兵每一次巡逻都要经过这条哈拉哈

河。20世纪80年代，河上还没有修建边防巡逻桥，冬天还好说，可以走冰道。不是汛期的时候，哈拉哈河的河水并不深，水流也比较缓。春天，山上和草地的积雪融化后，雪水便都汇入河流，河水也就变得湍急汹涌，这个季节，河水的颜色也会随着腐烂的树根和枯草而变成褐色。

这个时节官兵们骑马巡逻，蹚水过河也是非常危险的。可是，戍边的官兵不会因为有危险就退缩，他们已经习惯了在风里雨里扒雪蹚河去巡逻，这就是边防军人的意志和毅力。

一天早上，连长李相恩与战士们出过晨操、吃过早餐后，便与杨白乙拉去巡逻。天气刚刚转暖，山坡与草地上的积雪正在渐渐融化，两人骑着马，走在泥泞的草原路上。

这个季节的哈拉哈河正是"桃花汛"泛滥的季节。整个冬天，山上坡下足有一米多深的积雪随着天气的转暖而融化，雪水顺着山沟坡地慢慢汇入这条哈拉哈河，当地人管这叫"桃花水"。此时的"桃花水"已经灌满了这里的大小河流。很远就能听到哈拉哈河发出轰隆轰隆的浪涛撞击河岸的声音，当二人走近河边，望着眼前浑浊湍急的河水，李相恩有些犹豫，让杨白乙拉等在岸边，自己骑马先下去试探深浅，然后再定夺是否过河。

李相恩双手一抖缰绳，蹬在马镫里的两脚用力一夹马肚子，军马便懂了主人意图，扬起前蹄下了河。杨白乙拉骑着的马匹也不甘示弱，紧跟着下了河。李相恩想阻止已经来不及，激流推动着两匹马驮着他们很快到了河心。这时，一个浪头打过来，杨白乙拉的马匹受惊，扬起前蹄一声嘶鸣，杨白乙拉便从马背上掉进波涛汹涌的河水中。见此情景，李相恩从马背上一个鹞子翻身，纵身跳进冰冷的河水中，向落水的杨白乙拉游去。杨白乙拉过于紧张，在水中扑腾了一阵，呛了几口水后，就有些晕了，眼看着就要被河水淹没，被奋力游到身边的李相恩用力推向岸边。

杨白乙拉抓着岸边的毛毛柳艰难爬上河岸。还没容李相恩喘口气，咆哮的河水又如脱缰的野马，以一个更猛的浪头打过来，再次将李相恩卷进深深的旋涡中。

此时，冰冷的河水已将李相恩身上的衣服浸透，沉重的衣服裹着他的四肢，束缚了他的行动。尽管他拼命与恶浪搏斗，但一个浪头接一个浪头无情地打向他，最终使他耗尽体力，没了踪影。

那是1984年，边防连连长李相恩刚刚29岁。

与他结婚刚三年、聚少离多的妻子郭凤荣对婆婆说，今生不再嫁人，就守着儿子过。

当时婆家人都不相信，认为她只是一说而已。

可郭凤荣固执地认为，说不定哪一天，爱人就会出现在她和儿子面前，就像许多次在梦里那样，相恩远远地微笑着向她走来……而她每次都是从梦里喊着相恩的名字哭醒，满脸的泪水打湿枕巾，却只是寒衾伴孤灯，冷夜梦难成。她用被子蒙住脸，用牙使劲咬住枕巾，很怕哭声惊醒熟睡中的儿子。空旷的屋子里，黑暗包裹着她的孤独，孤独舔舐着她那逆流成河的悲伤。

一个个暗夜，她摸索着拿过床头柜上爱人一张6英寸的黑白照，紧紧贴在胸前。她在心里告诉自己，相恩没有离开她们母子，只是远行而已。

她心里所有的痛，一个人忍着；所有的压力，一个人扛着；所有的苦涩，一个人咀嚼。她不愿意让幼小的儿子感受到妈妈内心深处的痛楚。

为了留住丈夫，郭凤荣还做出一个决定。李相恩牺牲一周年祭日那天，她背着祭品，带着3岁的儿子李心，抱着一棵樟子松树苗，去到李相恩生前的三角山连队。在战士们的带领下，她上到九四一高地的衣冠冢处，把供品小心摆放好，为爱人焚了一炷香。随后，领着儿子回到三角山哨所，将带来的樟子松树苗种在哨位旁。在她心里，这棵树就是爱人的身影。她又将自己最心爱的红丝巾解下来，挂在树上。

从此，风中飘摇的那条红丝巾，就像郭凤荣在召唤远行的亲人归来……

山顶风很大，土质不好，还没有水，为了让这棵树苗存活，战士们就从山下背土、背水上山。在一个个战士的接力呵护下，一棵树顽强地生长起来，被大家称为"相思树"。

从此，"相思树"被战士们24小时换岗守卫。冬天到来时，他们就用废旧的棉被把小树的树干给包裹起来。这棵有着特别意义的树，也沐浴着日月星辉，抗击着风霜雨雪，茁壮成长着。

守护"相思树"成为三角山哨兵们神圣的职责所在。

而郭凤荣从此便将对丈夫的思念全部寄托在三角山上的"相思树"上。此后每一年，她总要带着儿子李心去给"相思树"浇水。她觉得，守护一棵树，就是守护一个人，更是守护一种精神。后来，三角山上不仅盖起了哨所，还打出了深水井。一棵"相思树"，生长得也越来越茂密。

郭凤荣当年挂在"相思树"上的红丝巾早已被山风撕成碎片，但连队的官兵却从来没有忽略这个细节，换上一条条新的哈达，代替嫂子的丝巾。

令郭凤荣没想到的是，李相恩的父亲李志仁终因经受不了痛失儿子的打击，在李相恩牺牲的3年后病故。郭凤荣除了照顾幼小的儿子，又接过奉养体弱多病的婆婆的重任。部队给的抚恤金仅够婆婆的生活费，3个弟弟中还有两个没成家，一家人的日子是雪上加霜。郭凤荣想让家里的日子过得好一点，又不想给部队添麻烦，便拼命工作。

后来，单位为照顾郭凤荣母子，给她分了一套60平方米的楼房。虽然屋里只有上水，没有下水，但终于有了自己的房子，心里踏实又安稳。冬天偶尔水管冻坏或漏水，她就自己动手修。

北方的冬季很漫长。那个年月每到秋天，家家户户都要准备好一冬天所需的冬储煤和菜。那时儿子还小，可她从不向丈夫生前所在的部队以及当地政府提要求。

20世纪八九十年代还没有种植蔬菜的暖室棚，冬季的青菜都是从南方运输到本地，因此北方冬天的青菜是很贵的奢侈品。李心记得，当时妈妈带他去买菜，经常是只买几棵小葱或是芹菜，回家后把青菜做给自己吃，自己却舍不得往嘴里放。懂事的李心常常笨拙地夹起一根菜，往妈妈嘴里喂。

有一年冬天出奇的冷，雪大路滑。郭凤荣骑着自行车把李心送到学校，再去上班，一不留神摔倒在冰雪坚实的路面上，几次都没能站起来。她只觉得脚踝骨处疼得要命，一看才发现一只脚已经是脚跟朝前、脚尖朝后了。可是雪地上连一个人影也看不到，于是她双手抱着脚，咬紧牙关，"咯噔"一声自己将脚给扭过来。坐在地上，汗水伴着泪水流进郭凤荣的嘴里、心里。当她挣扎着起来推着自行车一瘸一拐到医院拍完片子后，医生告诉她脚踝骨骨折了，需要住院治疗。

类似这样的遭遇太多了，每一次郭凤荣都是独自把难受、委屈咽到肚子里。然而生活带给她的磨难，并没有让她对生活失去信心。因为她的心里有希望，那就是儿子。儿子就像她栽在哨所旁的那棵渐渐长成的樟子松，在她的生命中一点点长高。为了儿子，她甚至放弃升职，她唯一的心愿是将儿子培养好，让爱人放心。

郭凤荣家的客厅里摆放着一张办公桌，桌面上平整地放着李相恩生前的3本日记、军用挎包、军绿色的水杯，其中就有那本她结婚前送给爱人的红皮日记本。紧挨着日记本的，是一支英雄牌钢笔，是郭凤荣刚到银行参加工作后，用第一个月的工资给爱人买的。

日记本里是李相恩内心深处强大的精神世界，那里装着他对世界的无限热爱，装着他对未来的美好憧憬，装着他对边关激情燃烧的岁月，更装满了他想要面对面说给爱妻却没有时间说的话。丈夫李相恩曾经用过的物品，郭凤荣都放在家中最醒目的位置，这些遗物里饱含着她深深爱过的那个男人的气息。楼上卧室一角的床头柜上，摆放着李相恩一张6英寸的黑白照片。这是她躺在床上一抬头就能看到的位置。日日在身边，她会觉得丈夫没有远离她们母子。

深夜，郭凤荣会把爱人的遗物和他们曾经往来的信件拿出来，一件一件翻看。每次读信，她都要把信贴在心窝。相恩在信中说："当有人问起我，你有多少存款？我告诉他们，我没有存款，我只有两个无价之宝，一个是我的妻子，一个是我的儿子！"

作为爱人心中的无价之宝，郭凤荣怎么能不坚守？

遗憾的是，在李心上中学不久，郭凤荣就病倒了，经医院检查是胆管癌，必须手术。

她在家人陪伴下做了手术，其间没有向部队和当地政府提任何额外的要求和补助，出院后也没有多休息就上班了。当时儿子李心正读初中，别人家的孩子都上课后补习班，她也不想自己的儿子落后，给李心报了课后补习班，她想以更多的母爱来弥补孩子缺少的父爱。

好在上中学的李心已经懂得了替妈妈分担忧愁。家中遇到事，郭凤荣也会和儿子商量。

一天天长大的儿子就是她心中的那棵大树，是她的靠山。李心也很争气，学习成绩在班里一直名列前茅。那些年，郭凤荣拒绝了许多媒体的采访报道，将对丈夫的思念深深藏起。

2002年9月，儿子终于接到南昌大学的入学通知书，郭凤荣笑得非常开心，并在第一时间将这个消息悄悄告诉远方的爱人。

郭凤荣的身体，却一天天变差。许多年里，儿子李心便接过妈妈的任务，独自走过那条流淌不息的哈拉哈河，走向妈妈心中的圣地，登上九四一高地祭奠父亲。

有一年，觉得自己身体越来越差的郭凤荣与李心商量，再陪她去一次三角山哨所。她说："也许这是我最后一次去了，我要去看看那棵树长了多高，那条河是不是依旧那么汹涌？"多少年里，她恨那条河，不想见那条河，可随着岁月的流逝，她慢慢释怀了，把对那条河的怨和恨变成思念和牵挂。

那一次去三角山哨所的时候，郭凤荣身体已经很虚弱，是在儿子的搀扶下一步步登上那处高地的。

当她来到"相思树"前，第一件事就是抬手去抚摸那粗壮的树干，眼中溢满泪水，任由山风吹起鬓角的一缕白发，视线模糊了远方的河流。

战士们知道，嫂子还想给"相思树"浇浇水。于是一名战士提过带有喷嘴的水桶，放在郭凤荣脚边并告诉她："嫂子，现在山上有深水井，您管够浇吧。"可她无力的双手已经没有力气将水桶提起，最后是在李心与战士们的帮助下，才将桶里的水浇在树根下。

那不是一桶水，而是郭凤荣一生相思的泪水。

儿子顺利参加工作，郭凤荣的心里似乎没有了太多牵挂。于是在孤独守护27年后，于2010年离开了这个世界。

当得知自己的生命即将走向尽头时，从来没有提过任何要求的郭凤荣却把儿子唤来身边，请他向丈夫生前所在部队的领导转达她唯一的心愿：在她死后，将骨灰一半撒在哈拉哈河，一半埋在三角山九四一高地李相恩的衣冠冢旁边。

儿子听得泪如雨下。他懂妈妈，半生独自坚强守候，只为最终与爱人牵手。

两年后的2012年10月，儿子李心与心爱的人步入婚姻殿堂，只是夫妻二人分居两地。

2014年1月26日，习近平总书记来到阿尔山边防团视察，当听了李相恩舍己救人的英雄事迹与"相思树"的故事后，当下便叮嘱一定要照顾好烈士的亲属和子女。很快，在政府的关爱下，李心被调回兴安盟行政公署，与妻子团聚。

就在这一年8月，李心夫妇收获了他们的第一个爱情结晶。巧的是，孩子的出生时间恰好是郭凤荣的阴历祭日。而更让夫妇二人想不到的是，3年后的2017年1月，第二个儿子出生，生日竟然与郭凤荣是同一天，祖孙二人相差整整60岁。

儿子李心知道，尽管与爸爸团聚了，妈妈却一刻也没有放弃保佑他们。

（作者笔名妹燕。鲁迅文学院第24届高级研讨班学员，中国报告文学学会会员，中国诗歌学会会员，吉林省作家协会会员。作品散见于《解放军文艺》《前卫文学》

《铸梦边关》《山东文学》《安徽文学》《新诗刊》等刊物。长篇军旅题材报告文学《一条界河的铭记》入选2019年中国作协深扎项目，并被2023年《意文》杂志连载。已出版诗集《指上时光》《时光笔迹》）

白香兰的幸福经：站在新时代的舞台上，将有着600多年历史的小剧种一直唱下去。

住在耍孩儿的"楼阁"里

□ 王　芳

有一天，看到白香兰微信里写了一条：台下看老三老六，真唱好啦！别人鼓掌，娘却问台上有没有地毯。别人在意你的光环，只有娘在意你的冷暖。

我会心一笑。

她说的事，我都知道。

白香兰是山西北部一个戏曲小剧种"耍孩儿"的演员，老三是她姐姐，老六是她妹妹，她行五，人称"白五"。她娘问有没有地毯，是心疼自己的娃们，天再冷也要披挂上阵，为喜欢这个剧种的百姓演出。娘的行为，还因为她们全家都在做同一件事情，就是把耍孩儿传承下去。

传承，是刻在她们骨子里的，到白五手里，已经传承了19代。

2017年全国地方戏曲剧种普查工作结束，公布出来山西有38个剧种，从数量上，虽然相比1952年的52个剧种少了14个，但依然在全国排名第一。

但这不是一个让人高兴的数据，因为除了山西的顶梁柱四大梆子外，幸存的几十个小剧种，命运各不相同，有些有地方上支持，也有广泛的群众基础，还兀自兴盛着，而许多小剧种则慢慢走向凋零，难逃被时代淘汰的命运。

一直想写一个《渐渐凋零的背影》，写写小剧种的命运，但由于手头总是有事，这个事情一直搁浅，由此也就特别珍惜与白五的相遇，怜惜耍孩儿的命运，看重白五一家为耍孩儿所做的奉献。

第一次见耍孩儿的演出，是在朔州举行的山西省首届戏迷戏友保护发展论坛上，那天的晚会中，耍孩儿是其中一个节目，演的是《狮子洞》。当日见到，立即惊艳。表演是活泼泼的可爱，脸谱也与四大梆子不同，唱腔甚是婉转好听。尤其演孙悟空幻化的小娘子的那女孩儿，双眼骨碌碌地转。一个戏耍猪八戒的小娘子形象被演绎得入骨三分。这一段戏比之大剧种丝毫不差，但它不属于庙堂，属于民间。

之后，我就认识了这个女孩，她叫白香兰。

她已30多岁，可是看起来很小，以至于我都产生了给她找个对象的念头。

她说她是应县人，叫她白五就可以。

原来只知道应县木塔，那座安放了佛骨舍利的千古木塔，有着决胜木头世界的盛景，太多的人在木塔前折腰。我在还没有见到木塔前，先见到了应县耍孩儿，有一种莫名的欢喜。

白五说："我们不是大剧种，但我们有我们的历史风光。"

应县北楼口关王庙戏台题壁记载："大清道光十三年六月二十四日有耍孩儿班到此一乐。"说明耍孩儿的形成时间至少也在道光之前，甚至可以追溯到康乾时期，这和其他剧种诞生的年代差不多。一开始，耍孩儿只在应县、怀仁一带活动，后来演出活动区域逐渐扩大，南到忻州地区，北至同绥铁路，直到黄河河套一带。据说，大约在清末光绪年间，耍孩儿的艺术已发展到鼎盛时期，此时同地区各戏曲班社如雨后春笋般兴起，每个班社互相竞争，表演水平飞快提高，班主们为了提高自己的声誉，互相之间经常举行比赛，俗称唱对台。当时，耍孩儿班社如果和其他戏曲班社唱对台，往往是耍孩儿班子取胜。

我说它属于民间，白五骄傲地仰头，这就是民间艺术啊。我理解她的骄傲，民间有民间的生动表情，民间有民间的信仰和虔诚，对于艺术来讲，这些感觉是一样的。

这么骄傲的白五，出生于耍孩儿世家。第19代，这是爸爸告诉她的，这是她在家族中的位置。

她的家在应县义井乡大柳树村。

在她的记忆里，爷爷、爷爷的爷爷都是做这个的。在村里，爷爷的院子是个大大的四合院，大概有6个房间。爷爷生有3个儿子，大儿子是鼓师，二儿子是须生，三儿子就是香兰的爸爸，会演戏，一家人吹拉弹唱都来得，日子就是在唱戏中过着的。

耍孩儿用的人少，讲究个七紧八松，舞台上大致用七到八个人，也没有固定行当，当时还没有女人演戏，每个人都得工须生、青衣、花旦、花脸等各个行当，得会演很多个角色。当时她的爸爸什么都会，总是在补缺。

她家的院子一直很热闹，总是一院子的孩子，爷爷带了徒弟，爷爷的儿子们也带了徒弟，那时候几乎所有的耍孩儿都是爷爷的关系。人多了，就组织起大柳树耍孩儿剧团出外演出。演出红火了乡间的精神生活，也能挣到钱，这也就带动了整个村子的人来学，当然，还是以香兰家的人为主。

爷爷的二儿子，也就是白五的二伯，有个艺名叫"叫驴红"，嗓子好，是当时耍孩儿的名演员。有一次，在朔州山阴的一个村子演出，那天的演出特别火爆，当场观众叫了19个好，可是，一个转身，二伯却一下子倒在舞台上，观众还以为是舞台表演呢，又排山倒海地叫一次好，可是过了一会儿，大家觉得不对劲，等把二伯扶起来一看，才发现人已经停止了呼吸。

这是他们家族为耍孩儿的一次献祭。

白五听大人们说，那天是个新舞台，而新舞台是需要讲究的，要举行一个仪式，让小孩打佛堂，可那天却少了这个环节，以至于二伯为此丢掉了生命。我理解这种天地间的神秘，那不是迷信，而是一种处罚，由人类自己来执行的一种惩罚。二伯的这种征兆，按现在的推理，大概是脑出血。

二伯下葬那天，100多个徒弟披麻戴孝来送葬。二伯获得了最后的哀荣和尊严。

年仅52岁的二伯走了，可是，这件事却把爸爸打倒了，两年多的时间，爸爸不带团，也由着这个剧种自生自灭。

这样的状况持续了两年，两年后，爸爸才终于走出了这种伤，撑了过来，又开始组团演出，可是却碰上戏曲最不景气的年代。大约在20世纪70年代，女人已经能登台演戏了，她们家的女孩就从小都学了戏。那些年，全靠姐姐撑着剧团。可是靠演出已经养活不了他们了。

白五从小就没有想过干别的，她的家世世代代只做这一件事儿，就是唱耍孩儿，在一日日的演唱中传承耍孩儿。她也不会例外。她小小的时候就会唱会演了，12岁进了剧团，最开始在乐队打小锣，看了别人演，她就会，后来爸爸又亲自调教她，爸爸教，妈妈监督她练功，她和姐姐每天走路不能像正常人一样，要走台步，不管走多远，都得走着台步去。爸爸、爷爷学戏都是打出来的，她们比起老一辈人已经很幸运了。一年年以来学会演许多个角色。不管戏里缺什么角色，她都随时可以补上场，跟当年的爸爸一样。她说，学戏真的一点儿都不难。

在村里，那些老一辈的叔叔们总是说："白五啊，你要是不把爷爷的艺术学了，我们就得带进棺材里了。"白五知道，老一辈的人连发声都是毕生研究的，他们这种传统唱法现在的人不会了，等他们去世了，就真的不在了。白五总是为这些心酸。

到了2016年，白五她们注册成立了青年耍孩儿剧团，她的师哥师姐们都在，都想为耍孩儿做些事。

组建起剧团，她就一直泡在剧团里，她说，她属于这个时代，如果想把老艺术留下来，就得用新内容去重新演绎，也就是老树要发新芽，耍孩儿跟其他剧种一样，有改良有改进才不会被淘汰。还是有效果的，由她改良过的《狮子洞》还登上了央视戏曲频道的梦想微剧场。

问她："这个剧团能挣钱不？"

她低下声音来："挣不了钱，都是为了爱，靠着一份执着在唱戏，所幸老公还能做别的挣钱再养我，有时候，我们也靠做晚会挣钱，再养剧团"。

再问她："最大的困难是什么？"

她说，一个是让新人参与进来太难了，一个是想排戏，却缺剧本。

她得知我能写几个字以后，兴致勃勃地找我："王老师，你给我们写个剧本吧。"

我竟然懦弱地没敢接话，我知道我写不了剧本，这让她多失望啊，我为此难受了许多天。我在心里暗暗说，也许某一天，我会改行写剧本，只为我心中几十年的戏曲情。

和白五分开后，得知她被山西省委宣传部派送到上海戏剧学院导演研修班学习一年，真替她高兴。

再见到她，是山西省女作协组织去朔州采风，晚上有演出，我在多个小剧种的阵容中，一眼就认出她，她高兴地跳过来和我合影。那晚的演出，依然是《狮子洞》，我非常骄傲地向作家们介绍这个灵动的女孩，介绍这个为传承小剧种而努力的家族。

后来也得知，她已经从上海学习回来了，自己又导又演了《金木鱼》，参加了2022年央视戏曲频道的《一鸣惊人》栏目。2023年，以白家班为主的这个剧团，还被评为省级非遗传承单位。

每次来太原演出，她都会邀请我，而我总是因为种种原因失约，她也不生气，每次聊天，总是快快乐乐的。我也就能在聊天中得知她的所有消息。

新冠肺炎疫情三年，演出停了，她就去收集老腔老调，没办法记谱的时候，她就把老艺人的唱腔录下来，再整理出来，到现在也有一定的记录量了。疫情一过，因网络宣传到位，耍孩儿的演出一下子多起来，演员的收入也多了，她高兴。

没钱请编导，她就自己生打生地来，不会的就学，只要能干这个，就很高兴。

刮风下雨的，只要能出去演出，她就很高兴。

看到姐姐妹妹们演出，看到亲人们在演出，她就高兴。爸爸去年去世了，但他生前一直在教她的后代们唱戏，她也很高兴。

她最高兴的是请了几个老师参与编导新戏——现代戏《兄妹赛艺》，2024年就能下场排演，剧情倒是可以剧透一点：大概是鲁班和鲁姜兄妹赛艺，建起了木塔。

这是一部她费尽心思的文旅融合发展的戏曲作品，她想为朔州文旅做点事情。其间的辛苦和艰难不足为外人道。人常说，艺术梦幻之地是象牙塔。我要说，戏曲就是一种带有门槛的楼阁，戏曲人都是住在楼阁里的人，她们全家都住在耍孩儿的楼阁里，欢喜或忧伤，都是她们的命，她们爱了，也就认了，认了，也就高兴了，高兴着的同时，就体验到了一种形而上的幸福，这幸福也无须为外人道。

先见了她，后去了木塔，她再排了木塔戏，我想，再去应县木塔，我的感受肯定会不同。

但这个剧种的传承有危机吗？在我看来，是有的，一个剧种不是一个家族的事，可要拯救，也不是列为非物质文化遗产便可以的事。但她们全家19代都在传承，不是也就坚持下来了吗？无论时代如何变幻，只要找到时代密码，它就不会灭绝。而白五家的每一个人，从来不讲高尚的话，只是想唱戏，唱戏就是快乐，如此简单而已。

这有着600多年历史的小剧种，见到的人并不多，真心希望大家都来体验白五的快乐。

（作者系中国作家协会会员、中国文艺评论家协会会员、天津文学院签约作家、《映像》杂志副主编。已出版《大地上的遗珍》《戏中山河》《盛世诤臣孙嘉淦》《天地间一场大戏》等著作。在《人民日报》《文艺报》《中国作家》等报刊发表作品若干）

朱建才的幸福经：无论是流动还是"定根"，要始终保持劳动者勤劳踏实的底色、智慧灵动的处世以及对幸福生活的追逐。

"蒲公英"式牧羊人定了根

□　查云昆

　　滇东陆良系云南第一大高原平坝，牧草资源丰富。而素有该县南大门之称的大莫古镇，牧草质地柔软多汁，具有较高的粗蛋白质、总糖及氨基酸等有益营养物质，从而造就了奶山羊养殖的悠久历史。随着改革开放的不断深入，以养家糊口为目的的传统流动牧羊逐步转型为精细化管理的高床养殖，后者也成为牧羊人家发家致富的法宝。陆良大莫古镇17629户人家养殖了6.9万余只奶山羊，占全县奶山羊存栏数的70%以上，居全国乡镇存栏第一。粗放型的传统模式向精细化管理方式的转变，使具有上百年历史的牧羊人不再像蒲公英那样随风飘散，业已定根，常年颠沛流离的牧羊辛酸史最终消沉在历史尘埃中。

寻梦的"蒲公英"

蒲公英是一种极为常见、极为普通的草本植物，哪里有风，哪里就有它的身影。它总是带着希望的种子随风四处飘散，从不挑肥拣瘦，草丛里、夹缝中、废墟上，凡是有土的每个角落都是它的落脚之地。

大莫古镇的挪岩村有着悠久的牧羊历史，一代又一代养羊人就如蒲公英一样，为生计常年颠簸在牧羊途中，谱写了一部艰劬而又辛酸的牧羊史，也锻造了牧羊人坚韧不拔、不屈不挠、不怕困难的精神。而有着丰富牧羊经验的朱建才便是这群牧羊人中较为典型的代表。

踏进朱建才家，一种久违的活力和烟火气息扑面而来，夹杂着羊圈中散发出来的羊粪、青储饲料及家中案板上还冒着热气的乳饼（奶豆腐）奶香味。

20世纪五六十年代，农村孩子多，朱建才的母亲共生育了10个子女，其中两个夭折，他在家排行老二。一边是吃了上顿无下顿，一边是家中10张嘴每天等饭吃。每年麦子刚一下地，一个夏天就被吃光了。迫于生计，父亲长期在外牧羊，风餐露宿，全身上下写满岁月沧桑。母亲则为养活8个子女不停忙碌着。朱建才的记忆里，母亲浑身上下散发着的，不外乎汗味、土味、阳光味、草木味及柴火煮烧食物附带的锅灶味。常年的劳作，让母亲的手指严重扭曲变形，10个指头都包裹着厚厚的硬痂。

迫于生计，1981年农历八月，高中刚毕业的朱建才便跟着牧羊老人阮小包外出牧羊，自此开启了"蒲公英"式的寻梦之路。他们的目的地是个旧市卡方镇的水清寨子，途经曲靖、昆明、红河等三州六县八镇，总行程290多千米。之所以选择那个季节出发，主要是基于天气渐凉，又是秋收时，羊群可以在收割完的庄稼地里吃新鲜的苞谷叶及稻田埂上的青草。

朱建才一行赶着羊群一路行进，每天晚上驻留在荒野里，埋锅煮一锅洋芋苞谷饭，下饭菜就是白天放羊时在庄稼地、沟渠边采摘的灰灰菜、牵牛花叶、野辣子头、苦麻菜、苣蓿、车前子等。因吃不起动物脂肪油和菜籽油，只能用随身携带用来制作乳饼的酸汤水替代油水煮菜，放上盐巴，再揉一把糊辣椒，就是一锅美味佳肴了。饭后安顿好羊群，把随身携带的羊毛毡子铺在地上，蓑衣当枕头，和衣躺下，盖上灰毡，很快就打起呼噜。

"日子就像萤火虫的屁股一样，亮一下黑一下，黑一下亮一下的。"朱建才感慨万分。

师傅阮小包是一幅活地图，牧羊经验极为丰富，对整个行经线路、水源、草源、购买生活用品的购销点、兽药铺、集市以及处理羊群病疫方法等了然于心，尤其是对遭遇到的各类棘手问题的处理方式极为娴熟，同时煮奶做乳饼的方法也娴熟绝妙，是他们这群人的主心骨。阮小包很关心涉世尚浅的朱建才，不仅教会他看云识天气、熬奶做乳饼等生活生产技能，更多的，是教他如何为人处世的道理和应对突发事故的处理方法。

"人生就像蒲公英，看似自由，却身不由己。放羊是件苦差事。苦是生活的原味，累是人生的本质。走得再远，站得再高，得到的再多，都脱离不了苦与累的纠缠。"朱建才至今都清晰记得阮小包给他上的人生哲理课。

"人的一生，吃也吃不了多少，穿也穿不了多少，用也用不了多少。要说享福呢，也就是有事做，累不着；有饭吃，饿不着；有衣穿，差不着。"阮小包厚重的话语时常会在朱建才的耳际响起，给了他极大的情感滋养，并让他敏感、细腻、柔软而坚定。在朱建才内心，总有那么一个柔软的角落留给阮小包，从融入牧羊人这个群体起，他就得到这位老人无尽的关爱、陪伴与指引。

阮小包的思想显示出牧羊人对走出生活困境的迫切感和力量感，并散发出积极主动的生机和活力。

经过11天的长途跋涉和煎熬，朱建才一行赶着羊群到了水清寨子安营扎寨。这里地旷草多，即便进入冬季，草木全部枯萎后，漫山遍野却疯狂长满野蒿和野油菜，这样绝佳的条件为羊群过冬提供了丰沛的养料。水清寨子的村民免费把田房给他们居住，还把收割完后堆放在田间地头的高粱、玉米秸秆留给他们，唯一的条件是让羊群给村里造粪肥田。于朱建才他们而言，这就好比上天恩赐的免费午餐。

在那个没有电灯的时代，煤油灯是他们常用的照明工具，经济又适用。于他们而言，白天是牧羊的魂，每个人都活在羊堆里；夜晚，灯光就是他们的魂。灯光聚拢人气，让他们有了方向感。他们用黄土和好的泥抹土制成简易的土灶台，配着用鸡毛做内胆的老风箱，烧水、煮饭、煮奶制乳饼，在远方过起了日子。在他们的生活里，只要有了土灶台和风箱，无论是奢华还是简单，一日三餐，便成为烦琐和沉重的生活中那一抹亮丽的颜色。

每早赶羊出圈，每晚赶羊入圈；每天绝早起床挤奶，抱禾煮奶做乳饼，轮流到集市售卖乳饼，适时剪修羊毛，是朱建才他们牧羊的生活常态。说起做乳饼这个话题，朱建才眉飞色舞：用白色的纱布滤去新挤羊奶中的杂质及脱落的羊毛，把滤好的鲜奶置于铁锅中，用柴火煮奶，能让所有奶汁受热均匀，不易粘锅，煮奶时不能翻搅；待奶浆在沸腾中翻花时就用酸汤水点浆，待羊奶像豆腐脑时及时撤火，并趁热将汤汁舀完后再将羊奶舀在干净的白纱布中包裹扎紧，用手重力挤压，水分逐渐脱离羊奶，直至挤干；整理好形状后置于光滑平整的案板上用重物再行压制，这样，洁白温润、营养丰富的乳饼就做出来了。对于汤汁而言，刚煮好所舀出的汤汁呈淡青色，叫"酸汤"，储存一部分作为下一次煮奶时的点浆水，剩余的让羔羊喝掉不浪费，从而增加奶羊的下奶量；用手工挤压出来的浆汁叫"白奶汤"，口感微酸爽口，可当汤喝或煮蔬菜使用。正常情况下，羔羊所产的鲜奶要6公斤左右方可制出1公斤乳饼。那个时代，1公斤乳饼能卖到二元六角至三元不等，对于他们几个如蒲公英般的牧羊人而言，可是一笔可观的收入。

朱建才从第一次牧羊起就明白了自身的使命所在，在岁月中慢慢接纳了自己，这是开启牧羊人生的钥匙，而下蹲的人生姿态让他滋生了体内最原始的生命力量，迸发出难能可贵的创造力和直面生活的勇气。

"定根"的蒲公英

1983年是朱建才改变人生极其关键的一年。家庭联产承包责任制让他们享受了改革的红利，全家老小分得十多只羊。在挪岩村，他们家算是大户了，加之两年为生产队外出牧羊的人生阅历让他更为敦厚稳重，踏实肯干的他在村里一直有着很好的口碑。"头遍生，二遍熟，三遍四遍成师傅"，羊分得少的村民便将家中的羊委托给他，加之有着丰富牧羊经验的他怎么也舍不下牧羊的那份独特情感，便带着全家人和有共同愿望的邻居重新踏上牧羊的希望之旅，直至1997年。

在朱建才眼中，要想撬动整个家庭的命运，只能在社会变迁中不断地辛勤劳作和苦心经营。从作为家庭顶梁柱的那一刻起，他的人生中就没有了"轻松"和"休息"这两个词，时刻都得打起万分的精神，无一丝懈怠、慵懒的情绪，更容不得丝毫闪失，尤其是在母羊产仔、挤奶滤奶煮奶舀汁包浆裹纱做乳饼等各个环节，半点都马虎不得。每年往返家与清水寨子牧羊的旅途中，看似每一步都是那样的迟缓，但每一步踏下去的却都是无限的希望。

让朱建才最为揪心的，是20世纪90年代中期那场突如其来的口蹄疫。政府组织大批人员捕杀所有患病的羊，担负着朱建才全家老小生计的90多只羊被捕杀了70多只。这场疫情对于全家而言，无疑是天大的灾难。看着与自己朝夕相处且被视为自己生命一部分的羊一只一只被宰杀、掩埋，朱建才痛不欲生。

"绝境不仅是一段距离、一次洗礼，也是一次转机、一次醒悟与升华，更是对一个人意志品质和承受力的考验。"那时朱建才的人生大抵如此。为了保住羊群，朱建才及老伴每日挑干土和干草垫羊圈，让羊蹄保持干燥，用温盐水给每只羊洗嘴角及四蹄。

皇天不负苦心人，他们一家最终熬过了那段艰难的岁月。

贫穷的过往，是那个特殊年代整个农村共同经历的时代印记。劳累、忙碌、经济压力大，确实是以朱建才为代表的那个时代的牧羊人最为基本的底色。就是这群最普通的人，构成了整个农村社会的庞大底座，他们所背负的家庭希望，也和祖辈父辈那样，在并不起眼的角落，成为社会运转的基本支撑。

20世纪90年代中期，农民种植农作物的自主性越来越明显，原先单一种植的洋芋、苞谷、高粱、小麦等传统农作物逐步被桑树、烟草、甘蔗等经济作物替代，原先牧羊的广阔天地也被逐步蚕食，牧羊的天地越来越窄，给流动牧羊带来极大的挑战。好在政府主导的高床养羊技术得以推广和运用，以朱建才为代表的流动牧羊群体也慢慢转变思想观念，从刚开始的抵触到主动接受，从而让延续和传承了上百年的流动牧羊史就此终结，"蒲公英"式的牧羊人从此定了根。

在政府的引导下，朱建才及其他牧羊人家处理掉原有的奶山羊，购买了新引进的莎能奶山羊。莎能奶山羊体质强健，适应性强，瘤胃发达，消化能力强，能充分消化各种青绿饲料和农作物秸秆；泌乳期8个月至10个月，产奶足，质量好，每只羊年产奶650公斤至800公斤；繁殖率也极高，产羔率在180%至200%。

在羊舍里来回穿梭，添草喂料、打扫圈舍、提桶挤奶，成了朱建才一家人每天重复做的事情。"政策对了头，群众跟着走；政策出偏差，坑了千万家！我家现在饲养的莎能奶山羊每天能正常产奶100多公斤，早晚挤两次奶，产出的奶当天就送到村里的收购点，以每公斤7元左右的价格出售，除去成本，每天也有二三百元的收入。以前是散养，从几只到几十只，外出放牧，在国家政策的红利下，有了统一的养殖场地，一家人经济来源主要以养羊为主，日子越过越好。"说到这儿，朱建才眉开眼笑。

精细化管理的高床养殖渗透了朱建才对生活的思考和观察。正是这种极强的现实感，让朱建才懂得了从政策红利的际遇中获得对生活的判断和感知，艰劬的牧羊历程为他提供了极为丰沛的成长养料，并在事实中有效助推他本人更好地锚定养羊发家的目标，也更快地获得内心的安定，进而整体上变成他人生的重要支撑。

从早年的流动放牧到今天的高床养殖，从随风飘动的"蒲公英"到落地"定根"，牧羊人朱建才改变了牧羊方式，提高了收益，改善了生活，但不变的依旧是他勤劳踏实的劳动本色、智慧灵动的处世方式，以及对纯朴幸福生活的追求。

（作者供职于公安战线。2015年开始创作，先后在《火花》《海外文摘》《散文选刊》《散文百家》等刊物发表文学作品40余篇）

王天翔的幸福经：外国人能做好的事情，我们中国人不仅能做好，还要超越！

0.02毫米厚度的挑战

□ 郭梅和

布局

"这个目标定得太高，太不接地气了！"

"刚刚扭亏为盈，精带经不起折腾啊！"

"设备是进口德国的，前几年就被德国专家判了'死刑'，我们根本干不了！"

······

当王天翔把想干"手撕钢"的想法公布于众时，山西太钢不锈钢精密带钢有限公司上下一片哗然，就像一勺冷水倒进热油锅里，炸了！

万事开头难，但让自己在瞬间便陷入孤立无援、四面楚歌的境地，王天翔还真是没想到。

作为当今世界顶级技术产品，厚度0.02毫米的软态不锈钢精密箔材——"手撕钢"堪称钢铁行业皇冠上的明珠，主要应用在航空航天、石油化工、汽车、电子、家电、计算机等领域。虽然厚度仅仅0.02毫米，只有一张A4纸厚度的四分之一，很薄、很轻、很光滑，有点像锡箔纸，用手就可以撕开，但价值却不菲，可以论克卖。综观国内所有的大型钢企，最多只能生产0.038毫米的，而且还是硬的。"手撕钢"因为工艺控制难度大，长期被日本、德国等少数国家垄断。

跟在别人身后奔跑，只能被动地追赶，即使再好，也是千年老二。

要干就干最好的。

成为行业的领跑者！

梦想的种子一旦落地生根，只要有阳光和水，就会长得枝繁叶茂。王天翔来到精带后，为精带高质量跨越式发展规划了一个终极目标："人无我有、人有我优、人优我特。"他明白，只有精带的产品达到世界首创，才能在残酷的市场竞争中脱颖而出、独领风骚！

那些日子，王天翔先是利用各种会议与领导干部沟通；然后通过聊天谈心，与普通职工交流，用润物无声的态度传递他的思想和理想：我们这个厂是最有可能把这个0.02毫米极限品种搞出来的，既然设备的设计能力能达到0.02毫米，就说明一定能生产出来。关键的一点是，外国人卡我们脖子的滋味不好受啊！

外国人能干的，为啥我们不能干？

外国人能做到的事情，我们中国人也能做到！

而且，我们的产品不仅厚度只有0.02毫米，宽度还要达到600毫米——精带要成为全世界唯一可以批量生产宽幅软态不锈钢精密箔材产品的企业。

他的话犹如一剂强心针，给了大家新的动力和活力。先前猜测、怀疑他的人渐渐动摇了，被他的沉着、笃定、激情、真诚打动，为了一个共同的愿景，大家愿意拼一把。

711次试验

"手撕钢"研发初期，轧制断带是最常见的问题，也是生产人员最头疼的问题。

由王天翔创新的"白板分析法"应运而生。只要遇到难题，就把一块儿白板拉过来，相关人员在上面各抒己见，最后分析归纳，形成有效措施，责任到人，落实督办。白板让问题简单化形象化、措施条理化数据化，使职工渐渐养成用逻辑思维分析解决问题的习惯。同时，从动嘴到动手，戒掉了开会就是讲话的形式主义。

2016年12月10日，跟以往一样，王天翔7点30分给科段长们开完例会，9点准时来到2#轧机旁，安排大家按照预定方案，辊系更换后，再次进行0.02毫米穿带轧制。

因为料太薄，在穿带中无法使用助卷工具，人员手动过程中稍微用力就会将钢带揪断，大家压力都很大。王天翔静静站在现场，鼓励大家沉着冷静、细心操作。11点40分，终于穿带完毕，准备轧制。大家心头暗暗较着一股劲，谁也不说一句话。谁知，顺利生产了100多米，随着"噼啪"一声巨响，又断带了，钢带瞬间碎了……

所有的人都垂头丧气。王天翔一边安排食堂给大家留饭，一边组织相关技术人员在现场开分析会。

熟悉的白板又推过来，王天翔缓缓拿起笔，把他5个多小时观察到的写了出来：轧机手动穿带方式、生产起步与过程中张力调整及变化、极薄料备料要求细化……一共12条问题和建议。

为了安抚大家低落的情绪，王天翔当即决定推行容错机制，给每个研发人员一定的失误次数和米数，剔除考核，为他们加油打气，鼓励大家勇敢创新。

0.05毫米、0.03毫米、0.02毫米，每往薄轧制0.01毫米，就意味辊系需要重新配备。支撑辊、一中间、二中间，20根辊，每一根的宽度有6种选择，锥度有5种选择，不同的锥度又对应不同的锥长，需要兼顾不同的凸度选择，2万多种的配比，就有2万多种的可能。

窗外的树叶，绿了、蔫了、黄了、落了、又绿了……

经过711次的试验，他们终于取得"零"的突破！

给我1000米，让我试一试！

"手撕钢"过光亮退火线是一个重要环节。

2018年春节前夕，精带接到一批日本客户的订单，客户要求正月十五前发送成品，时间紧，任务急。

谁来上机操作呢？

在这个关键时刻，光亮线首席工程师王向宇主动请缨，向厂里请命："给我1000米，让我试一试！"

1000米"手撕钢"价值10万元，大家都为王向宇捏一把汗。

王天翔果断拍板：不要害怕失败，放心大胆去干，遇到难题大家一起想办法，一定会有收获！

退火是一个长线技术，需要过一条260米长的带钢通道，生产过程中，已经连续发生抽带十几次，一次次的失败让大家一筹莫展。为了不眼睁睁看着这个新开发的、利润空间极大的客户丢掉，王天翔立即召开专题会，组织技术、设备、作业区、工艺等相关人员对光亮线抽带原因进行分析。他引导大家将大目标分解成小目标，难度一下就降低了。

跳出惯性思维，团队成员茅塞顿开。

接下来的时间里，王天翔每天亲自带领"手撕钢"团队加班加点，早上不到7点就来到现场召开调试会，商讨方案；白天调试设备，全线跟踪钢卷的生产，确认每个工位钢带运行情况；下午四五点，开始上线试验。

"坚持一下，再坚持一下！"是现场职工经常听到王天翔说的一句话。他的坚持不是盲目的，而是建立在每一次试验都有进步的基础上。现实中，经常是越接近成功、越困难，越需要坚持。拼到最后，往往拼的不是技能、不是聪明、不是运气，而是坚持。

攻关进入第7天。王向宇再一次将新卷重新装上光亮线，屏住呼吸，将机组开动起来。

——"成功了！""手撕钢"成功通过光亮退火线。

王向宇只用了400米，就攻克了退火抽带这个难题，生产出600米合格产品。在场的职工不由得跳起来，兴奋地鼓起掌来。现场的王天翔才发现，由于在寒冷的现场长时间站立，自己的双腿、双膝、双脚已经冻得麻木，连路都不能走了。

人人都是奋斗者

王天翔定义奋斗者就是为企业创造最大价值的劳动者。在他的眼里，精带的每一名职工是奋斗者，是精带这几年跨越式发展的原动力。

众人拾柴火焰高。要干成一件事，仅凭一己之力，实难取得大成就，只有把全体职工的力量发动起来，才能战无不胜。

培养奋斗者、培养工匠，选种子最关键。吴琼是个"80后"的转业军人，有一次，王天翔在车间碰见他，听他讲起过去在部队给首长开车的故事，敏锐地捕捉到他是一个心思缜密的人。他马上翻看吴琼过去几年的生产记录，发现吴琼是轧制工序"零不合"最多的主操，所以在15名工匠培养对象中，确定他为"手撕钢"轧制选手。吴琼不负众望，经过两年锤炼，经50进15、15进1的逐级选拔，已成长为精带唯一的大工匠。

"水不激不跃，人不激不奋"。不能让奋斗者流汗又流泪。生产"手撕钢"难度大，成材率低，职工轻易不愿意尝试。为了鼓励创新，王天翔推行按创造价值取酬，实施即时奖励，使职工生产"手撕钢"获得的收入相当于普通产品的75倍，一时"洛阳纸贵"，高附加值、高科技含量产品成了一线职工的抢手货。

为确保上下工序之间、部门与作业区之间、设备与生产之间、生产与营销之间沟通顺畅，他提出具有精带特色的沟通文化："简单、直接、用心、妥协、结果"。开门见山，不兜圈子，沟通成本大幅下降，运行效率明显提高。在精带的实践中，"妥协"解释为妥妥地协作，就是找到沟通双方的最小公倍数和最大公约数，降低沟通成本，找到相同点，形成合力，实现双赢。

知人善任，才能人尽其才。在精带，创新攻关、团结协作蔚然成风，无论干部还是职工，仿佛浑身都有使不完的劲儿，先后涌现出一批像首席产品工程师韩小泉、"手撕钢"轧制主操吴琼、研发锅仔片的工程师赵永顺、研发超硬料的工程师杨星、研发铁铬铝的工程师员朝波、研究磨辊的专家韩晓东……各专业、各岗位的优秀奋斗者，不胜枚举。

底气

2018年4月，很偶然的机会，王天翔接触到京东方，了解到对方正在研发一种柔性屏幕，比纸还要薄，要求可以任意弯曲折叠。直觉告诉他，"手撕钢"将大有可为。他带领团队坚持"咬定青山不放松"，经过反反复复许多次的改进，最终生产出动态折叠10万次、静态折弯120小时不变形，折弯半径达3毫米的柔性显示屏专用材料，成功替代进口材料。

与京东方的成功合作，吸引了国内外许多知名企业主动找上门来。

2018年7月7日，《世界金属导报》首次对新产品进行报道，"手撕钢"的蝴蝶效应迅速扩散开来，频繁登上热搜榜、霸屏手机微信客户端，真可谓妇孺皆知、蜚声海内外。央视金牌栏目给予高度评价：太钢"手撕钢"，彰显了中国经济改革开放40年的底气与定力。

2018年，"手撕钢"以创新的形象参加了众多国家级成果展，中国高交会、全国"双创"成果展、国际能博会。特别是在国家博物馆参加了"伟大的变革——庆祝改革开放40周年大型展览"，荣幸地接受了习近平总书记及国内外专家、民众的参观。

2019年5月18日，第十一届中国中部投资贸易博览会上，副总理亲手体验"手撕钢"，对企业勇于攻克科技难关表示赞许。

王天翔不仅仅满足于"手撕钢"的大火，又超前开发氢燃料电池乘用车、柔性太阳能光伏发电、海洋探测、新型锂电池包覆等领域的新型材料。实施"研发一代、储备一代、销售一代"的"三个一"战略，不断加大盈利品种的开发力度，目前，高端品牌、高附加值、高市场占有率的"三高"产品品种率突破71%。在超平、超薄、超硬、超光滑等不锈钢精密带钢产品开发上均取得重大突破，成功通过高新技术企业认证。产品出口德国、美国、韩国、日本、土耳其、俄罗斯、新加坡、巴西等20多个国家。尤其在对美出口中经受了中美贸易摩擦的考验，稳中有升，实现"逆势上扬"。

从研发到量产，"手撕钢"在轧制、退火、高等级表面控制、性能控制四大核心技术方面取得重大突破，先后攻克175个设备难题、452个工艺难题。"手撕钢"项目荣获国家"冶金科技进步特等奖"。

"大鹏一日同风起，扶摇直上九万里"。看着"手撕钢"一跃成为企业重点品牌，闪亮登上世界舞台，王天翔与他的团队内心升起的是作为中国人的荣耀。

（作者系山西省作家协会会员、中国冶金作家协会会员，先后在省市报刊发表文学作品多篇。报告文学作品《神经元上的风景》获第三届中国冶金文学奖，报告文学作品《挑战0.02毫米》在"钢铁筑梦——荣钢杯中国冶金文学优秀作品主题征文"中，被评为报告文学类最佳作品）

邵尧霞的幸福经：把青春铭在青藏铁路，把技艺刻在唐古拉山，在5000米高度的天路留下青春足印。

天路写青春

□ 张天国

2023年，邵尧霞夫妇盘算着重返青藏线，直到金秋十月，长假来临，才在丈夫黄立泽的陪伴下成行。在青藏线4年，还没有去过一次拉萨，更没有乘一次火车经过自己洒下青春汗水的青藏铁路。此行，与其说是旅游，不如说是一次怀旧之旅。

在太原登上到拉萨的Z21次列车，邵尧霞与丈夫对坐在窗前。列车呼啸在浓浓的夜色中，璀璨的城市从他们的目光里加速退去。尽管已是凌晨，但一想到36小时后就要抵达曾经工作生活过4年的青藏高原，两人都毫无睡意。

"还记得21年前，我们怎么上的青藏线吗？"邵尧霞轻声问丈夫。

"咋不记得呢！"丈夫轻声回答，"我们还发生过争执呢，我犟不过你呀！"

2002年3月，邵尧霞所在的中铁十七局中标了青藏铁路二期工程17标段。喜讯传来，群情激奋，邵尧霞和丈夫黄立泽都争着报了名。到底谁上？至今她还记得丈夫当初对她说的话："高原气候恶劣，那是我们男人该去的地方。再说，女儿才9个月，刚断奶；妈又双目失明，父亲脑血栓卧病在床，你走了家里怎么办？！"丈夫说的都是实情，邵尧霞知道自己不该离开家，然而还是劝丈夫："青藏铁路前无古人，世界瞩目，不去会后悔终生。我们可以把女儿交给姐姐带，把老人托付给当医生的邻居。"拗不过爱人的黄立泽，只能妥协，最终二人双双踏上奔赴青藏铁路工地的征途。

"事实证明当初我是对的吧？"邵尧霞看着昏暗灯光下的丈夫，有些小得意。

"你永远都是对的，要不然，哪会得那么多荣誉？"黄立泽调侃道。

在列车哐啷哐啷的铿锵声和丈夫高低起伏的呼噜声中，邵尧霞难以入睡，又想起了那些几乎忘记了的荣誉。

2003年6月29日，背靠唐古拉山，面对党旗庄严宣誓，火线入党；2003年9月27日，作为"中华英模报告团"成员之一，在人民大会堂进行汇报演讲，受到时任中央政治局常委、国务院副总理的亲切接见；此后，又先后获得中国铁建股份公司岗位明星、山西省"十杰"女职工、山西省五一劳动奖章、铁道部全路火车头奖章、全国三八红旗手、全国五一劳动奖章、首届全国五一巾帼奖、全国经济女性年度人物创新奖等荣誉。

一名小小的技术员，获得如此盛誉，都是在生命禁区的一天天熬出来的。

当年，项目工点地处海拔5072米的唐古拉山，是全线海拔最高的标段。作为参与项目施工的唯一女性，邵尧霞从来没有感到自己这么突兀过。和工友们在青海格尔木度过一个星期的适应期后，开始向唐古拉山进发。她清楚地记得，几位细心的工友带了几只鸡、狗和猪。一开始鸡鸣狗叫猪哼哼，继而都无精打采，上到唐古拉山后的第一天，鸡死了；第三天，狗亡了；第五天，猪也毙命了。开膛破肚后，发现这些动物的内脏都因严重缺氧变成了紫黑色。第一次来唐古拉山的邵尧霞和工友们难免心生恐惧。

青藏高原是美丽的，但同时也是无情的。在唐古拉山，天蓝云白，仿佛头上三尺就是天空，伸手就能抓住云朵。冬天河面结冰，在冰上敲个洞，鱼就会游出来呼吸，伸手就能抓到，工友们用实验室的烤箱烤鱼，也是一种难得的乐趣！然而，这种乐趣与持续的高原反应比起来，几乎可以忽略不计。邵尧霞还记得第一次上工地踏勘现场时，不要说工作，连走路都困难。说话不能语速太快，否则就喘不上气来。瘦弱的邵尧霞更是反应强烈，胸闷气短、四肢发软、恶心呕吐，连胆汁都吐了出来。每过一段时间，医生就会到工地给他们抽血化验，可抽出来的血都是黑的。邵尧霞所在工程部的小伙子们，由于天天背着仪器搞测量，活动量大，血根本就抽不出来，即使抽出来也全是泡沫！面对这种生死考验，是冒险前进，还是妥协后退？邵尧霞咬牙暗下决心：这么多人都不怕，我怕啥？

由于严重缺氧，许多工友都患上牙痛病，邵尧霞更是重症患者。俗话说，牙疼不是病，疼起来真要命。吃不下饭，睡不着觉，一输液就是好几天，成天捂住腮帮子跑工地。丈夫劝她请病假休息几天，她却悄悄去项目卫生所把两颗病牙全拔了。

青藏铁路是世界上海拔最高的高原铁路，面临高寒缺氧、多年冻土、生态脆弱三大世界性难题，科技含量高、质量要求高、施工难度大。邵尧霞负责青藏铁路温泉立交桥和一个大型预制梁厂的技术工作。温泉立交桥跨越109国道，地下埋有兰州到拉萨的通信光缆和输油管道，空中架有铁通公司的光缆。在立交桥桩基开挖施工中，邵尧霞反复交代施工队长，这里是多年冻土地带，只能使用旋挖钻机，不能人工开挖，否则会出现坍方事故。可是第二天邵尧霞到工地一看，三号墩桩基正在进行人工开挖，而且出现了坍塌迹象，她当即命令停工，并找来队长询问。队长说："在内地，钻机未到之前我们都是这样干的。"队长的话引起邵尧霞的深思：他们不是不听话，而是不知道高原冻土施工的特殊性和科学性，提高职工在高原的施工技术素质已是迫在眉睫。邵尧霞立马在工地办起高原施工技术速成班，并把它作为雷打不动的制度，坚持每天晚上为职工上技术课，向大家传授高原冻土施工技术和具体操作规范。当她看到工友们一个个手提小马扎走进课堂，把工棚挤得满满的听她上课时，别提有多高兴了。她还结合施工生产实际，在项目上组织开展了"精一门、会两门、学三门"的群众性技术竞赛活动。当她看到60多名职工成为一专多能的技术能手、安全质量得到了保证时，一种只有在高原施工才有的成就感，涌上心头。

作为一名年轻的技术干部，邵尧霞把破解施工中的技术难题视为天职。记得生产第一片预制梁时，尽管昼夜蹲守现场，严格按照设计规范组织施工，结果生产出的预制梁还是因出现裂纹而报废。为解决这一重大技术难题，邵尧霞反复查阅资料，虚心向专家求教，并多次进行试验，终于找出产生裂纹的原因。后来，邵尧霞在每片梁顶部纵向加设12根直径12毫米的螺纹钢筋，成齿形布置，终于获得成功，生产的365片梁全部达到设计标准，并取得了6项技术革新成果。为此，工友们送给她一个雅号：雪域高原的智多星。

为确保青藏铁路全面创优，邵尧霞宁肯得罪人，也决不当罪人。有一次，一个施工队在桥帽混凝土灌注时，没有按规范程序捣固作业，邵尧霞发现后立即令其停工整顿。领工员却说："这么点小事也值得大惊小怪？停工整顿就更没有必要了吧。"面对这种满不在乎的态度，邵尧霞的火气一下子就冒了出来："千里之堤，溃于蚁穴。小事也能酿成大祸，何况这是高原施工。一旦出了质量问题，谁也担当不起！"她立即按照规定给予责任单位和责任人1万元和2000元的罚款。被罚单位的领导和责任人觉得有些过分，便找到邵尧霞求情："我们保证下不为例。"邵尧霞回答："质量问题从来就没有下不为例！"从此，大家又送给她一个雅号：铁娘子。

她知道自己并不"铁"，有时也很脆弱，曾经也打过退堂鼓。记得有一天，她正牵头与几个技术干部研讨一项施工技术难题时，一位项目领导突然推开房门，劈头把他们训了一顿："工地上个个忙得火烧眉毛，你们倒好，在家里关着房门闲聊！"邵尧霞急忙站起来解释道："我们讨论的是技术问题，也是施工中的燃眉之急！"领导板着脸说："有难题到工地解决，马上给我上工地！"说完掉头就走。

邵尧霞委屈得直掉眼泪，一气之下步行了2000多米找到丈夫黄立泽喊道："你能不能养活你老婆？！"

丈夫有些莫名其妙，但却坚定地回答："可以呀！"

"我不干了！"说完，便将受的委屈向丈夫发泄了一通。看着爱人委屈的样子，丈夫为其抹去泪水劝解道："受点委屈就打退堂鼓，这与当逃兵有啥区别？你上高原前的热情哪去了？"邵尧霞渐渐平静了下来。

有一次，唐古拉山布曲河发生了百年不遇的特大洪水，严重威胁着施工便桥的安全。为确保便桥万无一失，作为项目团工委书记的邵尧霞立即奔赴便桥现场，带领一群年轻人奋勇抢险。鞋子陷进泥里，她就干脆打赤脚，脚底板被锋利的石棱划破了，邵尧霞却感觉不到疼痛。便桥抢修最危险的是加固河沿基础，她始终站在最危险的河沿边，一边组织抛填片石，一边堆码沙袋。他们已经连续奋战了16个小时，却没有人顾得上吃一口饭、喝一口水。晚上，炊事员老李又把饭送到现场，邵尧霞都顾不得吃一口。老李实在于心不忍，便将饭送到已经担任项目工程部部长的邵尧霞跟前，说："邵部长，你就吃点吧，不然会顶不住的。"邵尧霞却说："便桥这么危险，我咋咽得下去。"说完，又投入到了抢险之中。突然间，一个巨浪打来，差点将她击倒。

一路走，一路回忆。中午12点半，火车抵达兰州站。

"你还记得工地上的单人床吗？"丈夫看到站台上上下车手挽手的情侣们，突然微笑着问邵尧霞。

"别提了，还不如一个人一个房间呢，一想起就觉得尴尬。"邵尧霞说的"尴尬事",可能只有高海拔无人区会发生。

至今他们还记得,到达工地第一天推开宿舍门时,屋里摆着两张单人床,邵尧霞感到有些莫名其妙,便问项目经理:"这是怎么回事?"经理笑笑:"去问你那口子吧。"丈夫悄悄对她说:"这地方可不是伊甸园,氧气非常稀薄,夫妻同居就可能付出生命代价,这是有过前车之鉴的。"正因为如此,项目部立了一条规定:所有员工不准单人居住,但即使夫妻同室也不能同床。结婚5年来,邵尧霞和丈夫虽同在一个单位,但不在一个项目,一直天各一方。如今好不容易聚到一起,同居一室却如隔天河。面对如此尴尬的夫妻生活,心里有着难以言状的酸楚和无奈。

由于邵尧霞是工地唯一的女性,常常遇到一些更为尴尬的事。工地四周,天苍苍,野茫茫,一望无际的高原没有厕所,男人随处背过身去即可就地解决,邵尧霞在工地就成了大问题。走远点吧,又怕遭野兽袭击,无奈之下,邵尧霞一憋就是半天,忍受着难以启齿的痛苦。后来,邵尧霞坚持上工地前不喝稀饭不喝水,常常因缺水引起嘴唇开裂和便秘。久而久之,邵尧霞患了恐尿症,进厕所解不出,离开厕所憋得慌。

爱美是女人的天性,但在紫外线极强的唐古拉,每个人的脸都被灼烤得黑红黑红的，邵尧霞已经记不得当初脸上脱了几层皮。高原一天有四季，时而骄阳似火，时而狂风暴雨，时而雪粒、冰雹飞溅，一天要换几次衣服。洗头洗澡容易引发感冒，一感冒就会引发有生命危险的肺水肿和脑水肿。邵尧霞只好半个月洗一次头、一个月洗一次澡。项目上都是清一色的男子汉，所以购买防寒服时没买小号，天天套一件大号防寒服的邵尧霞就像一个大油桶，于是工友们又给送给她第三个雅号：小藏胞。

上青藏线时，女儿才9个月大。在唐古拉山的日子里，她把女儿的照片放在床头，睡觉起床都要看看、亲亲，这成了她唯一的精神寄托。2006年7月中旬，邵尧霞回太原探亲，见到女儿那一刻，她把她一把搂在怀里，以弥补自己的愧疚。没料到已经上幼儿园的女儿根本不理她，哭闹着挣脱了她的怀抱，嘴里喊着"妈妈"扑向邵尧霞姐姐的怀里。为了赢得女儿的感情，邵尧霞用各种好吃好玩的哄她。经过苦心诱导，女儿终于接受了她。每天晚上睡觉前，女儿总要和妈妈蹭蹭脸后才满足地睡去。半个月的假期转眼就结束了，邵尧霞不得不与女儿再度分别。临行前的一两天，女儿似乎觉察到了什么，与妈妈更是形影不离，晚上睡觉时搂住妈妈的脖子不放。临行那天，女儿紧紧拽住妈妈的衣襟，哭得像个泪人："妈妈，妈妈，你不能走……"车子启动后，女儿紧追不舍，一声接一声地喊着："妈妈，妈妈，我要妈妈……"邵尧霞不敢从车窗探出头去，她透过后挡风玻璃，看到女儿一直在不停追、不停喊，跌倒后爬起来又追……

晚上10点多，火车从青海格尔木站驶出，向那曲、拉萨方向疾驰而去。全无睡意的邵尧霞望着窗外漆黑的青藏高原，心有所思。

"你还记得与狼共舞的事儿吗？"丈夫突然问她。

"生死一瞬间的事儿能忘吗？"邵尧霞反问道，"要是那次我真的被狼吃了，你会怎么办？"

"不知道，但我会好好陪伴、培养女儿，会告诉她，她有一个怎样的妈妈。"黄立泽说。

唐古拉山是国家野生动物保护区，狼群频繁出没是常事。项目部离工地较远，为防万一，员工上工地总是结伴而行，邵尧霞的手上总少不了带上一截钢筋壮胆。

2003年夏天那个傍晚，或许是因为习惯了来回熟悉的路，邵尧霞独自一人手提钢筋步行去现场值班。眼看要走到施工现场了，她突然发现几个黑影在晃动，几道冷飕飕的绿光向她直射过来。狼？！念头刚刚闪过，邵尧霞突然爆发出惊人的力量，飞一般向不远处的一辆工具车奔去，一把拽开车门钻进驾驶室，吓得浑身发抖。这时，只见几个黑影来到工具车前，一道道绿光在黑夜里对着驾驶室扫来扫去，不时发出令人毛骨悚然的嚎叫声。邵尧霞狂按喇叭，试图把狼赶走，可是，听惯了工地炮声和机械轰鸣声的狼群，毫无畏惧，反而冲到工具车前，吱吱嘎嘎地撕咬工具车的保险杠，还跃上车把驾驶室顶棚抓得嘎哧嘎哧响。或许是没有效果，狼群后来停止了进攻，静静围守在工具车周围，似乎在等待时机。狼的等待是因为饥饿，邵尧霞的等待是为了活命。就这样，邵尧霞与狼展开了持久的对峙。运送材料的卡车司机听到异常且急促的喇叭声，向工具车方向急驶而来，一边向狼群冲去，一边狂按喇叭，狼群才消失在夜色之中。捡回一条命的邵尧霞第二天就病倒了。为此，工友们再次送她一个外号，那就是与狼共舞的女侠。

列车奔驰在天路上。两人不约而同将目光投向窗外，阳光正照耀在辽阔的戈壁和不远处的雪山上。邵尧霞知道，这个季节，圣洁的雪莲花，正在盛开。

（作者系中国作家协会会员、鲁迅文学院24届作家高级研讨班学员、巴渝文化研究院研究员、重庆新诗学会副会长、重庆大学三峡文化研究所研究员。在《人民日报》《光明日报》《诗刊》《文艺报》《北京文学》《星星》等20余家发表作品1000余篇。曾获"银河之星"诗歌年度奖、《重庆晚报》文学特等奖、"古井贡民盟杯"全国诗歌大赛一等奖、第三届奔流文学奖、第七届中国长诗最佳文本奖。诗集《爱深了会疼》荣获第三届长河文学特等奖，并与诗集《翅膀上的风景》荣获重庆市委宣传部和重庆市作家协会重点作品扶持奖。出版报告文学5部、诗集4部，共计近400万字）

李冬芝的幸福经：我站在他身旁，他坐在我身侧，坚持将这悠久的曲艺唱出新时代的光芒。

不期而遇的鼓书情缘

□ 李慧丽

台上，她手持简板，婀娜地站在他身边。他坐在她身侧，墨镜遮挡住的悲喜从手中张弛有度的二胡弓弦中缓缓淌出。

台下，她牵他的手，走过薄雾慢拢的清晨，走过暮色深沉的夜晚，走过艳阳高照的晴日，走过风雪漫天的严寒，走过喧嚣热闹的街市，走过寂寥无人的小径，走向或绚烂或简陋的舞台。

40年，她于他似乎只有这两个动作，站在他身边，牵着他的手。站和牵，无限循环在14000余个日日夜夜。数以万计的重复，是要把荆棘种出花的向往。

鼓书为媒　跨越山海

如今，在长治市潞城区街头巷尾的百姓红白喜宴上常可见到潞城鼓书艺人活跃的身影。

潞城鼓书历史悠久，据传起源于乾隆时期。是一种说唱相间、以唱为主的板腔体地方传统曲艺形式。其节奏明快有力，曲调流畅活泼，曾一度风靡上党大地。

原先，潞城鼓书艺人都是盲人，后为提升演出效果，20世纪70年代开始招收健全人。就这样，1974年，17岁的李冬芝凭借良好形象、优美嗓音经层层选拔，成为潞城县曲艺队的一名正式队员。当时队里共16人，多是盲人演员，二胡手兼编剧苗昌木师傅是盲艺人中的一员。初见时刻，也许俩人都未曾想过，穿越万千人海的不期而遇，将使他们的人生轨迹发生重大改变。

那时，曲艺队长年累月奔波在乡间田野、山庄窝铺为群众演出。刚入行的李冬芝在虚心向盲人师傅学习业务知识的同时，悉心照顾他们的生活，引路、端饭、洗衣，尽心竭力，甚至送他们如厕时，都会自己先进去看看位置大小，确认无危险时才退出让他们进去。

长冬芝11岁的苗昌木虽平日里木讷少言，但一上台，二胡拉起，却是书声、乐声悠扬婉转、抑扬顿挫，让人听得如醉如痴。苗昌木教起徒弟来也用心用力，方法得当。当时，冬芝拜的师父并不是苗昌木，但冬芝很是敬慕他的才华品性，一有时间，就向苗昌木请教专业上的问题。

苗昌木也很喜欢教这个不是自己徒弟的徒弟。不只是因为她勤奋好学、聪明伶俐，还因为朝夕相处下来发现这个小姑娘心地善良、温柔细致，待人有耐心。

一来二去，李冬芝和苗昌木就有了说不完的话，业务上互相交流，生活上互相关照。因少年时期意外事故致双目失明的苗昌木，渐涸的心忽然就泛起涟漪。而少女的心扉也在不知不觉中被这个看不见世界的男人的人品和才情轻轻叩开。

他们无比清楚，她与他，隔了山海，只好把这份情谊深深藏在心里。

二十出头的冬芝，亭亭玉立、青春靓丽，业务上突飞猛进，社会知名度迅速攀升，大小荣誉纷至沓来，连续几年参加县里的三级干部劳模大会。窈窕淑女，君子好逑，求婚者踏破了门槛，企业老板、国家干部、军队军官，她一概拒绝。家人觉出蹊跷，相继盘问，冬芝见瞒不下，也许是不想再瞒，和盘托出，说已有喜欢的人，是同事苗昌木。这一坦白不要紧，家里炸了锅，所有亲人意见一致，坚决反对，父亲当夜把她锁在屋里。

是呀，一个青春靓丽的健康姑娘，即使不进曲艺队、不学鼓书、不当名角，仍然有许多条件优越、年龄相当的男青年供其选择，更何况当时的李冬芝在潞城可谓是家喻户晓。面对女儿的选择，父亲伤心欲绝："我孩是什么人？人上人呀，嫁一个盲人，将来你生病了连个端茶递水的人都没有……"

她跳窗而逃，回到曲艺队，回到苗昌木身边。但终归人言可畏，舆论的力量宛如山海。

可是，海有舟可渡，山有路可行，心中有所爱，山海皆可平。

1983年，李东芝和苗昌木在一片反对声中结婚了。

这一年，他们相识相知已经9年。这一年李冬芝27岁，苗昌木38岁。

40年后的今天，她孩童般的笑容穿透纵横交错的皱纹，停留在嘴角，慢悠悠地说："我若不嫁他，万一他找个像他一样眼睛看不见的，一辈子可怎么活呀——"

婚礼当天，从四面八方赶来看热闹的人里三层外三层，人们都想亲眼见证这场"非凡"婚礼，似乎只有这样才能配得上他们长久以来在茶余饭后喷溅的唾沫星子。一些人心中或许存着微弱的希望，婚礼可以半途而废，因此许多热血青年把迎亲队伍堵在苗昌木家村口，迟迟不让前进半步，仿佛坐在车里身着嫁衣的李冬芝赴的不是婚礼现场，而是万丈深渊。

鼓板锵锵　盛名乡里

婚后的冬芝逐渐感受到了周遭的明显变化。

亲友疏离的背影上写满"恨铁不成钢"的遗憾，他人以疑惑的目光向她射去"你是个别有用心的女人"的鄙夷。世人总是对自己认知范围外发生的事给出自以为是的理由。"别有用心"？"别"什么"用"什么？

亲友和他人再多的误解与不解，冬芝夫妇也无暇顾及。他们要编创，他们要排练，他们要演出。鼓声铿锵，赶走了鼓书以外的烦恼。

苗昌木全身心投入编创工作，自创长篇书目《四英传》，改编书目《金镯玉环记》《孟丽君》《双奇文》《呼延庆打擂》《真假罗成劫囚车》《刘公案》及小段《河神婆妻》《十五贯》《愣头青吃糕》《割肝救母》等。

在编创的同时，苗昌木指导纠正冬芝的表演，与冬芝一起切磋唱腔鼓板。不知不觉中，李冬芝的演唱水平又有了质的飞跃。

1981年，夫妇二人携新编历史书《孟丽君》在潞城大礼堂与观众见面。消息长了翅膀，在街头巷尾流传，人们争相一睹其风采。尽管观众凭票进场，一毛钱一票（当时李冬芝的月收入约为23元），仍一票难求、座无虚席。台上的李冬芝手持简板，说唱相间，如歌如泣地把一个善良勇敢、敢爱敢恨的妙龄少女活灵活现地带到观众面前。人们在她的声音里感受到人间悲喜，动情处，皆泪如雨下。有人自带录音机，把李冬芝的唱腔一字一句录下来，供日后循环播放。

那时，李冬芝俨然是人们心中的名角。

一次，曲艺队到长治郊区坟上村演出，一位私企老板对李冬芝说："你要能和苗昌木过上两年，我就给你买台大彩电……"

随着改革开放的深入，随着经济社会的飞速发展，随着人们文化生活的多元化，曲艺队的演出方式受到了冲击和挑战。一直以来，曲艺队采取的是全县各村轮番进行的方式，一切按计划，波澜不惊。可此时，面对丰富的文化生活，人们有了更多的选择。原有的计划、摊派被时代的滚滚车轮甩在身后。打破传统，开创局面，自找"台口"已是新形势下的新要求。

李冬芝被推向了时代前沿。

当时，已任潞城曲艺团负责人的苗昌木，能运筹帷幄，能排戏带徒，但一双陷在黑暗中的双目限制了他在外面跑"台口"、找市场。为了曲艺队演职人员的生计，为了支持丈夫的工作，李东芝在演出之余担起外出跑"台口"的重担。

当时，外出没有代步汽车，甚至连自行车都没有。一天，李东芝在去往潞城西部某煤矿洽谈演出业务时，累得实在走不动了，就随地躺在村边的土坡上休息。又累又饿的她，舍不得花钱买食物，歇一会儿便站起来继续赶路。咕咕叫个不停的肚子让她找到附近的远房亲戚家。在屋里没人的情况下，她四处寻找，最后只在房顶吊挂的篮子里找到一个干馒头，便狼吞虎咽地吃下去，之后继续赶路。

四处演出虽不至风餐露宿，但奔波总是辛苦。演出一场场连着，场地一个个换着。每到一处，铺盖卷往空屋的干草地上一展就是床铺，端起碗就地而坐咪溜溜一碗面就是一餐。他们的两个女儿是在曲艺队长大的。白天夫妇二人演出，孩子们在台下玩耍；晚上还要演出，孩子们玩累了就倒在台侧的长椅上睡去。也许是长期耳濡目染，也许是先天使然，两个孩子的乐感和嗓音条件十分突出。之后，长治地区鼓书造诣颇深的老师主动提出招收两人为徒，但孩子们却坚定地摇头，觉得唱鼓书太苦。

但于冬芝夫妇来说却是幸福的。当时凭借李冬芝在上党地区的名气，洽谈业务几乎不落空。可她太累了，排练、演出、教徒、找"台口"，有时奔波一天后站在台上头晕眼花，脚步打虚。有一次演出，一位曾经的追求者目睹李冬芝的疲惫不堪后，当面讥讽道："谁让你当初不嫁我？"这样有声或无声的讥讽李冬芝听到不是一次两次。她微微一笑，抖擞精神，站在台上，举起简板，拿起鼓槌，放声演唱，累、困、苦瞬间被赶得无影无踪。

鼓声渐弱　初心不改

然而随着时代的发展，曲艺团的演出一场接不上一场，队员们的收入一天比一天少。八音会、流行歌曲、戏曲选段、舞蹈等表演形式像决堤的洪水般哗啦啦涌向当地的红白喜事、满月圆羊、开业典礼，被潞城乃至上党人喜爱追捧了几十年的潞城鼓书逐渐淡出人们视线。

措手不及的李冬芝夫妇，坚强应对。可尽管苗昌木潜心编创，冬芝积极找"台口"，演员却凑不起来了，他们的徒弟都被八音会拽去当"唱家"了。八音会原本只有乐器吹奏，靠唢呐、二胡等乐器吹出跌宕起伏、人间情长。但为了赢得市场，每组八音会都竞相找几个"唱家"，吹一段唱一段，吸引观众。李冬芝夫妇的徒弟以其深厚的曲艺功底和表演经验成为各个"八音会"竞相争取的对象。

她放不下唱了几十年的潞城鼓书，更害怕从此后继无人。她经常看着家中收藏的一张摄于1992年的照片发呆。那是和徒弟们一起合照的，30多个徒弟，欢欢喜喜的一群人，记录着曾经忙碌辛苦却幸福的日子。

她不甘心，想方设法又招收了7名盲人徒弟。为了留住他们，她每天亲手给他们做饭，照料他们的生活。苗昌木则手把手教他们拉琴、唱段。但即便这样付出，还是没能留住这些人。

2000年以后几乎没有人再来向夫妇二人拜师学鼓书了。 2000年，全年只演出1场；2001年，全年演出2场；2002年，全年演出3场；2003年，曲艺团停止演出。

全家生活陷入困顿。万般无奈，李冬芝也像徒弟们一样外出唱八音会，但她仍唱鼓书，手持简板，身着旗袍，婀娜地站在简陋的乡村场地上。她的说唱，字正腔圆，仿佛还是昔日里站在一票难求的潞城大礼堂灯光璀璨的舞台上。虽然散乱的观众已经没多少人记得当时大礼堂灯火的明亮和人群的熙攘。靠着有一场没一场的演出，夫妻二人勉强维持着全家人的生活。可随着两个女儿相继考上大学，家庭生活常常入不敷出。无奈之下，1998年全家申请低保，直至2004年苗昌木以残疾人身份申请提前退休为止。尽管刚退休时苗昌木的工资每月只有2000元左右，但孩子们念书总归有保障了。

没有演出，没有收入，没有徒弟，可鼓声板声走不出李冬芝与苗昌木的心。没有舞台，没有场地，没有徒弟，就自己在家搭舞台，在家编创，在家排练，在家演出。他们先后自编自演了《大闹菜京城》《十唱共产党》《赞潞城》《七五普法》《脱贫攻坚》《潞城的明天更光明》《建设新农村》《走进新时代》《参保还比养儿好》《森林防火》《垃圾分类》《扫黑除恶》《法律光芒照中华》《改革创新》《奋发勇为》《众志成城战疫情》《移风易俗》《全民禁毒》《扫黄打非》《讲文明树新风》《环保保出新潞城》《2035更辉煌》等一系列与新时代发展紧密结合的作品。

鼓韵悠长　花开有时

退休后的苗昌木每天坚持通过妻子的眼睛读报，自己听书。持续的学习为他的创编注入不竭的动力。创编于2001年的长篇书《大闹菜京城》，以诙谐幽默的语言，把油盐酱醋白菜萝卜鸡鸭鱼肉等蔬菜肉蛋调味小料写出了十万大军兵临城下、两军交战的浩浩荡荡，让人忍俊不禁的同时感悟到基层老艺人深厚的艺术功底。

李冬芝并没有因潞城鼓书的黯淡而停止艺术探索的脚步。经过几十年持续的学习实践，她继承发展了潞城鼓书中的小垛板板腔，由最初的无配乐演唱发展为配乐演唱，并逐渐加入简板、板胡、三弦、二胡、电子琴等乐器，创新了潞城鼓书的表演形式。

如今，李冬芝偶尔会跟着徒弟们去红白喜事上表演鼓书。每去一次，二三百元的收入也是有的。但这已不是她的目的。站在台上，手持简板，为大家放声演唱一段鼓书，是内心的满足。

更多时候，李冬芝愿意牵着苗昌木，走上送文化下乡的简易舞台。李冬芝依然站在苗昌木身旁，苗昌木坐在她身侧。李冬芝依然是盛装出席，粉的蓝的花的旗袍妥妥帖帖穿在身上，手持简板，站姿笔直，除了岁月强加在她脸上的皱纹外，神态形象依然是当年那个万人瞩目的李冬芝。苗昌木必定穿着与李冬芝相搭的立领中式服装，依然是一脸波澜不惊地拉着怀里的二胡，岁月除了无情地掠夺走他的头发外，他的脸上并无多少时光的印迹。

不仅在本地，二人也常被周边市县邀请去参加活动。

由于夫妇二人的坚守，潞城鼓书于2023年入选山西省文化和旅游厅发布的第六批省级非物质文化遗产代表性项目推荐名单。李冬芝入选第六批省级非物质文化遗产代表性项目代表性传承人推荐名单。

也就是在这一年，李冬芝喜收3名徒弟，都是受过高等教育的年轻人。其中最小的徒弟只有21岁，是一名在校学生。李冬芝终于绽放出久违的笑脸："三个年轻人，素养高，悟性好，学得快。我很欣慰也很满足。"

年轻人愿意学，李冬芝高兴，因此她一分钱学费不收，为的就是潞城鼓书得到传承。

（作者系山西省作家协会会员、长治市潞城区作家协会主席。曾在《海外文摘》《山西日报》《山西晚报》《三峡文学》《映像》《漳河文学》《长治日报》《上党晚报》《五台山》等发表小说散文作品若干。出版散文集《苍穹下的呢喃》）

金燕的幸福经：用对待孩子的心对待一片茶叶，给茶以温度，让茶畅快呼吸，将茶传递到爱茶的人手上、口里，一品之后，铭记一生。

朝侍茶园暮看云

□ 陈佩香

一

堂妹离自己的梦想越来越近。梦想不算多大，却是属于她的幸福。

堂妹金燕，小我5岁，是叔叔家最大的女儿。她夫家所在的村，要编一部关于"那山那水那人"的书，而堂妹是村里选定的入选人物。

小时候的我像只小刺猬，几个堂妹总被我欺负，金燕也是其中之一。当我准备下笔时却发现，那个儿时被我欺负过的妹妹长什么样儿——没想起来，这把我吓了一跳！她上小学时，我上初中；她上初中时，我在闽北读师范；她到外地求学时，我又回了家乡工作。假期，我们应该有交集，可又总是各自忙。后来，我们各自结婚，都客居在县城，这才有了经常见面的条件。

"我知道你今年忙，给你买了件裙子。"堂妹一进我家门，就对我说。想来她见步入中年的我，上有生病的老人，下有正值青春期的孩子，是疲惫得如同那将要凋谢的豌豆花。她说："你需要一件新衣服来慰藉，洗去一年的烟尘。生活多少还是要讲究一点儿。"

那一刻，阳光洒落在堂妹的头顶，让我在恍惚间看见儿时的她。

二

我始终怀念那些朝侍茶园暮看云的日子。

在曙光乍泻的清晨，在夕阳归山的黄昏，我和堂妹们躲进茶园，伴着那一股成熟的浓浓的暖暖的茶香，走进奶奶淡淡的目光里。

"香儿，你全身是汗，快去冲一碗盐米茶喝下去，这样就不会中暑，不会肚子疼。"

"燕啊，还不回来，地瓜粉团已快被你姐吃完。没吃到，你不要哭鼻子！"

奶奶半恐吓半认真的呼喊，堂妹是听不到的。她穿行在茶园中，随手拔一根狗尾草对着阳光晃："长大了，我要让很多很多的人喝到我们家的茶。"拎着一只竹编茶篓的她，于行行绿丛中摘一粒粒绿色的梦。

那年，她20岁，我25岁。她在县城开了一家属于自己的茶店，我在乡村小学教书，我们几乎同时开始埋头朝自己想要的方向努力。

那年春节，我们都回到出生地，回到那间老屋，回到奶奶身边。在闲话家常中我忽然发现，堂妹已经长大——仿佛她是姐姐我是妹妹一样。她和我谈她喜欢的茶，谈茶文化，甚至还谈她闲来所读的哲学书《查拉图斯特拉如是说》《人性的智慧》《理想国》。我惊讶于印象中不爱读书、贪恋美食的她，对这些经典著作竟拥有独特的见解。

傍晚，在老屋的大埕上，我们趴在水泥做成的埕栏上看云。

我们的眼睛最初就在这儿开始了对茫茫天地的打量。老屋的大埕最初是没有做水泥埕栏的。我和堂妹们小时候就直接趴在大埕上观山看云。那时年龄小，嬉闹中有人会不小心掉进大埕下面的小溪里。奶奶怜惜我们几个孙女，做了埕栏。一开始是用泥土块叠，后来是用小石块码，再后来才有水泥埕栏。

老屋的大埕对面是常年苍翠的茶山。我和堂妹们的童年岁月便是面对茶山，展开无穷无尽的遐想。什么时候能走出这一座又一座茶山呢？这是当时经常思考的问题。出山有一条隐隐约约的路，我们常见大人挑着茶青、稻谷，在那条飘带一样的山路上蠕动。

山那边是什么？集市？大海？戏台？是神仙和鬼怪的所在？

什么时候可以出山看看外面的世界？走出去！走出去的念头在我们姐妹的童年时光中不断壮大。

儿时茶季的夜晚，是山里人家最热闹的时候。

那时候，家家户户都做手工茶。吃过晚饭，收拾好锅台，奶奶用滚烫的开水将灶上两口大铁锅一遍又一遍清洗。奶奶洗好锅，然后将锅烧热，叔叔和母亲已开始摇茶青，等茶青摇出香味就下锅炒。待茶叶炒软和，叔叔便把茶叶放入包揉机的圆桶里，与母亲一人一边来回推动包揉机。包揉机来回揉捻茶叶，等茶叶开始散发出香气，叔叔再用茶巾布把茶叶包成一个个茶球，放到板凳上进一步包揉。

那时总觉得叔叔包揉茶叶的姿势特别有趣。叔叔双手拢着包起来的茶球，放在长板凳上，一遍一遍包揉。包揉时，他的屁股画着括号，整个人像个不倒翁。堂妹金燕经常站在他身后傻笑，然后一脚站立一脚弯起地学着她爸爸的样子。奶奶和叔叔会笑骂："真是傻丫头！"

"来，试喝一下这泡茶。这是今年我自己最满意的茶。"

堂妹坐在大埕中间，临时搬来一张茶桌摆在她面前，她娴熟地泡着茶。水在壶内沸腾，茶香氤氲，随热气不动声色地轻拂过我们每一个人的脸庞。我分明看到堂妹的额头有一种细润的微亮。我想起堂妹说过的一句话："每一泡亲手拼配出来的茶，都是另一个自己。品茶品的也是自己每一个时间段的心境。"

"茶汤幽香，如屋后那株兰花的香。"

"汤色也好，但没有一入口就甜。"

"等着你把'茶王'的称号拿回来，我们家就出女茶师了。"

奶奶正关注着我们几个喝这泡茶的表情。最后，奶奶端起茶杯轻抿了一口，淡淡说了一句：

"还差了那么一点点。"

……

夜已深，我们都没有睡意。烧了炭火，趴在埕栏上看夜空。像小时候那样，奶奶拿出一床已经晒了一天太阳的被子，披在我们身上。闻着满是阳光味道的被子，我们一下子安静下来。月光洒满国公山脊的每一个起伏、每一道弯，洒在每一条飘带一样的山路上。

每当看到曲折的山路便知，即便夜行，头顶也会有星月之光照耀。

我们始终怀念那些朝侍茶园暮看云的日子。

三

"金燕的茶，够狠。"

某日与友人品茶时闲聊，谈起对安溪各品牌茶叶的印象，一位在茶叶界有一定分量的前辈说了这句话。

我一脸纳闷。第一次听到有人把"狠"字与茶联系在一起。

"别人挑出一成、两成茶作为精选好茶，金燕只挑出一成都不到的茶来作为精品好茶。"

那一刻，我才恍然明白，所谓"狠"，其实就是在精选好的铁观音时，不怕浪费。堂妹说："好茶的产地、原料、工艺都要精选精挑。"

她常说茶是她的第三个孩子，茶有生命会呼吸有灵魂，还会闹情绪。

"从植物的叶片到一泡好茶，要经过采摘、晾青、晒青、摇青、炒青、包揉、烘干、初选、精选等18道工序。一年也就春秋两季可以制茶，制茶确实像精心抚育婴儿。从茶树发芽那天起，一泡茶便开始被呵护，它怎么可能不是我的孩子？"堂妹说。

她精选好的成品茶，外形肥壮紧结、匀整洁净，色泽砂绿乌润；冲泡后的茶叶，叶面肥嫩柔软，叶底肥厚软亮；汤色金黄明亮，口感香气幽雅馥郁，滋味醇厚，喉韵悠长；喝后回甘生津、齿颊留香，香气浓郁持久，耐人寻味。

在茶季，她茶店的泡茶台前总是里一圈外一圈围满人，大家就为能在第一时间品上一口她的茶。

突然想起，这几年安溪茶叶界追捧过的一款茶：顶贰。此款茶从茶叶初制到最后一粒一粒精选，都由我堂妹亲手完成。

为了制一泡自己满意的茶，金燕一到茶季就每天跟在父亲身边学习。从学茶到懂茶是一个悟的过程。堂妹极有天赋，她是叔叔家5个孩子中学得最快的。茶季到时，整个茶乡是沸腾的，家家忙制茶。这时，堂妹的心里也是沸腾的，每每听说哪个茶农做出一泡好茶，她就快速出发，直接追到茶农家里去学习。

披星戴月去追茶，她无疑是辛苦的，但每年都会上演几次。一次我们在喝茶时闲谈，她笑着说道："每天天不亮就出门，深夜才回家，小区看门的大爷还问过我是做什么的。"在学习阶段，堂妹全身心地回到了乡里，她前往合作社向各家各户茶农请教，揽众家之所长。

终于，堂妹制出了"顶贰"。

人人皆知"顶贰"狠，世间谁懂金燕忙？

四

春雷始动，那田边，那山间，那屋后，又是一年桃花开。

记得那天是惊蛰，我在茶室里和一位长者闲聊，我的手机一直"叮咚叮咚"响着。这声音是提示我微信上有许多新信息正陆续抵达。堂妹发来许多图片，她说："我的茶馆布置好了，茶馆周边的花也都开了，你要不要过来走走？"

图片里茶馆的布置有着我所喜欢的清雅。我在图片里还看到陆羽的《茶经》、屈原的《楚辞》……

堂妹小的时候常说，她有一个梦——过茶仙子似的生活。她希望有一个自己的院子，院子周围种满自己喜欢的花，她就在花海里喝茶，什么也不做，就只喝茶。

堂妹梦想的生活好像和在农村生活没什么不同，但又是不同的。她梦想的生活看着好像简单，实则是一种具有长久诗意的简单生活，具有一种出世入世的超然。

对很多人来说，这样的梦只是梦，可堂妹真的让这个梦实现了。2019年，她在溪禾山遇见一片让她满意的场地，便很快设计出属于自己的茶馆——歇会茶馆。

一张张图片，让我看见了堂妹追逐梦想的执拗。

我偶尔也去茶馆，发现去到那里打卡的每个人都像主人一样，泡茶，喝茶，甚至替主人招呼客人。

慢慢地，她的茶馆内容丰富起来，茶话会、文化沙龙、团建，甚至有人求婚、办婚礼……

我诧异，茶馆主人真的是那个从小一起玩到大的堂妹吗？

从小，堂妹就比我们任何一个人都讲究。每次吃饭前，她都要先把桌子擦一擦，然后把碗筷摆放整齐。

小时候每到茶季，学校会放农忙假。我和堂妹也穿梭在茶园中，说是帮忙采茶，更多的是在茶园里玩。我们满山地跑，吃鲜红的野草莓，尝酸甜的野山梨，摘长成一朵小花的桃金娘……

夕阳西下时，茶篓里装满鲜嫩的茶叶，大人们循声找我们回家。于是，两个歪歪斜斜的身影相伴着我们，走在回家的山路上。此时，我的头发早已乱成鸡窝，上面粘着各种草籽。堂妹的头发依然是整齐干净的。多年后我才知道，堂妹会在下山前先整理好自己的头发。

这点滴小细节，都浸润在她的茶中。

五

一位在她茶店喝茶的长者问她："你和你爸爸的茶有何不同？传承怎样体现？"

她依然娴熟地泡着茶。霎时间，大脑一片澄明，她觉得没有什么时候比那一刻更澄澈，同时充满力量。

长者走后，她把自己关进二楼的茶室，泡上一杯店铺里最好的"顶贰"，与自己进行了一次长谈。其实，她完全可以一辈子在父亲的庇护下生活，可以永远打着"大师的女儿"这个标签，但那不是她真正想要的。

堂妹曾一度瘦到40几公斤，只因为全身心地投入自己的事业。

2003年以来，堂妹守正创新，在传承的基础上开了自己的新篇。她用对待孩子的心对待她所钟爱的茶，让经她手的茶有了温度，会呼吸，在味道上有属于她的辨识度，让喝过的人记住一年、十年，乃至一生。

金燕的茶声名鹊起，身份因而越来越立体。国家一级评茶师、一级茶艺师、两岸斗茶茶王赛清香型铁观音茶王、泉州高层次人才，以及各级各种协会的副会长，这些身份一起在描述着我年轻的堂妹。

2023年，堂妹与著名雕塑家陈文令联名做了乌龙茶铁观音文创产品，协办了令茶界瞩目的"金谷溪岸杯"安溪铁观音茶王赛。

国庆假期，她发来微信：在国公山那片茶山等我。

几个堂妹都回来了，到了国公山的茶山，金燕给每人一个茶篓，她自己的那个已经束在腰间。

一看这阵势，就知道是要让我们一起采茶，一起回味儿时在茶山嬉闹的光景。

国公山整个山头，几乎都可以说是我们家的茶园。从爷爷那辈开始种植与打理的这片茶园，到我叔叔手上才变成广袤的一大片茶园。

而今，整片茶园温润丰盈，走进茶园，一股清甜袭来。

堂妹明显比我们都兴奋。她如同一只燕子在茶园里穿来穿去，身姿轻盈，像个小孩。我竭力回忆，她上次状态如此是在什么时候。

8岁，7岁，还是更小的时候？

我知道，堂妹自20岁开启了自己的茶艺人生后，每年茶季都会回到这里。这里的每一株茶树上，都曾沾过她的汗水。

多年后的今天，她如愿做成自己的品牌，用时间和汗水浇灌出自己曾经想要的小幸福。

（作者系福建省作家协会会员、安溪县青少年作家协会会长、泉州青年作家协会副会长。作品发表于《散文选刊》《青年文学》《清明》《朔方》《芒种》《草原》《福建文学》《新青年》《人民日报（海外版）》《泉州文学》《生活与创造》《中国青年报》《福建日报》《厦门日报》等各级报刊，著有散文集《暖心》《铃兰归来》《香已住》。曾获福建省作家协会、福建文学院、福建文学杂志社联合主办征文一等奖）

梁铭的幸福经：透过镜头感知社会与人生，竭尽全力宣传山西灿烂文化，让更多的人爱上精彩山西！

耄耋之年的追梦旅程

□　邢晓梅

　　年近耄耋，却精力充沛，行动迅捷，不输年轻人；原本从医，却矢志摄影，获得中国摄影家协会"德艺双馨"殊荣。惜时如金，永远立于时尚潮头，60岁学开车，70岁玩无人机，77岁自费学习制作短视频，如今已发布300余条原创作品……

　　现年79岁的国家级摄影师梁铭，具有传奇般的人生。

半路出家，摄影成此生挚爱

　　1967年大学毕业后，23岁的梁铭响应国家号召，来到山西雁北应县农村一家卫生院，当了一名乡村医生。3年之后调入县医院。干一行，爱一行，乡村生活锤炼了他的坚强意志，培养了他的优秀品格，铺就了他的生命底色。扎根农村10年后，一纸调令，他调入太原铁路医院放射科。

从医的他，内心却潜藏着一个遥远的摄影梦。1984年，他拥有了一台120海鸥相机，因此欢欣雀跃、兴奋不已，这可是他大学时就梦寐以求的。从此，工作之余，他便背着相机奔走在医院、集市、街头巷尾，通过镜头观察城市变化，捕捉社会瞬间。

一天，他挎着相机骑行到胜利桥上，望着缓缓流淌的汾河水，儿时在泥汤里游泳的情景历历在目，如今汾河两岸早已建筑林立，今非昔比。他举起相机，拍下一幅汾河新貌图送到报社。很快，《太原日报》刊发了他的摄影处女作《昔日汾河滩 今朝换新颜》。一张照片让他备受鼓舞，愈发勤奋，从此佳作频出。

1990年3月，他和爱人骑车到太原市迎泽公园旱冰场。此时，正值改革开放早期，思想的禁锢渐渐打开，旱冰场变成舞场。突然，天降鹅毛大雪。拥挤的舞场上，漫天飞雪中，人们依旧在翩翩起舞，潇洒而自信。这舞步不正是驱散昔日阴霾、迎来生活阳光的最好体现吗？激动不已的他连连按下快门，一幅意义深远的摄影佳作《春雨圆舞曲》由此诞生。

1990年10月，他随铁道部文联到新疆赛里木湖采风。天宇湛蓝如洗，湖水清澈通透。如画美景令他如痴如醉，他在这里尽情狂拍。拍着拍着，他感觉镜头中似乎缺了些什么。苦思之时，突然有了灵感。他请一位同行摄影师蹲在自己的镜头前，双手合掌，向外分开，像豆芽一样，于是，一幅创意环保类摄影作品《阳光·空气·水和生命》呈现出来——人类（豆芽状手势代表生命萌芽）渴望一个拥有明媚阳光、清洁水源和没有污染空气的生态环境（鱼眼镜头拍出的圆形湖水代表地球）。他将作品报送至已截稿一周的中国首届环境摄影大赛，很快便接到组委会电报：速送底片！

不久，这幅作品在中国美术馆展出，后被《光明日报》选用，英文版《人民中国》杂志也将其作为封面图片刊出。

自此，摄影便成为梁铭生活中不可或缺的一部分，为他开启了一个完全不同的新人生。他说，摄影让他拥有年轻的心态、健康的体魄，从中可以找到快乐、感受幸福、抵达成功。

拼命三郎，激情满怀奉献社会

和梁铭接触过的人都对他澎湃的激情和旺盛的精力钦佩不已，常把他叫作"拼命三郎"。

他个头并不高，身形也显清瘦，身板却十分硬朗，时刻迸发出巨大的能量。一举起相机，就像注入一剂强心针，更加生龙活虎，时而匍匐于地，时而爬到高处，让同行的年轻人都望尘莫及。

2002年，青藏铁路建设如火如荼。海拔4000多米的高原上，建设者们攻克了高寒冻土等世界性难题，克服了各种难以想象的困难，开辟出一条高原天路，引发世界关注。铁道部拟组织11人的采访团赴藏采访。得知这个消息后，时年58岁的梁铭夜不能寐。作为一名在铁路系统工作了20余年的老员工，他对铁路的感情不言而喻，但他患有高血压，身体条件并不适合入藏。于是，他提前偷偷吃药控制血压，为入藏做着准备。

4个口袋分别揣着红景天、葡萄糖、降压药、救心丸，梁铭和青壮年摄影师们一起直赴昆仑山。爬到白茫茫的雪山高处，高原反应令他头痛耳鸣、思维混沌，几次晕倒在雪地里。而爬起来之后吃点降压药的他继续奔走于沿线建设工地。筑路英雄们的敬业与奉献精神深深荡涤着他的心灵，整整25天，他不停地记录着那些动人的场景。返程后，其他人尚在休整阶段，他一周之内便做出3本影集分寄铁道部、指挥部及分局，并满怀激情赶写出一篇7000多字的报告文学《西线归来》，《太原铁道报》和《中国铁路文艺》杂志很快配图全文刊发。2004年，他再度进藏拍摄记录。这两次经历成为他一生最宝贵的财富和最光辉的记忆。时隔20多年，老伴再次捧读当年的文图，仍然会感动到潸然泪下。

2004年，他整60岁。这一年，他接了一项重要任务——拍摄山西抗战主战场。一个月的时间，麻田、平型关、壶口、黄崖洞……他带着老伴，驰骋2000多千米，"寻找抗战的风景"。数千张图片、万余字文章，成为对抗战60周年最好的纪念，也成为送给自己60岁生日的一份大礼。

子曰："七十而从心所欲，不逾矩。"岁月仿佛并没有在梁铭身上留下印迹，他依然有着年轻人的朝气，有着现代人的思维，更有着为社会服务的情怀。

多年来，他常受邀在省内外讲座、在报纸上开专栏，并在多所大专院校担纲客座教授讲摄影，还发起成立了3个公益性组织——太山影会、北山影会、植物园影会，集结了一批志同道合的优秀摄影人，用镜头义务宣传太原。

当地人都知道太原的东山和西山，却很少有人知道还有座北山。在影会的宣传下，太原北山全国互联网+全民义务植树基地被越来越多的人所了解，每年植树节前，一批批前去植树的队伍络绎不绝，北山成了山西义务植树的典范，而创办人张爱平也随着梁铭的美篇及短视频获得了"当代愚公""种树人""守山人"等美誉。

不遗余力，矢志宣传"晋善晋美"

五千年文明看山西。几十年来，从荒野到家园，从春夏到秋冬，北至天镇李二口长城，南至平陆古盐道，东至娘子关、大峡谷，西至佳县、黄河，山西境内，处处留下了梁铭的足迹，他长年累月奔走在三晋大地，为宣传"晋善晋美"不遗余力。

炽热的乡土情怀时常在他胸中涌动。2002年，他又有了一个新决定——拍摄山西古民居。翻地图，查资料，手绘《山西古村民居地图》。"在行走大地的过程中，我发现山西每一个古村落都是一部文化史，呈现出别样的原始美。"因此，他绝不放过一个有着悠久历史的古村落。

一天，他像往常一样打开电脑，浏览各大媒体的新闻，突然，一则报道中的几个字"沁河流域发现明清古村落"跳入他的眼中，像战士接到冲锋命令一样，他立即收拾行李，只简单地和老伴说了一声"沁水发现古村落了"，便连夜赶往那个不知名的小山村。

2007年正月初四，他又出发了。带着老伴和年幼的外孙，在冰天雪地中驱车赶往右玉县杀虎口拍摄古堡。山高路滑，渺无人烟，尚是新手的他没带防滑链，只能把车开在冰雪覆盖的盘山公路上。突然，路面打滑，汽车失控，不断向后退，半个后轮已接近悬崖。危急之际，一块冰卡住了车轮，化险为夷。即便如此，也没有阻挡他拍摄的脚步。连续几天，他冒着零下31摄氏度的严寒，驶过一条条崎岖山路，将周边十余个古堡的苍茫之美收入镜头。

20多年过去，那份手绘地图早已泛黄，上面密密麻麻的百余个红圈，都是他行走过的足迹。这些足迹化成了由中国摄影出版社出版的《梁铭摄影随笔》，化成了被评为山西优秀外宣品的《精彩山西游》，化成了北京站台票上他的系列摄影作品《山西民居》。

他俨然成为山西一本活地图。知名媒体人葛葆庆由衷感叹，数十年来，梁铭手头的宝贵影像资料为省内外旅游、出版部门提供了大量所需图片；以梁铭这样的高龄，仍然孜孜不倦地执着于摄影创作和著述之人，实属凤毛麟角。

迄今为止，他已拍摄了200多座山西古村落。因为他的大力推介，一些破败不堪的古村落或老建筑得到保护性开发，造福了当地百姓。梁铭的事迹也得到很多媒体关注，这是社会对他本人的认可，更是对他为社会所作贡献的赞许。

老骥伏枥，志在千里。如今，梁铭依然不停行走，只是将重点放在了太原这座古城，他耗费10年心血撰写的《漫步龙城看太原》书稿已经完成，正在寻找"婆家"出版。同以往一样，这本书从策划、拍摄、写作、编辑到版式设计，都是他亲力亲为。与以往不同的是，他将这本倾注了更多心血的书视为收官之作。只是10年过去了，很多地方已发生了大变化，书中内容也要随之调整。他不厌其烦地一一对照，重新拍摄、重新说明、重新排版。

"有生之年，我一定要把这本书推出去！我将竭尽全力宣传家乡的灿烂文化，让天下更多的人爱上精彩山西！"他信心十足地说。

热爱生活，把日子过成美妙的诗

受母亲影响，梁铭从小就喜欢绿色和花卉。上初中时，他便尝试着嫁接向日葵。先种几株普通向日葵，待向日葵长到指头粗细时，分别将四株的一面削平，然后把平的一面合在一起用绳子绑住。慢慢地，这株嫁接过的向日葵果实大得惊人，引来众人啧啧称奇……

在农村从医之时，他在医院旁的空地开荒种菜，还想方设法让人从省城捎来各种花籽播撒下去，为贫瘠之地营造一份烂漫。汗水灌成良田，荒地变为花海。这道亮丽的风景线，成为乡村平淡生活的调色板。

热爱自然，热爱绿色，就是热爱生命。正是这份热爱，让他对世间万物都产生了浓厚的兴趣。唱歌、跳舞、画画、指挥、谱曲、游泳、体操、乒乓球，甚至无线电……梁铭无不涉猎并熟练掌握，广泛的爱好，丰富了他的生活，养成了他积极达观的人生态度。

十几年前搬了新居，梁铭在家里打造了3个花园，一个室内花园和两个空中花园。培土育苗、立杆布线、灌溉施肥，在他的精心培育下，翠竹、合欢、紫罗兰、桃树、杨梅、杏树、苹果、樱花、迎春花、金银花、睡莲、荷花、石榴、葡萄等30多种花卉蔬果，高低层叠、错落有致，生机勃勃、气象万千。初春，梅花吐蕊，满室飘香；夏日，百花争艳，热烈张扬；秋天，菊花缤纷，硕果累累；寒冬，室内依然绿意盎然，蝴蝶兰、三角梅在枝头怒放。

忙碌的拍摄、写作之余，梁铭不知疲倦地侍弄他的花花草草，感受着自然之美带来的乐趣。

脚步不停，争分夺秒赢时间

岁月不居，时节如流。但梁铭从不虚度时光，不肯让时间从自己指间轻易溜走："年龄越大，越觉得时间像金子一样珍贵，必须充分利用好每一天。"几十年来，他就像一只上了发条的钟表，每天忙个不停。

60岁学开车，和女儿做同学；70岁玩无人机，变身"空军"，至今已换了第三架；2022年77岁之时，他又自费花2000元在网上报名学习制作短视频，"从来没有接触过这些，一窍不通，听得我满头大汗，吃尽了苦头"。即便如此，他还是坚持每天消化课程内容，不会就回看视频，慢慢琢磨，经常研究到凌晨。他给自己定下一个规矩：当日事当日毕，必须每天做一条短视频！如今，已完成340多条，每条都是他自驾前去拍摄，回家后修图、写文案、配乐、配音、推送，一气呵成，全部由自己完成。

2024年春节，他的短视频制作密度更大了。大年三十，推出《山西青铜博物馆》，初一推出《龙年祝福》，初二推出《夜幕下的食品街》《走进太原市博物馆》，初三推出《钟楼书院》，初四推出《残冬春水》，之后是"过年走亲"系列；下大雪不便远行，他就在楼下升起无人机拍出《春雪落龙城》，第二天他又出现在汾河四期……

日积月累见功勋，山穷水尽惜寸阴。"人生必须有计划、有节奏、有毅力。有计划才会有动力，有动力才有实现的可能。"这些从生活中总结出来的金句点亮了他的人生。

梁铭有写日记的习惯，这一习惯已经保持了60多年。随手翻开一本，这些日常记录让人心生敬意：

2023年1月27日，周五，初六，晴

版式设计接近尾声。每天都在忙，每天几乎都在夜里12点前后休息，真有些累了。好在，天天前进，有进步就会看到希望。努力！再努力！

2023年1月29日，周日，初八，晴

今天设计了两版，乌金山和太原古县城。很费时间，主要是文字资料收集和撰写、图片选配。作为一名老太原人，在离开这个世界之前，历时近10年，耗费如此多的心血和精力，完成《精彩山西游》和《漫步龙城看太原》姊妹篇，不易。回想起来，利用业余时间，完成了约10本图书，这一生没有虚度。23：29休息。

2023年2月28日，周二，雪

昨晚外出，做短视频，文稿如下：《夜游龙城》（文字略）

2023年3月1日，周三，晴

待办事项：下周五古交煤矿系统讲课《新闻与纪实》，备课件；冯老师讲座，备课件；明天到太山，研究摄影比赛和展览一事；天街小雨拍摄；补拍《漫步龙城看太原》图片；制作短视频《你我都有的情怀》。

……

一位老人，缘何具有如此旺盛的生命力？只因他酷爱摄影，深爱脚下这片土地。

他虽然满头白发，但精力依然旺盛，眼神依然好奇，步伐依然坚定，风采依然让人肃然起敬。

以梦为马，不负韶华。

他，依然是那个追梦的少年。

（作者系媒体人，高级编辑，曾任职于《太原日报》专副刊中心。出版有访谈类专著《素颜》，现任山西传媒社会学专业委员会秘书长、《太原作家》编辑。系中国文物学会青铜器专业委员会会员、山西石刻研究会理事、山西省女作家协会监事、山西省作家协会会员、山西省摄影家协会会员、太原市作家协会理事）

"家乡之音"团队语录：用文化这根纽带，用丰富多彩的文化活动，把众多的爱心凝聚到一起，把广泛的力量汇聚到一起，让"爱故乡"的人多一点，再多一点。

"家乡之音"的家乡情缘

□　安志伟

2024年2月10日，龙年春节正月初一。这一天，沉浸在欢乐祥和节日氛围中的武乡县大有乡西中庄村村民，迎来专门在阖家团圆的美好时刻为他们拍摄全家福的"家乡之音"公益团队。

随着摄影师按动快门，一个个幸福的家庭、一张张纯真的笑脸定格在一幅幅珍贵的照片中。大年初一这天，在革命老区武乡县选取一两个村庄拍摄全家福这个活动，"家乡之音"团队已经坚持了整整13年。从一张全家福开始，看到一张张幸福的笑脸，听到一声声真诚的感谢，发起人石头也明白了摄影的真谛与意义在于记录，在于通过相机为一个个普通家庭留下美好记忆。2024年的拍摄活动还被新华社、《山西日报》等媒体作为节日期间重点新闻做了报道。

为村民拍摄全家福的"家乡之音"公益团队成立于2016年，由部分在外的武乡籍爱心人士发起。自2016年以来，该团队从拍摄全家福开始，逐渐汇聚了一批热爱家乡的人，他们满怀赤子情怀，坚守初心，把分散的个人能力汇聚成热爱故乡、建设故乡的一股强大力量。一点一点去尝试，一步一步踏实前行。2021年，团队又注册为非营利性组织——家乡之音文化发展中心，将发展推向新阶段，使团队走上更为规范的道路。

几年来，团队以爱故乡为出发点，以家乡为荣，与公益为伴，以家乡书屋为实践基地，充分发挥"家乡之音"微信公众号的对外宣传作用，线上线下结合互动，以乡情为纽带，以文化为媒介，汇集游子之心，助力家乡发展，积极宣传家乡、推介家乡，策划、组织了一系列爱故乡活动，凝聚起一股磅礴的爱故乡民间公益力量，倡导真善美，弘扬正能量，向外界展示了老区武乡的良好形象。

"家乡之音"开始公益活动之际，正是自媒体崭露头角之时。石头敏锐地捕捉到这一时代脉搏，团队创办之初就定位为纯民间、纯公益性质的以宣扬武乡悠久历史、红色文化与游子积极上进事迹为主流的自媒体。几年来，"家乡之音"公众号已成为宣传武乡的主要非官方自媒体，影响力遍布祖国各地，深受用户喜爱，尤其是在外的武乡籍游子更是通过这个公众号了解了家乡人、家乡事，以及家乡的变化。短短几年时间，"家乡之音"公众号关注粉丝达万人，遍布国内（包括港澳台）所有省份，覆盖全国180多个城市，至今累计发布内容10000余条。当各种视频号兴起之后，团队又在抖音、视频号等平台开辟了新阵地，增加了宣传的平台和渠道。通过公众号和短视频，读者可以更多地了解到武乡的历史文化与发展现状，使其真正成为宣传武乡的平台和阵地，让武乡悠久灿烂的历史文化、可歌可泣的红色文化及当代社会发展的新人新事、好人好事，传播到大江南北，联通了线上和线下，打通了武乡与全国的通道。更关键的是，用文化这根纽带将一大批武乡籍爱心人士凝聚到一起，合力为家乡做力所能及的事情。

搭建好线上宣传平台之后，热心的网友不再满足，建议"家乡之音"应该设一处线下交流平台。于是经过一番准备之后，石头以自己收藏的三四百本与武乡有关的图书为基础，又耗资2万多元搜集、购买图书2000多本，在省城太原创办了"家乡书屋"。这些书内容丰富，但主题集中，那就是写武乡的书与武乡人写的书，内容包罗万象，囊括了武乡的人文、历史、地理、风土人情等。

"家乡书屋"创办之初并不顺利，曾经三易其址，最后在团队成员、夏尔巴公司暴书宏等人的帮助下，在一处办公楼上落脚，为武乡游子提供了一个固定的阅读与交流沟通的场所。随着"家乡书屋"的名气越来越大，捐赠图书的武乡乡贤与单位越来越多，著名文化学者、原山西省人大常委会副主任、原山西省高级人民法院院长特意为书屋题写了牌匾，并多次捐赠了自己的著作。武乡籍的文史专家及作家也都于第一时间将作品捐赠给书屋。

这期间，政协武乡县委员会、山西太行干部学院、武乡县文联、中共武乡县委党史研究室（武乡县地方志研究室）等单位领导与相关人员也多次来到书屋。通过大家的交流与捐赠，书屋的藏书越来越丰富，乃至已经成为武乡在太原的一处重要形象窗口，谁要了解武乡的历史与文化，往往都是先来"家乡书屋"。而书屋的志愿者们总是以家人的身份倾情接待，每年接待来访者都达到数百人。

2023年，"家乡书屋"又花费2万多元进行了升级改造，定制了书架，图书摆放设施更加完善，阅读空间布局更加合理，氛围更加温馨。团队成员不管平时在单位、在社会上是什么身份、什么职位，一到"家乡书屋"都变成了服务员、讲解员，他们义务整理图书、端茶倒水、沟通交流，需要什么做什么，像对待亲人一样接待每一名来访的老乡，像对待贵客一样接待每一名武乡籍外人士。几年来，大凡来到太原的武乡籍人士，不管是公职人员、书画名家、作家诗人，还是微店老板、直播网红、商界精英及打工人员，都要慕名到"家乡书屋"报个到，感受一下乡情，沐浴一次文化洗礼。

"家乡之音"公益团队不仅为读者营造了读书的氛围，还以"家乡书屋"为阵地，组织开展了一次又一次读书交流活动。2018年6月，为武乡籍作家蒋殊新出版的散文集《重回1937》组织了主题研讨会；2018年8月，在王刚书写的《板山赋》获得"山西赋·汾酒赋"赋文学比赛二等奖之际，举行了"王刚 板山赋"研讨会。此后，又相继举办武乡籍作家书写的小说《苦的河》、电视剧本《石勒》等作品研讨会，让武乡的红色文化和传统文化在更广泛的范围得到了传播和传承。

在"家乡书屋"的定位相对稳定之后，团队又有了新的认识，那就是不能仅仅成为文化的搬运工，文化的再生产才是书屋生存与发展的内生动力。看到公众号上刊登的大量回忆文章受到读者普遍欢迎，团队也萌生了把对家乡的回忆记录下来的想法，于是策划了"口述家乡"系列丛书的出版活动，希望通过新颖的形式来反映数十年中武乡一个个普通家庭的日常生活及其发展变化，用纪实的形式留住心中的乡音乡情，留住珍贵的历史记忆。经过不懈努力，《守望祥和：闫守祥口述》《漫谈我和我的家》相继出版。

这套由"家乡之音"策划的丛书，追求的是小切口、大背景，小人物、大主题，小细节、大情感，力争用尘封的琐碎往事汇聚成集体记忆，成为回归乡土文化、重拾历史记忆的重要动力，在社会发展的宏观背景下构建个人的成长史、家庭史、生活史，以此来重新构建过往的社会。这是一套开放的丛书，不断有新的选题加入。2018年，由"家乡之音"组织书写团队，书写出数十篇讴歌家乡的优秀文学作品，结集成《触摸家乡》出版，多角度展现了武乡的风土人情与民俗风情。2022年，团队又与武乡县文联、"蜀葵花开"公众号、相关媒体共同努力，联合策划出版了以传承太行精神为主题，以挖掘革命故事、根据地故事、英雄与烈士故事，再现烽火岁月中的红色历史为内容的一本书《选择——太行山区红色寻访》。

"家乡之音"公益团队行稳致远的发展轨迹中，离不开所有团队成员的辛勤付出，尤其是创始人石头的艰辛，不仅是在推广和实施公益，也是对自己公益理论的不断总结；不仅自己琢磨和思考，而且不断学习、吸收他人的经验与做法；不仅自己学习，还带动团队成员一起学习与消化相关理论，做到团队内部的思想始终统一。

2018年11月23日，石头在由中国人民大学乡村建设中心、中国农业大学人文与发展学院等6家单位发起，北京爱故乡文化发展中心承办的"全国爱故乡人物"评选中荣获

"全国爱故乡人物"荣誉称号，并在西南大学举办的颁奖仪式上与温铁军、张孝德、刘忱等乡建专家一起做了主题演讲，结识了潘家恩、黄志友、口皓、梁少雄等一大批乡村建设实践者。通过参加"爱故乡人物"评选，石头与全国的"爱故乡"组织建立了广泛联系，将知名学者的理念吸收过来，形成团队自己的"读书、公益、爱故乡"公益理念。

"家乡之音"团队长期坚持的这一理念正在通过各种线上线下的活动影响着一茬又一茬武乡人。在"读书、公益、爱故乡"的理念指导下，团队不断策划出大型的活动，比如通过用武乡话读武乡书，引导大家认识家乡话是一种无形的文化；比如与武乡新华书店两地联手，传播本土文化；比如徒步武乡东部文化原生形态保留最好、最多姿多彩的一条民族文化走廊——太行祈雨古道，挖掘焦龙神文化，追寻远去的祈雨仪式，宣传古道自然风光和人文底蕴；比如协助承办"我在武乡过大年"征文活动，并在"家乡之音"公众号推发，为游客到武乡过大年做了前期推介和宣传；比如联合北京民生走进武乡特殊教育学校，关爱、助残；比如与中国联通山西分公司联合启动"启航班级书柜"项目，精心挑选近年来国内外畅销的适合青少年阅读的图书300多本，帮助孩子们养成阅读习惯；比如组织承办了"故乡纪事·爱故乡非虚构写作大赛"（山西区）暨"夏尔巴杯"家乡美征文大赛；比如积极宣传抗击新冠肺炎疫情，推发武乡艺术家文艺作品，记录了老区武乡在疫情防控期间涌现出的感人事迹……

如今，"家乡之音"公益团队经常参加活动的骨干成员就有二三十人。团队经常性组织各种各样的活动来增强凝聚力、提高执行力、锻炼意志力。早在2017年1月成立一周年之际，便在八路军太行纪念馆举行了"'家乡之音'文友见面会"；2020年1月又在太原组织了"读好书、迎新春"家乡之音迎春茶话会。期间又多次组织团队成员到五台山徒步朝台，了解山西文物历史；还组队参加了"2020环晋阳湖新年长跑节"，展示了老区武乡人民积极向上、奋发进取的精神风貌；在"夜影随形100KM夜跑接力"赛中，由"家乡之音"骨干成员组成的"夏尔巴追梦队"喜获山西省田径协会颁发的"优秀跑团"称号。

通过各种线下活动，团队成员感觉到了成立"家乡之音"公益团队的意义与价值，那就是以搭建的公众平台为基础，用文化这根纽带，以及丰富多彩的文化活动，把众多的爱心凝聚到一起，把广泛的力量汇聚到一起，让爱故乡的人多一点、再多一点。

没想到的是，通过"家乡之音"公众号与"家乡书屋"这个纽带，以及公益团队策划与组织的一系列有社会影响的活动，石头出名了，"家乡之音"公益团队也出名了，引起社会的广泛关注。2016年与2017年，中共武乡县委宣传部授予石头"武乡文化宣传先进工作者"光荣称号；2018年，石头荣获"全国爱故乡年度人物"称号；2019年，荣获"山西省十佳读书人物"称号；2020年，荣获"山西省最美公益人物"称号。2024年新春伊始，石头应邀参加武乡县三级干部大会，并荣获中共武乡县委、武乡县人民政府颁发的"服务县域发展贡献奖"。

归来之后的石头表示，荣誉不仅是对"家乡之音"公益团队发起人个人的肯定，更是对"家乡之音"公益团队的认可，是全体"家乡之音"公益团队成员共同的荣誉。

捧着奖牌，石头无比动情："以前拿过很多奖，有国家级的，有省市的，但这次县委、县政府颁发的奖是分量最重的，因为这是来自家乡的认可！"

（作者就职于山西省社会科学院，山西太行干部学院专家团队工作站负责人。任国家出版基金资助项目《语海》副主编，出版专著《网络语言的多角度研究》、联合主编《选择——太行山区红色寻访》等作品）

徐逸瞳的幸福经：谁都可以选择不那么辛苦的生活方式，但人嘛，总是应该为喜欢的事情付出。

"四自"驱动下的荧屏角逐

□　水中亭

　　"《喜剧之王》拍摄于香港石澳，并于1999年2月13日上映。18年过去了，石澳还是那个电影中的石澳。当电影中的那棵树映入眼帘，它已不像从前那样昂着头，而是歪着脖子，像被海风吹得落了枕。但这模样，却更让人想起那个倔强和执着的剧中人。沿着海岸走，一路看到多个取景地，勾连着电影记忆，在海风中体会着爱是疲惫生活中的英雄梦想。不少冷暖让我越来越理解了剧中人物的无力、尴尬与窘迫，纠结于理想和爱情的难以圆满。好在心大漏风，没有什么是一顿火锅解决不了的。"

　　这是2017年的2月的一天，中国戏曲学院导演系毕业班学生徐逸瞳作为文化交流的青年代表，在香港期间寻觅电影拍摄旧址时的一段感言。

　　那时候的她，在即将毕业的十字路口感到英雄梦想和疲惫生活相互对撞，力量相当，难分高下，但趣味不减。内心的力量也提醒着她，身处冰冷不麻木，心陷喜悦不昏头。

那一年，她获得了"北京市优秀大学毕业生"称号。

徐逸曈内心里一直把自己当作"Z世代"一族。作为网络流行语，"Z世代"一般指1995年至2009年出生的人，典型的生在互联网时代、成长在高速发展的社会新生代。

从象牙塔到社会熔炉，她经历了荧屏逐梦的幸运与幸福，也饱尝了心灵成长的酸甜和苦辣，但星火闪烁，乐此不疲。

2023年11月，从校园走向社会的第7个年头，在央媒担任过数个栏目执行总导演的徐逸曈，怀着感恩之心和曾经道别，选择了辞职创业，"开始以自己的视角和方式，集中拍摄自己喜欢的内容"。而目的，就是"找到自己"。

她的内心深处，是想把家国情怀与个人梦想更好地融合叠加，同向奔赴，裂变出一个新视界。

自由

生长在内陆城市太原的徐逸曈，自小就有一颗驿动的心，勇于表达自己，向往外面的世界。

在一次环保题材的美术竞赛中，她出人意料地用一个令人毛骨悚然的骷髅头像获得市里的美术作品一等奖。她说每个人都有面向美好的心，但不一定有直面负面的勇气，但不该逃避。高二时，徐逸曈找到了自己热爱的艺术形式——摄影。她曾去过山西一个空壳村——蒿头岭，在余晖中一边用柴火烤了几个土豆充饥，一边呵着快冻僵的手拍下空壳村的斜房瓦砾、落寞冷寂。

挖掘孤独中的生命力，一度成为她创作的主题，而人间烟火也同样充满魅惑。2012年山西最冷的一天，她到芦芽山上看奔腾的羊群激起阵阵烟尘，仿佛呼啸的黄河逆流攀山，空荡的山谷波澜壮阔，一片迷蒙；太原桃园南路一名醉酒人躺在马路中间，她参加到围着守护其安全的人流中，提醒着过往的车辆，并摁下快门，记录下温暖的人间一幕。

她也超喜欢电影，每一格胶片都以包容万物的度量影响着她的审美，也决定了她后来总想以电影的质感要求自己的视频作品。

在中国戏曲学院导演系上课之余，她就与旅游公司、各平台合作，旅拍过近20个国家，了解最深的是日本和柬埔寨。那个时候，她被真切世界的精彩吸引，不停拍照片、写游记、剪辑视频。"威尼斯式追逐"等摄影专题被很多网友关注和互动……从那时起，世界不在书本里，而在她的脚下。在意大利千百年的历史建筑旁、在巴黎博物馆的艺术画作前，看到的不仅是不同的文明，更有文物保护的不同方式。不同的地理地貌，不同人种的生活状态与生活方式，让她懂得更加谦卑地活着，且对世间万物都更能接纳、理解。

徐逸瞳天生对生活敏感，总想有自己的独特观察。有了讲故事的自觉后，就想去表达一些独特的情感，从剧作的层面去创造一个自己的故事，继而由自己去主导一个故事线，成为导演。大学快毕业到现在，不知不觉间做了7年导演。这当中，她把摄影、美术、音乐等融合在作品里，找到了自己的特点，不断地创造属于自己的故事，形成自己的模式、风格，有了一些鲜明的标签。比如拍摄古建筑，大家着眼于建筑本体时，她会指挥摄像抓拍破碎的瓦片上站着的一只展翅欲飞的鸟，体现出古今生命力的对撞；下雨了，剧组准备停工，她却看到水坑中建筑与灯笼的倒影。

随着时间的流逝、年龄的增长和阅历的丰富，徐逸瞳对自由的认识也发生了改变。由向外探索转向向内探索，也就是开始了解自己、认识自己。

自卷

徐逸瞳生活中有个关键词：自卷。

她认为的自卷，是自己的一个努力状态，是与自由一脉相承的一种生活态度与表现形式。自卷并不是刻意要把自己弄得很辛苦很煎熬，甚至压迫自己，而是在自己喜欢的事情上愿意为之付出时间精力。用一句老话，就是不待扬鞭自奋蹄。

旅拍世界20国，徐逸曈收获了大量独特视角下的人文地理作品。有天开地阔的豁然，有大快朵颐的舒爽，有观察到特别天象的喜悦，也有每天只能睡两三个小时的煎熬。从前期策划、写剧本到摄影到剪辑以及整个调色包装等整个全流程，全是自己干。这当中也会遇到很多问题，她硬着头皮逐个攻克解决，越做越顺。她是让一个人变成一个团队。这个艰辛的训练为她做导演奠定了扎实的基础，事实证明后来与团队合作时，无论是摄影、灯光、道具、后期剪辑等，都更容易获得组员们的尊重与主动协作。

通宵熬夜、天不亮就出发，其实都是家常便饭。早晨四五点起，拍摄到夜晚，然后导素材看素材，再核对第二天要拍摄的内容，睡觉时已经凌晨两三点。徐逸曈说："别人总说剧组工作好辛苦，尤其导演什么都需要操心。再长大之后，就觉得这些不值一提。谁都可以选择不那么辛苦的生活方式，但人嘛，总是应该为喜欢的事情付出。"

在大学时代孤旅世界的日子里，除了留给家人一个行程单和偶尔落地后的微信信息，其余都是一个人扛。最危险和让人揪心的一幕，是她在柬埔寨遭遇雷暴的情形。这个秘密她藏了很久，直到她在《人民摄影报》发表《我也亲历过雷暴》，才被家人看到。

那是在从海中孤岛返航的小木船上，船到海中央，忽然狂风暴雨，船身疯狂颠簸，海水激荡。坐在小木船脆弱的小身板上，她抱着相机和三脚架，四肢攀紧栏杆。船只无法前进，就在海中起伏着。

所幸一个小时后风雨渐小。木船很坚强，继续向前。

这一个多小时，徐逸曈不仅耗尽体力，而且整个人都冻呆了。晕晕乎乎中只想找个暖和的地方，于是便走到放发动机的船肚子里。舱很小，满是黑油，杵在小角落，伴着巨大的轰隆声和巨呛人的烧油味，她居然睡着了……

从大学毕业给央视做大型纪录片获得了涅槃式的理念技艺提升，徐逸曈经过百里挑一的严格考试、面试，得以进入新华网。这里的工作氛围、工作经历，带给徐逸曈更宽阔的视野。在这里，她用小切口大主题的创作，在技术与艺术的交融创作中，近距离见证记录了万里长城的风雪和新年的第一缕阳光、妈祖庙的前世今生、天安门广场国旗队的飒爽身影、平遥古城的烟火气息、中国瑜伽第一村柔韧身板的老人，有了七夕节微缩景观的搭建和Motion Control设备、XR技术的使用。她还与科学家徐颖、奥运冠军苏翊鸣一起，登上《青年冒险家》演讲台，与亿万观众分享奋斗者的青春故事。

自洽

从一度迷茫纠结到心态复归平和，徐逸曈经历了一个与世界、与自己和解的过程。

"我没有出生在一个大富大贵的家庭，拥有万贯家财，让我不用为日常生活生计烦恼。"说起家庭起点，徐逸曈非常平静。

徐逸曈不仰望那些含着"金钥匙"出生的发小，她多次走进四川、贵州等地的大山里，进行脱贫攻坚和乡村振兴主题的采访报道，耳闻目睹驻村工作人员和乡亲们为了改变命运付出的艰辛努力和坚忍执着。她登上西南地区的"慢火车"，在车厢中与带着鸡鸭鹅羊的老乡聊天，体味着独特的民生温度。她还在大雨天攀上大凉山的悬崖村，与剧组成员在布满落石的山中穿梭。

"从昭觉县到阿土列尔村山脚下，依然需要开车两三个小时，路很窄，一路上穿过一个个壁立千仞的山体，最终到达山脚，然后需要再用好几个小时攀爬2556级台阶直插云霄的钢梯，才能到达山顶的悬崖村。低头，脚下就是万丈悬崖。"经过一路跋涉，徐逸曈终于理解了大凉山的脱贫是如何"一步跨千年"的，也知道了扶贫工作者的不易。尤其是之后易地搬迁的村民邀请她去到县城他们的新家，感觉到的不是"温暖"二字可以说清的。

在广阔的世界万象里，徐逸曈深刻认识到，价值与精神境界的高度不是用金钱来衡量的。她依稀记得教育家太爷爷虽然生活简单朴实但桃李满天下的那份富足，也听爷爷讲起义无反顾地参与国家"大三线"建设，南征北战的经历。在老一辈人那里，国家的需要、人民的需要高于个人的愿望和喜好。他们从干一行到爱一行，同样实现了人生价值，并无怨无悔、深感欣慰。

为了喜欢的事情与目标，她会努力工作、努力攒钱，用才华与智慧去撬动和组织社会资源，去过想要的生活，包括电影梦。

她也知道，理想很丰满，现实很骨感。于是她学着选择，学着放弃。如果电影投入太大，就先尝试参加剧组，或者从体量较小的微电影做起。投身纪录片领域后由于年龄小，在业内影响力有限，就努力用优秀的作品说话。几年时间里，徐逸曈也拍摄了各种题材的纪录片，获得数十个奖项，获得了专业领域和市场的认可。

"我是比较自洽的，找到了一种相对的平衡吧。但是继续往前走的话，肯定还会遇到一些新事情，可能又会让内心失衡。但人就是不断去经历、去碰撞。相信经历的事情多了，就能对项目有更准确的预判，也能帮自己去规避一些风浪！"徐逸曈坦言。

自新

"我就是螺旋上升的一个过程，每一步都算数，每一步都有用。我没有否定自己，但超越自己是肯定的。"

徐逸瞳认为，最初期做一些事的时候，可能是不断试错，随着经验越来越丰富，犯错就少了，更不会一犯再犯了。但不会犯错并不代表要一直维持这个状态，过程中还是要不断地去学习新东西，不断地去做新尝试。

从微纪录片、文艺片，到操刀执导大型人文地理纪录片《中国影像方志》，再到纪录中华文化"走出去"战略的大型系列纪录片《武林外传》，也包括宣传片、广告之类的拍摄，还有纪实类或者艺术类题材作品的拍摄，徐逸瞳做着不同的尝试，变成了一个多元化导演。

这几年，徐逸瞳开始做Vlog，相当于从幕后走到幕前，这对她来说是一个大突破。从开始时的不自然找到一种全新的出口和方式，形成自己的风格。最突出的就是从2020年到2022年独立制作的年终三部曲：《一个媒体人的2020年终总结》《2021年的最后一个快递》和《无限接近2022》。

年终总结似乎一直是著名媒体机构或者大咖的事，而且是团队作战，筹划多半年才敢粉墨登场，年终亮相。徐逸瞳并不具备这样的条件。但这并不妨碍她有自己的想法，并以一己之力对既有年度总结类视频发起颠覆和创新。她试图对家国情怀和个人感受进行融合呈现，试图对时代感、存在感、命运感等复合因素的年度轨迹展开一种新视角的描述，努力在国家大势、社会情绪、个人感受等诸多方面，寻求最大公约数，在体现媒体人担当、构建人类命运共同体的视觉呈现上，进行有益探索，在网民尤其"Z世代"一族中引发共鸣，让每个人从中看到时代洪流中的另一个自己。

在《一个媒体人的2020年终总结》的创作过程中，徐逸瞳将全年拍摄的工作与生活视频素材进行梳理，通过自我表达串联起集体记忆，通过春、夏、秋、冬划分出四个段落：春·殇育温寒、夏·丽空盎然、秋·斗满欢月、冬·岁藏新瑞。该片在网络上获得千万级播放量，在文化和旅游部全国公共文化发展中心举办的第四届"文化中国微视频征集"活动中，获评"最佳创意作品"；在2021年首都女新闻工作者协会举办的女记者短视频大赛中被评为"女性故事优秀案例"。

《2021年的最后一个快递》更多融合了一名北漂青年的视角，展现京城青年的生活际遇和不懈奋斗。片中，徐逸瞳诚实地面对自己，抒发内心起落，有昂扬也有迷惘，呈现出生活的真切与鲜活，也迅速引起观众尤其是"Z世代"的共鸣和反思，登上微博热门，多平台累计传播量超百万。同时，该片入围第十二届北京国际电影节短视频单元，获得由北京电视艺术家协会和新华网举办的"我和我的美好生活"短视频大赛优秀奖。

《无限接近2022》在腾讯新闻、新片场等多个平台获得首页重点推荐，全网传播量超百万。这里徐逸曈再次突破自己，运用了写意的手法，开篇以行李传送带上跌跌撞撞的箱子寓意在不确定的时代背景下人的命运也有点颠沛流离之感，一直行进的传送带像时间的进程一样无法中止，带有迷茫与无奈，不知去向何方。箱子出现在北方结冰的湖面上，零度的冰层凝固着，所有流动的东西在此处得以停靠。作为Vlogger的徐逸曈身着黑白灰色系的衣服，从行李箱中钻出，妄求挣脱束缚。后面部分的氛围明显明快，生活呈现新的希望。片中着重描述那时那刻的感受以及延伸出的心得，让表达更具想象空间。最后以"被北风吹散的生活，或许要回来了"的表述，为2022年画上句号，也为2020年开始的三年画上句号。

年终总结三部曲之后，徐逸曈的自新一直在持续。2023年岁末，一场大雪笼罩了她的家乡太原。刚好准备回家的徐逸曈迅速嗅到一种春的气息，迸发出新的创意。在凛冬中，她随着列车穿行太行山，又一次走近黄土和白雪，在纷飞的大雪中，游走在千年古城太原的钟楼街、督军府、碑林公园以及曾经就读过的幼儿园、小学、初中和高中校园，串联起整个青春。这个2分34秒的Vlog《雪中

city walk，居然串联起整个青春？》再次打动了很多网民尤其是"Z世代"的心，也迅速被中新网、山西新闻网、山西卫视、山西经济广播等媒体和网民点赞、转发、评论，短短两三天就获得近40万的阅读量。

从北京市优秀大学毕业生到担任新华网《追梦中国人》《仪式感》《场记》等栏目的执行总导演和品牌栏目部副主任，再到如今自主创业，自由、自卷、自洽、自新，始终伴随着徐逸曈的匆匆步履，成为她特立独行、一往无前的幸福密码与人生符号。

（作者系徐文胜，笔名水中亭。山西省作家协会会员，高级编辑，高校客座教授、硕士生导师，创意书法人。2007年曾创立全国首家传媒社会学专业委员会，获评中国创新传媒十大新锐人物）

> 杨东的幸福经：看着一批又一批人因了自己拍摄的照片而加入保护长城的阵营，就无比欣慰，也心甘情愿在拍摄长城的路上慢慢变老。

我以镜头护长城

□ 夏 菡

当8岁的杨东跟着父母登上家乡的虎山长城时，他不会想到自己日后会成为"长城摄影师"；他更不会想到，在中国的万千摄影人当中，这个称号会成为他的专有。

2020年，他才28岁，拍摄长城却已整整5年。

23岁那年，作为摄影爱好者的他，与一群驴友结伴爬上金山岭长城。那是金秋9月，被绿衣护卫的长城蜿蜒在山间，向前延伸到茫茫天际。

那时候，他并不比8岁那年更多地了解长城，只是有了更多的词形容长城，比如雄伟、壮阔、奇妙、美轮美奂，比如可以将眼前之景一张张收入镜头里。

他的第一组长城照片就在那一刻诞生了，其中一张，之后还获得了国家摄影影像新闻时刊《眼睛》颁发的纪实奖。

首次用镜头牵手长城，便收获了这样的回馈，杨东将这份缘视为长城向他抛出的橄榄枝。

他爱上长城，并且有了用影像来呈现的想法。

杨东喜欢上摄影，是在湖北荆州长江大学上学期间。周末空闲时，他会和同学们到荆州古城闲逛。杨东很喜欢这古城的韵味，每次总是会把喜欢的画面用手机拍下来。那时候，他很羡慕那些专业摄影人，可以用很专业的视角与方式呈现这个世界。得知儿子内心的想法后，父母给他买了一台单反相机。杨东说他的性格比较内向，平常不擅用言语表达情感与想法，有了相机后，他突然找到了情绪的最佳表达方式，那就是把内心与自然融合。此后，他背起相机，独自一人翻山越岭，在行走中记录自然山川之美。2013年至2014年，他便走遍全国近30个省（市）、区。边走边拍边感叹河山的壮美、文化的厚重、风物的鲜活。

而镜头里的世界总是比现实更让他着迷。2014年大学毕业后，杨东没有回老家丹东，而是选择了和很多有想法的年轻人一样，漂在北京。他用专业会计工作赚来的钱喂养镜头。

每个摄影人都有自己独特的取景理念。看杨东的照片，能看到他内心的辽阔。他镜头中的长城，总是以各种方式与天地相融。拍摄一段时间后，他想试试自己的摄影方式是不是能得到业界认可，于是将在毕业旅行时在新疆拍摄的一组作品《背包之旅，行在远方》投给《中国国家地理》。

让杨东没想到的是，这组照片居然被采用了。《中国国家地理》是中国大陆著名的地理类杂志，在业内具有很强的独家性和权威性。照片的刊用，让杨东看到摄影的未来，于是经过认真思考，于2015年初进入北京电影学院摄影系进修。

肖殿昌是他在这里遇到的摄影启蒙老师。专业的老师，专业的讲解，专业的角度，迅速打开杨东的影像视野。然而，摄影人太多了，摄影作品也太多了，如何才能拍出与众不同的影像？

"专攻！"这是课程结束时，老师在黑板上写下的两个字。老师还说，找准摄影题材至关重要。

这话让杨东豁然开朗。他知道自己的兴趣与优势在于风光摄影。可是，天下处处好风光，该从哪里入手呢？

故宫、北海、颐和园，杨东试着走进一处处历史厚重之地。然而无论如何转换视角，镜头中的一张张照片总是连他自己的内心也无法触动。

直到2015年9月，他冲着日出去到金山岭长城。

巍峨、壮丽、震撼，这是杨东当时能想到的可以恰当表达金山岭长城与自己心情的关键词。

那一天，他举着相机从东拍到西，又从西拍到东；从日出拍到日落，又从日落拍到日出。

整整三天两晚，杨东说，他一直拍到抱着相机和三脚架靠在城墙上睡去。

再醒来，是第三天早上，旭日又东升，朝霞再次将金山岭长城映照得金光闪闪。

举起相机，按下快门。数不清多少次了，依然是初遇般的曼妙惊鸿。

此后获奖的那张金山岭长城照片上，朝霞将整个天空映得红彤彤，连云朵、蓝天都裹进霞光中，周身绯红。雄伟的长城，也被这霞光映得红润优雅，少了几分雄奇，多了几分柔美。

江山奇美，长城多娇。就是在这一次拍摄中，杨东发现哪怕是一天时间内，长城的面容也会千变万化。

阴天呢？雨天呢？春夏秋冬呢？长城是什么样的壮观？

此时，杨东再次想到电影学院老师的话，"专攻"！

就是长城了。他下定决心，从此全心全意拍摄长城。

也就是那时，杨东才慢慢知道，万里长城的东端起点就是他的家乡，是他8岁那年登上的虎山长城。可是，连家乡的人都一直认为"那是假的长城"。因为书本上写着万里长城是"从东头的山海关，到西头的嘉峪关"。

为此困惑了好久的杨东终于从专业人士那里证实了虎山长城确实是万里长城的东起点。虎山长城始建于明成化五年（1469），然而努尔哈赤称王后为了保住其龙兴之地，不仅颁布法令严禁山海关以内的人出来，还在兴修柳条边时将包括虎山长城在内的大部分辽东长城都拆除了。

因此好长一段时间，人们都将万里长城东端起点误认为是"天下第一关"——山海关。其实早在《明史·兵志》中就曾记载"终明之世，边防甚重，东起鸭绿，西至嘉峪"，明确明代长城东起鸭绿江，西至嘉峪关。

之所以被认为是假长城，是因为今天人们看到的虎山长城是依据1992年通过的《虎山长城修复设计方案》，在明长城遗址上修复起来的。

得知真相的一刻，杨东有了一种使命感，他觉得中国人对长城了解太少；他还知道，盘亘2.1万千米的长城已消失近三分之一。

他暗暗下决心，要用镜头呈现长城的美，要让人们看到长城最壮美的一面，从而合力保护长城不再受损坏。

接下来的几年，杨东几百次往返于辽宁、河北、北京、山西、陕西、甘肃等地，一次次在长城内外游走，从春拍到冬，从冬又回到春。1万张、10万张、20万张、30万张，杨东的镜头里，是数也数不过来的长城。

长城的姿态，仍在千变万化。

关于长城摄影作品的奖项，也从1个到10个，再到百个，如他的脚步与照片的数量，在持续上升。1992年出生的杨东，竟然成了摄影圈里拍长城的专业户。

这让很多人大感意外，却又是意料之中的事，正如一位摄影人点评的那样，拍长城的人很多，但难有人把长城拍成系列；用镜头呈现长城的人很多，但没有谁像他这样全面展现长城的多重容颜与性格。

拍长城的杨东，出名了。2017年冬天，他被纪录电影《爱我长城》摄制组看中，邀请他为老红军王定国拍摄一张心目中的长城。王定国是老红军，是老一辈无产阶级革命家谢觉哉的夫人，更是中国文物学会名誉会长、中国长城学会创始人之一及名誉会长。

那一年，王定国老人已经104岁了。

"长城代表中华民族，要保存下来！"早在1978年，王定国便郑重宣布。那时候，长城周边很多居民把长城拆掉，用长城砖盖房子、盖猪圈，这些行为让她痛心不已。她只好组织人烧砖换回长城砖，又多方奔走呼吁保护长城，并于1984年亲自到邓小平同志家中，让邓小平同志亲自题写了"爱我中华，修我长城"8个字。1987年6月25日，由王定国发起的中国长城学会成立，她亲自担任副会长兼秘书长。

为唤起人们保护长城的意识，王定国连续3年组织了慕田峪长城越野赛，又组织长城沿线11家电视台拍摄了38集专题电视片《万里长城》，发行到世界各国。

这样一位老红军，心目中的长城该是什么样子？

杨东再次开始了长城行走，从最东端一路走到最西端。一路走，一路寻觅老红军心目中的长城体态。

功夫不负有心人。与第一次的长城照片获奖一样，这次的缘分，又是金山岭长城。他记不清是第几次来到这里了，总之那一次，他背着器材走来走去，总也找不到合适的视角。坐在石阶上失望落寞之余，一片乌云恰在他抬眼的瞬间飘过来，更为奇特的是，滚滚而来的云海像极了影视剧中激战时的烽烟。

"烽火台上烽火浓！"一瞬间杨东似乎成为战场上的战士，迅速拿出他的"武器"，快速调整光圈及快门，奔跑。他要在最短的时间内找到一处乌云与烽火台叠加的最佳错位。

《大国战号》就在那一天诞生了。他拍出的照片上，"烽烟滚滚"，让人联想到背后有无数战士在冲锋号令下拼杀。画面上，不正是长城最本真的使命与精神吗？

病床上，王定国看到照片笑了。

那一刻，杨东懂了老红军的话，"长城代表中华民族，这些是文物，自家的好东西，要保存下来"。一次次拍摄，让他对长城有了新的认识，也对拍摄有了新的使命感。

长城不是孤立的，长城与山水风物相拥，与日月星辰为伍，与云雾雨雪交汇。长城千娇百媚、千姿百态，骨子里累积着一代代国人的情感。

杨东一路追逐，拍长城的24小时，也拍长城的365天。

为了捕捉一个难得的瞬间，他几乎到了疯狂而忘我的境界。2016年夏天，杨东在古北口长城拍摄时，差点被闪电击中。一块城砖在一声巨响后掉落，距离他只有20米。杨东却很快忘记了这惊恐一幕，沉浸在一张罕见的"雷暴云"照片中。

冰雹砸，蚊虫咬，荆棘扎，甚至遇野猪，都是杨东拍摄长城背后的险情，然而他总当花絮来讲。

2020年1月6日，得知娘子关有大雪的杨东，独自开车从北京赶过来。那天，高速路上积雪达到15厘米，很多车辆被迫停在服务区。杨东的脑子里却闪烁着娘子关长城在白雪皑皑中的雄姿，不顾几位司机师傅的劝说，冒险前行。

400多千米的路，杨东走了约10个小时。到达娘子关，已是凌晨1点。怕耽搁第二天晨景，他便在车里睡了近5个小时。

天刚亮，杨东便熟练地爬上绵河大铁桥，架相机，延时，升无人机。没想到，太阳很快升起来了，雪在强光的照射下，开始融化。杨东只能以比太阳更快的速度，争分夺秒，让雪后长城的娇媚映现镜头中。

杨东追雪拍长城，已经超过20次。因为电子设备在低温环境下耗电特别快，杨东在零下28、29摄氏度的嘉峪关用无人机拍摄雪景时就遇到机器被冻关机的情况。为了在太阳落山前拍到心仪的景观，他愣是把平板电脑放进衣服里贴着身体取暖。之后又忍着手上冻疮的奇痒，连续在嘉峪关创作14天。

没有人比杨东更熟悉长城。春天，他到撞道口长城拍桃花与杏花；夏天，看箭扣长城的雨后云雾；秋天，将慕田峪长城的红叶收入镜头；冬天，登司马台长城看飞雪。

尽管每张照片都得来艰难，比如一张《杏花春雪》的照片，他拍了3年。尽管杨东一直有遗憾，比如2016年夏天，他在金山岭长城等待了漫长的5天，还是错过了彩虹。

"拍长城，已经成为我的精神寄托。"杨东坦言，这么多年不仅没有厌倦，相反越拍越提神。他的脑子里，似乎只容得下长城。

不是在拍长城，就是在拍长城的路上。杨东的微信朋友圈，也只有长城。

2019年初，杨东定下一个计划，那就是用3年时间拍完长城十三关雪景。2020年末，他已经拍完嘉峪关、紫荆关、居庸关、黄崖关、平型关、雁门关、娘子关等7个长城关口的雪景。

"立志一生拍长城！"这是杨东对喜欢他的读者的承诺，更是对长城的承诺。他觉得长城不仅还有很多面等着他去呈现，而且随着时代与景致的变幻，长城也始终在不断变化中。他更知道，因了他的照片，许多人加入保护长城的阵营。他甚至憧憬着，多年以后，能拍拍自己与长城的故事，10年、20年，甚至50年。

在拍长城的路上变老！这样想的时候，杨东没有忧伤，青春的脸上反而写满灿烂。

（作者系中国作家协会会员，在《人民日报》《光明日报》《文艺报》《中国作家》《小说选刊》《美文》《山东文学》等报刊发表文学作品若干）

牛劭妮的幸福经：用低到尘埃里的姿态，用高到五星标的眼光，将太行山峡谷内的特色农产品推向天南海北。

如果阳光有味道

□　赵彦红

"那么，你决定做了？"

"嗯，"一阵沉吟后，语气坚定，"做！"

时隔6年，牛劭妮依然清晰地记得那天——一个阳光明媚的暮春上午，她坐在家乡壶关一个农场铺满青草的山坡上，周边是绿油油的庄稼，金灿灿的阳光满山满谷地流泻，春天的气息从松软的土地里争先恐后地拱出来，拱得心里热烘烘的。

她的旁边坐着一位年轻的女子，明亮的眼眸望着远处山脉静默的轮廓，阳光下笼罩着淡蓝色的烟霭，山之外还是山，她们置身于太行山的重重山峦之中。

"你要做好赔钱的准备。"女子的表情有些凝重。

"虱多不痒，债多不愁，大不过再赔一把！"牛劭妮有些苦涩地笑笑。

"劭妮，你还是放不下这些山里的乡亲们？"女子问。

"还说我呢，你不也是吗？"牛劭妮看她一眼，"漂漂亮亮一个女孩子，非要搞特色农业，每天在山里颠来颠去的，还不是想让大家过上好日子？"

两人都笑了，只是这笑容并不轻松。

生于1977年的牛劭妮是东山后村人，那是山西长治壶关县晋庄镇的一个小村庄，地处太行山腹地。虽说从小在县城长大，但家乡的一草一木、一沟一坎却深深地印在心底。从医学院毕业后，她先在县城一家医院的药房工作了两三年，后来几经辗转去了省城太原，供职于一家杂志社。在繁华的都市，在散发着墨香的杂志社，不知不觉就是11年光阴飞逝。在匆匆的城市生活中，有时她觉得自己很幸运，有时又觉得有些怅然，特别是每次回乡采访组稿时，看到田里辛勤劳作的乡亲，看到他们因为市场价格低面对成堆的西红柿面露愁容时，她的心就有一种刺痛感，急切地想为他们做些什么。

直到2017年。

这一年是牛劭妮人生中一个重要节点。

这一年，她挚爱的丈夫在经历了一场与病魔的生死搏斗之后，终于重新迎来生命的绚丽曙光，与爱人不离不弃共度风雨的她也仿佛获得了某种新生。她感觉到生命的土壤中有类似种子的东西在蠢蠢欲动，在催促着她行动起来。也许是冥冥中的某种安排，此时她认识了申丽珍——一个从事特色农产品经营的女企业家，也即故事开头的那位年轻女子，彼时丽珍也不过36岁。

说起来，申丽珍同牛劭妮一样，都是大山的女儿。这位来自平顺县的女子，身上有着大山的质朴与坚韧。早在2015年，一个偶然的机会，申丽珍来到壶关，从此与这片土地结缘。她像一只勤劳的蜜蜂，在壶关的青山绿水间飞来飞去，山羊肉、土鸡蛋、小米、西红柿，这些像土地一样朴实无华的农产品，在她的宣传推广下，走出大山，走进一座座人流如潮的大城市，成为一户户人家餐桌上散发着泥土芳香的美味佳肴。

两个女人一见如故。

也许是对脚下这片土地有着一样的深情，也许是身上同样流淌着太行山质朴的血液，反正她们俩一交谈就觉得十分投缘，当即决定合伙做事。"壶关是个农业县，我们决定就做农业。"牛劭妮说，"丽珍比我小4岁，创业却比我有经验，她是我的合伙人，更是我的领路人。"

色彩缤纷的康乃馨是两人合作的第一个项目。

2017年6月，牛劭妮和申丽珍成立了山西珍妮康花农业科技有限公司。那是一段沾着泥土、充溢着芬芳的岁月啊，她们成立合作社，采用"公司+合作社+农户"的发展模式，带动周边贫困妇女姐妹一起种植鲜花，粉色紫色黄色白色的康乃馨给大地铺上一面美丽的花毯，也在农户的心里铺上绚烂的希望。

她们与宁夏丝路康花农业科技开发有限公司签订战略合作协议，就康乃馨等鲜切花种植、销售、出口等领域进行联营发展。为了把这芳香的事业做大做强，她们在壶关县城成立了首家鲜花体验店，并在5个省市建立了花卉销售网点，实现了小生产与大市场的有效对接，让来自太行山的鲜花飞入更多的城市、无数的人家。

然而首战并未告捷。或者说，2017年，她们的鲜花生意并没有赚到钱，不但没赚到，事实上是赔了。那时候她们对农户种植的鲜花采取保底收购的方式，每扎花按6元钱收购，可是这一年，鲜花市场并没有出现预期中的火热景象，甚至三八节市场上一扎康乃馨的出货价仅有2元钱，这就意味着她们每从农户手里收购一扎康乃馨就要赔4块钱。"我们不能让农户赔，说了6块收就是6块收，出尔反尔的事我们不能干！"牛劭妮说得很坚决。那一年她和申丽珍每人赔了十几万元。

2018年的春天，两个好朋友决定合作第二个项目——制作销售壶关旱地西红柿酱。

那个阳光明媚的暮春上午，她们来到集店乡东关壁村，申丽珍在这里建了个农场。坐在农场碧绿的山坡上，她们反复讨论。

"为什么要做西红柿酱？我们的鲜花项目慢慢走上正轨了啊。"牛劭妮有些不解。彼时她们已开辟了40余亩鲜切花种植基地，年产康乃馨鲜切花600万枝，每年产值可达300万元，带动100余名困难人口实现了就业。公司虽然利润不高，但农户切切实实受益了啊。

"你看啊，咱壶关县最大的特点是什么？干旱啊！"申丽珍耐心地解释，"这里山大沟深，十年九旱，老人们不是说壶关以前还叫'干壶'嘛。可是旱也有旱的好处啊，它适合——"

"种旱地西红柿呗！"牛劭妮接过话，"壶关旱，可是光照时间长啊，无霜期也长，昼夜温差还大，这些都是种植旱地西红柿的有利条件！而且，种出的西红柿就是口感好嘛，皮薄肉厚，又沙又甜！"

"哈哈，原来你都清楚啊！"申丽珍哈哈大笑。

"哈哈，我知道得多了。"牛劭妮也笑，"我还知道，你已经做了一年西红柿酱，但一直销路不畅，好东西砸在了手里。"

"所以，你要慎重考虑。"

"我考虑好了，和你一起做西红柿酱！壶关旱地西红柿是好东西，这点我绝对有信心，这事如果我们做成了，那么将真正带动更多的乡亲致富，这功德无量的好事啊我做定了！"

阳光像金色的绸缎一样包裹在她们身上，柔软，温暖，有一种让人安心的力量。

"劭妮，你说阳光是什么味道？"盯着远方看了半天，丽珍突然问。

"阳光能有什么味道，无味!"劭妮嗔怪地瞅她一眼。

从农场回来，牛劭妮开始全力投入西红柿酱的项目。她了解到，其实早在2008年，壶关县主要领导已认识到种植旱地西红柿大有可为，从政策层面和种植推广上都做了大量工作。特别是近年来，围绕打造"中国北方旱地西红柿之乡"目标，壶关县坚持把旱地西红柿作为群众增收致富的主导产业来抓，出台奖补政策，加大支持力度，扩大种植规模，发挥带动效应。目前，全县已形成规模化、标准化、产业化种植格局。

"咱的旱地西红柿品质上乘，但由于宣传推广不够，好物卖不上好价格。"牛劭妮解释说，"如果做成西红柿酱不但增加了附加值，方便运输和保存，种植户的利润也提高了，这样就能保障旱地西红柿这个主导产业让村民持续增收，这是长远的事。"

正是认识到这一点，牛劭妮才暂时放下手中的鲜花生意，全身心投入制作销售西红柿酱的工作。不仅如此，她还找到闺蜜原玲英入伙。彼时原玲英才生完孩子，出了百天。电话里，劲妮火急火燎地动员好友："赶紧的，找人帮你看娃，你出来，我们一起干件大事，女人啊要有自己的价值！"虽有几分调侃，但作为多年好友，原玲英还是相信劲妮的大事很重要，立即加盟。

俗话说，三个女人一台戏。如果三个聪明、有能力、有情怀的女人碰在一起，那上演的就将是一台精彩万分的大戏、好戏了。说干就干，三个合伙人首先成立了长治市峡谷山珍食品有限公司，重点做农业种植和特色农产品开发、销售，促进当地农业农村经济转型和乡村振兴。

现在，制作出优质的西红柿酱就是她们的首要任务。

事实上，申丽珍2017年就已开始做这件事，由于当时甚少有专门加工西红柿酱的地方，也缺少专用制作机器，丽珍就摸索着先使用外地的机器制作西红柿酱，结果当年她做了四五万瓶西红柿酱，却销路不畅，只好托亲戚找朋友四处帮忙推销。

三个人经过仔细研究，认为这些西红柿酱滞销的一个主要原因是缺乏统一规范的制作标准，从而导致产品品相、口感和质量的不稳定。那么如何确定一个统一的制作标准呢？思来想去，牛劲妮决定自己动手试试。

那天，牛劲妮把自己关在厨房里亲自炮制，原玲英在旁边打下手。先把一个个精心挑选的红润新鲜的壶关旱地西红柿烫水去皮切块，放入锅中熬制。为了保证整个制作过程的绝对卫生，她准备了三口锅，消毒完成后同时开火，一口锅熬酱，一口锅煮瓶子，另一口煮瓶盖。这时她惊奇地发现，大学所学的医学知识和在医院的临床经验竟然在这里派上了用场——她知道每个环节怎样确保消毒到位，怎样做到全程不接触手部，怎样做到无菌密封，甚至西红柿酱装好瓶以后，还要再倒过来，将瓶口也浸泡在沸水里消毒。从晨曦初露到夕阳西下，酡红色的晚霞在厨房里投下杏黄的光晕，然后迅速沉下去，暮色开始四处弥漫。华灯初上时，100多瓶鲜艳剔透的西红柿酱像一个个可爱的孩子排着整齐的队伍站在她面前，疲惫不堪的她欣慰地笑了。

"完美！"第二天，被邀来品鉴的申丽珍仔仔细细检查并品尝之后，对牛劭妮的西红柿酱赞不绝口，她盯着那一瓶瓶鲜红澄亮的产品，目光灼灼，语气热切："我有预感，这次肯定大卖！"

因为丽珍之前和太原一家五星级大酒店的负责人认识，她们次日便带着这批产品直奔太原。背着沉重的西红柿酱，她们到了酒店，员工说老板出去了，要到晚上七八点才能回来。那就等呗！两人坐在空荡荡的会议室里等啊等，那时已是盛夏，从天不亮就出门，驱车四五个小时，此时坐在办公室，疲劳、困倦、饥肠辘辘，内心交织着希望与失望……中午时分，原本想出去填填肚子的，又怕一出门错过人家，干脆就忍着饥饿继续等待。夜幕降临，她们仍撑着苦苦等待。后来，负责人终于来了，看过并品尝了产品以后，非常满意，当场就签了10万瓶的订单！

从酒店出来，两个人开心得都要跳起来了！午夜时分，她们连夜开车返回长治，一路上，又是笑，又是哭，又是唱，之前所有的挫败、艰辛、委屈此刻都化作喜悦的泪水和欢乐的歌声，融入车窗外浓浓的夜色，随清凉的晚风一起流淌在回乡的路途中。

怀着成功的喜悦，她们带着团队首先模拟手工制作西红柿酱的工艺，亲自设计定制了半自动化的流水线，这个过程中保留了传统西红柿酱制作中手工剥皮、手工罐装等做法，确保产品的品相、口感与手工制作完全一样。同时，制作工艺中还加入了更多的技术含量，比如熬煮时间、冷却时间、灌装时间等等都有严格的标准。曾有同行好奇地问："为什么都是同样的步骤做西红柿酱，我们产品的颜色没有你们的好？"

在劭妮老家东山后村的田地里，种植着数百亩旱地西红柿，然而，村民却常常为卖不出去犯愁。现在好了，包括东山后村在内的晋庄镇的西红柿都由劭妮她们公司统一保底收购。公司与农户签订保底收购合同，每斤西红柿的市场价不到一元时，她们都按一元算；如果市场价超过一元，就按市场价收购。村民再不用担心自家的西红柿卖不出去了，而且价格只赚不赔。采用这种方式，公司每年通过订单收购农户种植的旱地西红柿800多亩，加工5000多吨，签约的农户有100多家，参与种植的村民350余人，大伙儿在家门口通过西红柿采摘、西红柿灌装等实现了就业，增加了收入。"农民如果不挣钱，第二年就不种了，只有保证了村民的收益，让大家挣到钱、多挣钱，壶关旱地西红柿这个产业才能良性循环下去。"在这个问题上，劭妮她们显然有着更为长远的考虑。

这是一份关乎责任与情怀的事业。除了西红柿，峡谷山珍公司还种植有高粱、玉米等农作物，为了让乡亲们多挣钱，她们干脆放弃机器种植、收割，全部由当地村民来完成。劭妮算了一笔账，100多亩地如果用机器种植只要半天就能种完，成本也就七八千块钱，但如果用人工就需要三四天，按每人每天100多元的工资计算，一共需要12000元左右，还要避开天气不好的时候。但如果聘用当地的农民种，他们在家门口就能挣到钱，让村民多挣点钱，这是劭妮她们特别开心的事情，所以她们毫不犹豫地选择聘用当地农民来种植。

把一瓶瓶鲜亮殷红的西红柿酱捧在手中，牛劭妮感到了沉甸甸的分量，她知道，这来自土地的馈赠饱含着她们三个女人与团队的心血和汗水，同样也承载着农户的希冀与期盼。她们带着它们走出太行山，赴太原，上北京，下河南，走进酒店、商场、超市、企业……像熟悉自己的孩子一样，她们滔滔不绝地向人们介绍着这些个宝贝们。一件新产品想打开市场太不容易了！她们去酒店推销，常常一连跑十几趟都找不到人。看冷脸，听难听话，坐冷板凳，今天推明天，明天推后天，这种事情太多了。劭妮说，那一阵，感觉自己真是低到了尘埃里。

三个柔弱的女子在做了农产品经营之后，简直成了变形金刚——不仅变得坚强，且什么活儿都能干。送货时她们经常跟车去，一辆满载西红柿酱的大货车，一车装1000多件，一件6公斤重，她们撸起袖子，同师傅一起搬上车，到了目的地再一件件卸下来。"只要能把西红柿酱销售出去，这些苦都不算啥。"牛劭妮云淡风轻地笑。

经历了创业初期的种种艰辛后，峡谷山珍公司如一株生命力顽强的小树苗一日日茁壮成长起来。通过"龙头企业+乡镇+行政村+基地+农户"的帮扶模式，公司带动7个乡镇、16个行政村、6个专业种植合作社、2000多户农民稳定增收。春暖花开的4月，将一粒粒饱满橙黄的玉米埋进松软温润的土地时，劭妮她们便带着乡亲们忙碌起来了，种下玉米种高粱，接着就是插种翠绿的西红柿秧苗，果实成熟时再收入筐中，整个农闲的冬季，大家伙又忙着四处运送货物。一年从头忙到尾，村民的小日子越过越红火。这让劭妮觉得，她们所有的付出和努力都是如此值得！

时光在奔波与忙碌中飞快地流逝，身为总经理的牛劭妮与两个好友兼合伙人在农产品经营的路上风雨相携，彼此陪伴，她们一起度过创业的至暗时刻，又共同迎来成功的喜悦。如今6年光阴已经悄然掠过，她们的峡谷山珍西红柿酱早已遍布全国各地，除了长期合作的诸多大型国企，借助网店、微店、抖音、淘宝、京东等电商平台，这来自太行山的特色农产品早已飞入天南海北的寻常百姓家。

为了确保西红柿酱每一批、每一瓶都是一个味道，2022年开始，公司与省农科院合作，历时一年多，研发了适合制作西红柿酱的旱地西红柿种苗——"峡谷山珍一号"种苗，试种以后发现效果非常好，2023年开始大面积推广。

盛夏时节，温热的风从远处吹来，在辽阔的西红柿地里，一垄垄碧绿青翠的西红柿秧苗长势喜人，一个个饱满鲜润的西红柿开始由青变红。

牛劭妮和申丽珍站在地里，脚下是厚实的泥土，身边是一望无际的碧绿秧苗，天空像一汪平静的湛蓝湖水，金黄色的阳光把一切都笼罩在一幅辉煌灿烂的油画里，此情此景，有一种炫目的美。

"劭妮，咱的西红柿那么好吃，他们说这就是阳光的味道！"旁边的丽珍笑眯眯地说。

"阳光的味道，嗯，没错，就是阳光的味道。"劭妮赞许地点头。

"那你说，阳光有没有味道？"丽珍顽皮地问。

"有！"劭妮仰望着天空，一缕笑容在嘴边悄然漾起。

"你快说说，什么味道？"丽珍急切地追问。

"幸福的味道啊！"

"对呀，就是幸福的味道啊！"

欢乐的笑声在明媚的阳光里四下回荡，又像涟漪一样层层散开来。

（作者从事媒体工作，主任记者。中国报告文学学会会员，全国报告文学作家研讨班学员，长治市报告文学研究会常务理事，长治市作家协会理事。有小说、散文、报告文学、诗歌等文学作品刊发于各报刊、网络平台）